A NOVEL

VICIOUS

A MASTERFUL TALE OF AMBITION, JEALOUSY, DESIRE, AND SUPERPOWERS.

超能生死鬥

V. E. SCHWAB

V·E·舒瓦 著

全映玉 譯

獻給蜜莉安與荷莉，感謝她們一再證明自己是「特異人」。

人生——其真正的本質——並非善與惡之戰，而是惡與更惡之戰。

——美國詩人約瑟夫．布羅茨基（Joseph Brodsky）

第一部

水，血，以及更濃的東西

1

昨夜
梅瑞特公墓

維克多再調整一下肩膀上的鏟子位置，小心翼翼跨過一座半塌陷的老舊墳墓。他一路哼著歌穿行過梅瑞特公墓，風衣微微掀動，拂過墓碑上端。他的哼聲像夜風吹過，使得在後面辛苦跟隨的雪德妮直打寒顫，儘管身上穿著一件過大的外套，還有彩色緊身褲與冬靴。他們像幽魂在墓園中迂迴而行，兩人都是金髮白膚，足以讓人以為是兄妹或者父女，雖然他們不是，但外貌近似確實是很方便的擋箭牌，因為維克多不能告訴別人說，他只是幾天前在大雨中的路邊救起這個女孩。他才剛從監獄逃出來，而她剛受到槍傷。只是命運交錯，或者至少看來如此。事實上，雪德妮正是維克多開始相信命運的唯一原因。

他停止哼歌，把一隻腳輕擱在一塊墓碑上，環視著黑暗的周遭，主要不是用眼睛看，而是靠自己的皮膚，或者該說是靠潛伏皮膚底下，在血脈中糾結的東西。即使他已停止哼歌，那種感覺卻未停止，像一種細微的電流嗡嗡聲，只有他可以聽到、感覺與理解。嗡嗡聲告訴他附近有人。

雪德妮看見他微微皺眉。

「這裡不是只有我們兩個人嗎？」她問道。

維克多眨一下眼睛，蹙眉不見了，代之以慣有的沉穩平靜。他將鞋子從墓碑上移開。「只有我們與死人。」

他們往墓園中央前行，走動的時候鏟子輕輕敲著維克多的肩膀。雪德妮踢到一塊從老舊墳墓上鬆脫的石頭，瞥見一側刻有字母，是某些字詞的一部分。她想知道究竟寫的是什麼，但那塊石頭已經滾到草叢裡，而且維克多仍在一座座墳墓間疾行。她跑步追過去，有幾次差一點在凍硬的地上摔倒。她趕上時，他已經停下來，低頭瞪著一個墳墓，是新的，土剛翻過，插著一個臨時的標記牌，要等石碑刻好以後再換上。

雪德妮發出不舒服的微微呻吟聲，不過這與刺骨的寒意無關。維克多回頭看她一眼，擠出一絲笑意。

「準備好了，雪德，」他語氣輕鬆地說道。「會很有趣的。」

老實說，維克多也不喜歡墓地。他不喜歡死人，主要是因為他對他們沒有影響力。反之，雪德妮不喜歡死人是因為她對他們有顯著影響力。她雙臂緊緊交抱胸前，戴了手套的一根拇指揉著上臂的槍傷處，這快變成習慣性抽搐動作了。

維克多轉過身，將一把鏟子插到地上，然後將另一把拋給雪德妮，她鬆開雙臂及時接住，鏟子幾乎跟她一樣高。雪德妮．克拉克還差幾天滿十三歲，而即使以十二歲又十一個月的年齡而言，她的身材還是很嬌小。她一直都是矮小型，而更無助益的是她從死後就不曾長高過一寸。

她舉起鏟子掂掂重量，擠一下苦臉。

「你在跟我開玩笑，」她說道。

「我們挖得越快，就能越快回家。」

所謂的家，不過是一個旅館的房間，裡面堆滿雪德妮偷來的衣服、米契的巧克力牛奶，以及維克多的資料檔案，但那不是重點。此刻，家就是梅瑞特公墓以外的任何地方。雪德妮望著墳墓，手指抓緊木頭握把。維克多已經開始動手挖了。

「萬一……，」她喉頭乾嚥一下，說道，「……萬一不小心把其他人吵醒了呢？」

「他們不會醒的，」維克多哄道。「只要專心想著這個墓。再說……」正在挖土的他抬眼看她。「妳從什麼時候開始害怕屍體了？」

「我不怕，」她反駁道，回話又急又猛，家裡最小的孩子總是這樣。她是最小的沒錯，只不過不是維克多的。

「這麼想吧，」他逗笑說道，一面把一鏟土倒在草地上。「如果妳真的把他們吵醒了，他們也無處可去。快挖吧。」

雪德妮彎下腰開始挖了起來，金色短髮垂落到眼前。他們兩人工作著，黑暗中只聽到維克多偶而發出的哼聲以及鏟土的聲音。

嚓。

嚓。

嚓。

2

十年前
洛克蘭大學

維克多在「驚異」這個字上畫一道平穩的黑色直線。

書本用的印刷紙夠厚，只要不是太用力，墨水就不會透過去。他停止動作，再看一下刪改過的頁面，突然痛縮一下，因為背部被洛克蘭大學鑄鐵圍籬上的花飾刺到。這所學校素以鄉村俱樂部兼哥德式莊園環境為傲，但這圈雕飾華麗的圍欄雖然很用心地試圖表現學校的獨特性與舊世界美感，卻只顯得過於炫耀而令人窒息，讓維克多聯想到一座精緻的牢籠。

他改換一下身體重心，把書放在膝上，手指轉動著馬克筆，心裡奇怪著這本書怎麼如此大部頭。這本最新版的勵志自助書是一系列中的第五本，作者是世界知名的韋勒博士夫婦，他們目前正在國外旅行。這對韋勒夫妻在忙碌的行事曆中，還能擠出恰恰足夠的時間——即使是在成為創作暢銷書的「激勵大師」之前——「創作」出維克多。

他把書頁往回翻，找到自己最近著手的地方開始看起來。這是他第一次不只是為了好玩而塗抹韋勒的書，不是的，這次是為了學分。維克多不禁露出笑容。他覺得非常自豪，這樣刪減父母的作品，把繁縟的勵志篇章縮減成精簡得令人不安的要點。他從十歲起就開始用筆把文句塗黑，那是很辛苦卻很有滿足感的事，但是直到上個星期才終於派上用場，能夠當作學分。上個星期，他去吃午餐時把這份最新的工作忘在畫室裡了——洛克蘭大學規定必須修一個藝術學分，即使是醫師與科學新秀亦然——他回去拿的時候，發現老師正在看。他以為會挨罵，教訓他說這是破壞文化資產甚或浪費紙張。結果老師反而把這種破壞文學的行為當成藝術，還真的加上註記，在空白處填上表現、辨識、發現藝術與重塑等詞語。

維克多只能點頭，在老師的表單下再加上一個完美的詞——重寫——於是就這樣，他的大四藝術論文主題就決定了。

他又畫一條線，馬克筆在紙上沙沙作響，塗掉幾句話。沉重的書把他的膝蓋都壓麻了。如果他真需要自助，就會找一本簡單的薄書，外觀與內容分量相仿的。但是或許有些人需要的比較多，或許有些人專挑架子上最重的書，認為越厚就表示能夠提供越多情緒或心理上的幫助。他瀏覽著文句，又發現一部分可刪的，臉上露出笑容。

等到第一節上課鐘響起，表示維克多的藝術選修課結束時，他已經把父母對如何展開一日之計的講解內容精簡為：

失敗。放棄。認命。到頭來你開始之前就先投降會比較好。要失敗。要失敗然後你就不會在乎自己永遠都沒有找到方向。

先前他不小心把「永遠」一詞刪掉了，只得把所有段落看完才又找到一個「永遠」，湊成完美的句子。但這番工夫還值得，頁面上介於「如果你」與「永遠」以及「找到」之間的黑色部分恰好讓字句有一種放棄的感覺。

維克多聽見有人走過來，但是沒有抬頭看。他翻到書後面的部分，那裡是另外一個練習，他用馬克筆畫掉一段，一行接一行，緩慢平穩的沙沙聲聽起來像在呼吸。他曾覺得奇怪的是，父母的書雖然寫的是自助，卻不是往這個目的發展。他發現他們的破壞性竟非常有安撫作用，像是一種靜思。

「又在破壞學校公物了？」

維克多抬頭一看，是艾里站在面前。他把書翹起來讓艾里看書背上面大寫的「韋勒」字樣，圖書館用的塑膠護套被他的指尖搓得窸窣響。他才不要花二十五塊九毛九買書，洛克蘭大學圖書館就有這套昂貴得令人起疑的韋勒自助書。艾里把書拿過去翻一下。

「或許……對……我們……比較好……的是……是投降……放棄……而不是……浪費……筆墨。」

維克多聳聳肩。他還沒有做完。

「你這『投降』前面多了一個『是』，」艾里說著把書扔還給他。

維克多接住書，皺起眉頭，用手指順著新形成的句子摸過去，找到錯處，立即把字刪除了。

「你太閒了，維克。」

「你必須用時間做重要的事情，」他又說道，「能夠代表你特色的事情：你的熱情，你的進展，你的筆。拿起筆來，寫你自己的故事。」

艾里的眉頭蹙起，望著他良久。「太糟了。」

「這是引言裡面的，」維克多說道。「別擔心，我把它塗掉了。」他把書頁快速往前翻，像在翻弄由稀疏字詞與粗黑線條織成的網，最後找到前面的部分。「他們徹底謀殺了艾默生。」

艾里聳聳肩。「我只知道那本書是吸膠者的最愛，」他說道。他沒錯，把這本書變成藝術品用了四支馬克筆，使得書頁帶著超強的臭味，讓維克多覺得暈陶陶又噁心。這個破壞過程已經讓他夠興奮了，但是他想這種氣味大概也增加了作品的複雜性，至少藝術課的老師可能會這樣詮釋。艾里往後靠在欄杆上，濃密的褐髮被豔陽照得有些髮絲泛紅甚至還帶金色。維克多的頭髮是淡金色，照到太陽不會變色，只會凸顯顏色不足，使他看起來像老照片裡的人物，而不是有血有肉的學生。

艾里仍低頭瞪著維克多手上的書。

「馬克筆不會透過去弄汙背面的字嗎？」

「你以為會，」維克多說道。「但他們這本書用的紙特別厚，彷彿想讓書的重量加強內容的分量。」

艾里的笑聲被再度響起的鐘聲蓋過去。鐘聲在漸空的建築內迴響，當然，這不是細細的嗡嗡聲——洛克蘭太文明了——而是幾乎大得駭人的巨響，發自校園中央象徵精神中心的教堂大鐘。

艾里咒罵一聲，幫著維克多站起來，轉身朝一片科學大樓區走去，紅磚牆面使那幾棟樓不致顯得太呆板。維克多步履從容，離最後一聲鐘響還有一分鐘，而且即使遲到，老師也絕對不會扣分。艾里只要笑笑，維克多只要說一個謊，兩種做法都已證明非常有效。

✦

維克多坐在「綜合科學研討班」的最後面，這門課的目的在加強整合學生寫作大四論文所需的科學原則，他要學的是研究方法，或者至少是在聽老師講研究方法。令他氣餒的是，這門課太倚賴筆電，而刪改螢幕上面的字根本不會有什麼滿足感，維克多只好看著其他學生打瞌睡、打混，還有的人在擔心，在聽講，或者傳遞數位紙條。毫無意外的是，這些事無法讓他的興趣維持多久，他很快就轉開目光，望著窗外，望著草坪，心緒飄到九霄雲外。

艾里舉起手時，他終於把注意力收回來。維克多沒有聽見問題，但是看到這位室友先露出美國政治候選人式的笑容才開始說話。當初艾略特——艾里——卡戴爾的處境還挺尷尬的，大二開學一個月後，維克多並不太高興見到這個瘦高的褐髮男孩站在宿舍門口。他的第一個室友在第一個星期就改變心意（當然，不是維克多的錯），很快就退學了。或許是由於缺學生，也或許是二年級同學麥克斯．霍爾偏好洛克蘭獨門的駭客挑戰而造成資料錯誤，結果一直都沒有別的學生補進來，維克多本來小得可憐的雙人房變成了恰恰好的單人房。直到十月初，艾略特．卡戴爾提著一個行李箱出現在外面廊道上，維克多第一眼就斷定他笑得太多。

維克多起初很想知道要怎樣在學期內再把房間改回來，但是還未採取行動時就發生怪事。艾里開始……越來越討喜。他很成熟，迷人得要死，由於基因良好再加上機智，碰上什麼事都可以脫身。他是天生的運動校隊與社團的料，卻完全無意加入，令每個人都很驚訝，尤其是維克多。這種小小反社交規範的表現，讓維克多對他的評估加了幾分，也立即多了幾分興趣。

但最吸引維克多的一點，是艾里絕對有什麼不對勁。他就像那種有很多小錯誤的圖畫遊戲，你得從各個角度仔細搜尋，而且總是有幾個地方會漏掉。表面看來，艾里似乎完全正常，但維克多偶而會逮到一點蛛絲馬跡，也許是不經意的斜眼一瞥，他這位室友的面容與言語，眼神與意圖不太搭調。那些瞬間即逝的細部使維克多著迷，就像看到兩個人，一個藏在另一個的皮膚底下，而皮膚常常太乾，會乾裂得露出裡面的顏色。

「非常敏銳，卡戴爾先生。」

維克多沒有聽見問題與回答，他抬起頭，看見萊恩教授轉頭看其他學生，拍一下手表示最後決定。

「好吧，現在該宣布你們的論文主題了。」

班上大部分是醫學院預科生，幾個有志成為物理學家，甚至還有一個想當工程師——不過不是安姬，她被分派到不同的科別——大家有志一同，齊聲呻吟出來。

「好了，好了，」教授打斷眾人的抗議說道。「你們選課時就已經知道要怎樣。」

「我們不知道，」麥克斯表示意見。「這是必修課。」他的回話贏得一陣鼓勵聲。

「那麼我由衷道歉。但是既然你們都在這裡，而現在就是最好的時機——」

「下個星期比較好，」肩膀寬闊的醫學預科生兼衝浪手陶比．包威爾喊道，他是某個州長的兒子。剛才麥克斯只得到一陣低聲響應，現在其他學生則是哄堂大笑，反映出陶比受歡迎的程度。

「夠了，」萊恩教授說道。全班安靜下來。「聽著，洛克蘭在許多方面鼓勵大家勤勉用功，也給予相當程度的自由，但是我有句話要警告你們。我這論文研究已經教了七年，你們如果選擇一個安全的主題想要低飛通過，那不會有什麼好處，然而，有野心的論文也無法只靠野心就行。你們的分數要看執行的情況而定。找一個接近你們興趣的主題去發揮，不要挑已經自認很擅長的東西。」他對陶比露出令人畏縮的笑容。「就從你開始吧，包威爾先生。」

陶比抓抓頭髮，拖延著時間。教授的聲明顯然使他對於想選擇的主題開始信心動搖。他翻著筆記，口中發出含糊的聲音。

「嗯……第十七型輔助性T細胞與免疫學。」他小心避免讓聲音最後變成疑問句。萊恩教授賣一會兒關子，每個人都在等他用那種「招牌表情」看陶比——下巴略微抬起，偏著頭，眼神在說，或許你會希望再試試看——但最後他賞給陶比的是微微點一下頭。

他轉開目光。「霍爾先生？」

麥克斯張開嘴，萊恩搶著說道：「不要科技。科學可以，科技不行。所以要選得聰明一點。」麥克斯的嘴巴又閉起來，開始考慮著。

「永續能源中的電力功率，」他想了一下說道。

「軟體加上硬體。很妙的選擇，霍爾先生。」

萊恩教授繼續問課堂上的所有人。繼承模式、均衡與放射等題目都通過了，而酒精／香菸／違禁藥品的影響、甲基安非他命的化學特性以及身體對性的反應，都得到「招牌表情」的回報。各種題目一個一個通過或者被打退票。

「下一個，」萊恩教授命令著，好心情漸漸消退。

「煙火化學。」

接著是很長一段停頓時間。這是珍寧．埃利斯的題目，她的眉毛在上次研究過程中受損，仍未復元。萊恩教授嘆一口氣再加上「招牌表情」，但珍寧只是微笑著，萊恩也無話可說。埃利斯是班上較年輕的學生之一，才念大一，她發現一種新的亮藍色，現在全世界的煙火公司都在用。如果她甘願拿自己的眉毛冒險，那是她自己的問題。

「你呢，韋勒先生？」

維克多望著教授，心裡淘汰著各種選項。他的物理向來不是頂好，化學雖然好玩，但他真正愛好的是生物——解剖與神經科學。他想寫有關實驗可能性的題目，但是也想保住自己的眉毛。而他雖然想留著自己在系上的位置，醫學院、研究所以及研究實驗室的邀約函已經連著幾個星期寄到信箱裡（其實私下溝通已有幾個月）。他與艾里把那些信拿來當門廊的裝飾。不是那些邀約，而是之前的信函，都是充滿讚美之詞，討好誘惑再加上手寫的附記。他們兩人都不需要用論文求取成功。維克多瞄一眼艾里，不知道他會選擇什麼主題。

萊恩教授清一下嗓子。

「腎上腺素誘導物，」維克多信口說道。

「韋勒先生，我已經拒絕了一個關於性交的提案——」

「不是的，」維克多搖頭說道。「腎上腺素與其生理及情緒性誘導物以及後果。生化臨界點。戰鬥還是逃跑的反應，那一類的東西。」

他看著萊恩教授的臉等候表示，萊恩終於點點頭。

「別讓我後悔答應你，」他說道。

然後他轉頭看艾里，班上最後一個要問的人。「卡戴爾先生。」

艾里靜靜一笑。「『EO』[1]。」

本來每次有人宣布主題後，大家都會交頭接耳一番，但這時全班都安靜下來。閒聊聲、打字聲與椅子移動聲都停了。萊恩教授用一種新表情打量著艾里，意味介於驚訝與困惑之間，只靠著對艾略特．卡戴爾的了解當緩衝，知道他一直是班上的頂尖學生，甚至在整個醫學系都是頂尖——呃，應該說，總是與維克多輪流當第一名與第二名。

十五雙眼睛來回看著艾里與萊恩教授，靜默持續得令人不安。艾里不是那種會拿論文提案開玩笑或者當試探的學生，但他不可能當真吧。

「恐怕你得詳細解釋一下，」萊恩緩緩說道。

艾里的笑容依舊。「討論特異人存在的可能性，從生物學、化學與心理學理論方面推論。」

萊恩教授偏著頭，下巴抬起來，但他開口時說的卻是：「要小心，卡戴爾先生。我警告過，單憑野心不足以得分。我相信你不會成為班上的笑柄。」

「那麼這是說可以嘍？」艾里問道。

第一次鐘聲響起。

一個人的椅子吱吱退後一英寸，但是沒有人站起來。

「可，」萊恩教授說道。

艾里的笑容變大了。

可？維克多想著，然後看看班上其他學生臉上的表情，從好奇到驚訝到羨慕都有。這是開玩笑。一定是的。但萊恩教授只是挺直身子，回復慣有的沉著。

「去吧，各位，」他說道。「要創造變化。」

整個課堂頓時動起來，椅子被拖拉，桌子被碰歪，書包被背上，教室清空了，維克多跟著擠到走廊上。他環視走廊尋找艾里，看見他仍在教室裡與萊恩教授輕聲但熱切地談著。一時之間，先前那分沉靜不見了，眼神明亮活潑，閃爍著飢渴的光采。但是等他離開教授，來到走廊上與維克多會合時，那種眼神又不見了，隱藏在輕鬆的笑容底下。

「搞什麼鬼？」維克多問道。「我知道論文在這種時候已經不重要，但——這是在開什麼玩笑嗎？」

艾里聳聳肩，談話還未繼續，他口袋裡的手機發出電音搖滾樂。艾里掏出手機，維克多癱靠在牆上。

「嘿，安姬。好，我們馬上就到。」他不等回應就掛斷電話。

「有人要召見我們。」艾里攬著維克多的肩膀。「我的美麗姑娘餓了。我不敢讓她等。」

3

昨晚

梅瑞特公墓

雪德妮的手臂由於拿鏟子而開始發痛，但是這一年以來她第一次不會覺得冷。她的臉頰發燙，汗水濕透外套，而且她感覺有活力。

對她而言，這是掘屍的唯一好處。

「我們不能做什麼別的事情嗎？」她撐著鏟子問道。

她知道維克多會怎麼回答，可以感到他的耐心開始消退，但她還是要問，因為發問就是說話，而只有說話能讓她分心，不去想自己是站在一具屍體上方，不但沒有避開，反而一鏟子一鏟子挖向它。

「訊息一定要傳出去，」維克多說道，仍然繼續挖著。

「那麼，或許我們可以傳一個不同的訊息，」她低聲說道。

「一定要這樣，雪德，」他說道，這才終於抬眼看她。「所以試著想一些開心的事情吧。」

她嘆一口氣，開始挖起來。鏟了幾下之後，她又停下，幾乎不太敢問他。

「你在想什麼，維克多？」

他閃現一絲邪氣的淡淡笑意，「我在想今天晚上天氣真好。」

他們兩人都知道這是謊話，但雪德妮決定還是不要知道事實。

✦

維克多不是在想天氣。

穿著外套，他根本不覺得冷。他滿心在想像艾里收到訊息時的表情。想像那種震驚、憤怒，以及串聯其間的懼怕。懼怕，是因為那只表示一件事。

維克多出來了。維克多自由了。

而且維克多要去找艾里——就如他所發的誓。

他把鏟子深深插入冰冷的土中，發出動聽的嚓的一聲。

4

十年前

洛克蘭大學

「你竟然搞神祕，不告訴我這是怎麼一回事？」維克多跟著艾里穿過厚重的雙扇門，進入洛克蘭國際美食館，通稱「蓋子美食館」。

艾里沒有回答，眼睛環視餐廳搜尋安姬。

在維克多看來，這整個地方像一個主題公園，把所有俗氣的自助餐廳陷阱藏在塑膠與灰泥牆面之下，而且完全不搭調。圍著一圈方形桌子擺了十一種菜色選項，每道菜各有不同的擺飾。雙扇門邊有一個小館，用一個矮門隔開等候用餐的隊伍。隔壁的一間播放著義大利音樂，櫃檯後方有幾座開放式披薩烤爐。對面則是泰國菜館、中國菜館與壽司館，燈籠式色彩明亮誘人。另外還有一個漢堡攤、切肉台、療癒食物區、沙拉吧、冰沙店，以及一個標準的咖啡館。

安姬．奈特坐在義大利館附近，轉著叉子上的義大利麵，看著壓在托盤下的一本書，紅銅色捲髮在眼前晃蕩。維克多看見她，一陣微微刺痛竄過心頭，在別人未注意時能夠單純觀看對方，會有像那種偷窺似的刺激感。但是艾里也看到她時，這種情況就結束了，他沒有說話就捕捉住她的目光。他們就像磁鐵一樣，維克多想著，各自具有一種吸引力。每天在課堂上，在校園裡，別人總是被他們吸引過去。即使維克多都感覺到那種吸力。而他們兩人相距夠近時……好吧，安姬的雙臂立即攬住艾里的脖子，完美的雙唇貼上他的嘴。

維克多轉開視線，讓他們享受片刻隱私，這其實很荒謬，因為這樣放閃……太公開了。幾張桌子之外的一位女教授本來在看一張摺起來的紙，抬起頭看過來，眉毛動一下，然後大聲翻轉手上的紙。艾里與安姬終於勉強分開，安姬擁抱一下維克多，這個簡單的招呼動作真心而親切，但是沒有那種熱情。

這不成問題。他並沒有愛上安姬．奈特。她並不屬於他。即使是他先認識她，即使他對她也曾像磁鐵一樣，大一開學第一個星期，她在這美食館裡就找上他，那天即使已是九月仍熱得要死，兩人就一起吃冰沙，她的臉因為跑田徑而泛紅，而他則是因為她而臉紅。那時她從沒見過艾里，直到二年級時維克多帶了這位新室友同桌共餐，因為那似乎是很好的因緣安排。

去他的因緣，他心裡想著。安姬鬆開他，飄回自己的座位上。

艾里拿了一碗湯，維克多買了中國菜，三人同坐在越來越吵的用餐區，有一搭沒一搭地聊著，儘管維克多急著想知道艾里為什麼活見鬼要挑「EO」當論文題目。但維克多也知道，最好不要當著安姬的面質問他。安姬．奈特是一個女強人，有一雙長腿，以及維克多所見過最強的好奇心。她才二十歲，從剛會開車時起就有許多頂級學校招攬，收到十幾張企業人士名片要提供工作機會，還有後續的許多條件，包括微妙或者不甚微妙的賄賂，結果她跑到洛克蘭來。她最近才接受一家工程公司的邀約，畢業後就將成為年紀最輕——維克多也敢打賭是最聰明的——員工。她甚至還不到能喝酒的年齡呢。

再說，艾里說出論文題目時，從其他同學的神情判斷，消息應該很快就會傳到她耳中。

終於，在一頓飯經過幾度猶豫以及艾里偶然投過來的警告眼神之後，上課鐘響了，安姬離開他們去上課。她本來接下來不應該有課的，但是她想要多選修一門課。艾里與維克多坐在那裡看著她如雲的紅髮飄呀飄地走開，高興得像要去吃蛋糕，而不是去探索鑑識化學還是機械效率或者其他什麼她喜愛的科目。或者該這麼說，艾里看著她走開，維克多則是看著艾里看她，胃裡有一種翻攪的感覺。不只是艾里把安姬從他手上搶走——那已經夠糟了——還有安姬也把艾里從他手上搶走了。總之，她搶走比較有趣的艾里，不是這個牙齒完美又愛笑的艾里，而是底下藏著如碎玻璃般閃亮尖銳的那個人。從那些參差尖銳的碎片中，維克多認出某種東西，某種危險又飢渴的東西。但是艾里在安姬身邊從來不會展現出來。他是一個模範男朋友，關心又體貼，而且無聊。維克多發覺自己在打量這位目送安姬的朋友，想尋找生命的跡象。

他們沉默了幾分鐘，美食館內的人漸漸變少，然後維克多失去耐性，腳在木桌下面踢一下艾里。他的視線懶洋洋地從食物上抬起來。

「為什麼選『EO』？」

艾里臉上的神情慢慢、慢慢地展開，維克多感到胸口鬆一口氣，艾里的陰暗自我在往外窺探。

「你相信他們嗎？」艾里問道，一面用湯匙在剩下的湯裡畫圖案。

維克多猶豫著，一面咬嚼一塊檸檬雞。「EO，特異人。」他聽說過，就像大家聽說到什麼現象一樣，也許是相信的人在網站上說的，也偶而是在深夜的揭密節目中，「專家」分析著一段影像模糊的影片，拍的是一個男人抬起一輛車，或者一個女人被火吞噬卻沒有燒傷。聽說與相信「特異人」是非常不同的事，他從語氣聽不出艾里暗示自己屬於哪一種，也看不出艾里希望他屬於哪一種，這讓他更難回答。

「怎樣，」艾里催促道。「你相信嗎？」

「我不知道，」維克多老實說道，「這跟相信有沒有關係……」

「每件事都始於相信，」艾里反駁道。「始於信仰。」

維克多心頭一縮。在艾里對宗教的仰賴方面，他對艾里的了解總是無法突破。維克多盡量忽略這一點，但是在兩人的對話中經常打結。艾里一定感覺到他要失去興趣了。

「那麼好奇吧，」艾里修正一下問題。「你會覺得好奇嗎？」

維克多對很多事情都感到好奇。他對自己好奇（不知道自己是否壞了，或者特別，或者比較好，或者比較糟），也對別人好奇（他們是否真的像看起來那樣愚蠢）。他對安姬好奇——如果他把自己的感覺告訴她會怎樣，如果當初她選擇他會怎樣。他對生命好奇，對人，對科學，對魔法，對上帝，也不知道自己是否相信這些事。

「我會，」他緩緩說道。

「好吧，你對某件事好奇的時候，」艾里說道，「難道那不表示在某方面你相信它嗎？我想在生活中我們多半希望證明事情，而不是推翻事情。我們想要相信。」

「所以你想要相信超級英雄。」維克多的語氣小心，不帶評斷意味，卻難掩嘴角漾起的笑意。他希望艾里不會覺得受到冒犯，只把他當成幽默——是輕率，不是嘲笑——但是不然。他的神情猛然封閉起來。

「好，是呀，很愚蠢，對吧？被你逮著了。我才不在乎什麼論文，我只想看看萊恩教授會不會讓我過關，」他說道，露出一個相當空洞的笑容，然後推開椅子站起來。「如此而已。」

「等一下，」維克多說道。「不是如此而已。」

「就是這樣。」

艾里轉身走開，把托盤拿去回收，然後走了出去，維克多沒有機會再說什麼。

✦

維克多的後面褲袋裡總是放著一支馬克筆。

他在圖書館的書架間搜尋一些書準備開始寫論文時，手指一直發癢，想把筆掏出來。先前與艾里談話未果，使他變得有點焦燥，渴望藉著慢慢刪改別人字句的方式找回平靜，恢復自己心裡的禪意。他設法平靜地走到醫學部門，在剛才已經選好的心理學書上再加一本講人類神經系統的書。又找了幾本比較小部頭的講腎上腺素與人類衝動的書之後，他就去登記借出，圖書館員在檢查書的時候，他小心地把手指——指尖已經由於執行藝術課計畫而永久沾上汙漬——藏在櫃檯活板底下。他在洛克蘭曾碰到幾次抱怨說有的書遭到「破壞」，但非完全「毀損」。圖書館員隔著書堆看他，彷彿他的罪行是寫在臉上而不是在他的手指上。然後館員才將書掃描過後遞還給他。

回到大學分配給他與艾里的宿舍，維克多打開袋子，跪在一個矮架子前，把先前標記好的激勵性自助書放上去，擺在兩本已經刪改過的書中間，他暗自慶幸還沒有接到電話要討回這兩本借的書。他把那本寫腎上腺素的書留在書桌上。他聽見前門打開又關起來，幾分鐘後，他晃到起居室，發現艾里剛倒在沙發上，學校發的木頭咖啡桌上擺了一堆書與裝訂好的列印紙，但是他一看見維克多進來，就改拿起一本雜誌假裝無聊地翻閱著。桌子上的書，內容從受壓力下的腦部功能到人類意志、解剖與身心反應等等都有……但那些列印資料就不同了。維克多拿起一份，坐到椅子上看了起來。艾里微微皺眉，但是並未阻止。列印資料是從網站、訊息板與論壇裡抓下來的，絕對不會當作可接受的參考來源。

「老實跟我說，」維克多說著把資料扔回隔開兩人的小桌上。

「說什麼？」艾里心不在焉地問道。維克多瞪著他，藍眼睛一眨也不眨，直到艾里終於放下雜誌坐起來，轉身把雙腳穩穩放到地上，反映著維克多的姿勢。「因為我認為他們說不定是真的，」他說道。「說不定，」他又強調著。「但我願意考慮那種可能性。」

聽見這位朋友語氣中的真誠，維克多頗為驚訝。

「繼續說，」他說道，擺出最像「相信我」的神情。

艾里用手指從那堆書上拂過去。「你試著這麼想吧。漫畫書上的英雄有兩種方式產生，天生的與後天的。有超人，他生下來就是那樣，還有蜘蛛人，他是後來變成那樣的。你同意我的說法嗎？」

「同意。」

「如果你在網站上基本式的搜尋一下『特異人』」——他揮手朝列印資料比一下——「你也會找到同樣的分類。有些人聲稱『特異人』是天生與眾不同，也有人提出各種可能，包括放射性物質、毒蟲與偶發事件。如果你設法找到了一個『特異人』，就證明那種人確實存在，問題則變成他們是如何來的，是天生的？還是後天的？」

維克多看著艾里說到「特異人」時眼睛蒙上一層光澤，語氣也有變化——比較低，比較急切——配合著他在試圖掩飾興奮時臉部肌肉緊張的移動。他的嘴角透露出一種熱切意味，眼睛周圍帶著著迷之色，下頷也充滿力量。維克多看著這位朋友，深深受到這種轉變的吸引。他可以模仿大部分情緒，把它們當成自己的，但是模仿只能做到一種程度，而他知道自己絕對不可能做到這種……熱忱。

他根本沒有試著去模仿，只是保持冷靜，聆聽著，眼神專注虔誠，讓艾里不會覺得氣餒，不會打退堂鼓。維克多最不希望的就是他退縮回去。這段友誼花了將近兩年的時間才突破那層迷人糖衣，發現維克多一直就知道潛藏在底下的東西。而今，坐在小咖啡桌旁，上面堆著低解析度的螢幕截圖，資料來自成人躲在父母房子地下室裡架設的網站，艾略特・卡戴爾彷彿找到了上帝。或者更好的說法是，彷彿他找到了上帝，想要保密卻又不能。祕密如光線從他的皮膚底下透出來。

「好吧，」維克多緩緩說道，「我們就假設『特異人』確實存在。你要找出如何存在。」

艾里對他燦然一笑，那笑容會讓邪教領袖豔羨。

「正是這個主意。」

5

昨晚

梅瑞特公墓

嚓。

「你在牢裡待了多久？」雪德妮問著，試圖打破沉默。挖掘的聲音加上維克多心不在焉的哼哼聲，對她緊張的神經沒有幫助。

「太久了，」維克多答道。

嚓。

嚓。

她握鏟子的手指隱隱作痛。「你是在哪裡認識米契的？」

米契——米契爾．透納——是在旅館房間裡等他們的那個大漢。不是因為他不喜歡墓地，他特別對他們強調這一點。不是的，只是必須有人留下來陪度兒，而且，他還有工作要做，很多工作，與屍體沒有關係。

想到他努力找藉口的樣子，雪德妮微笑起來。想到米契使她感覺好了一些，米契的塊頭差不多跟一輛車一樣大，而且大概也能輕輕鬆鬆就把車子舉起來，竟然這麼介意死人。

「我們是牢友，」他說道。「監牢裡有很多非常壞的人，雪德，只有極少數是好人，而米契就是其一。」

嚓。

嚓。

「你是壞人嗎？」雪德妮問道，水汪汪的藍眼睛直瞪著他，一眨也不眨。其實她不確定答覆重不重要，但是覺得自己應該知道。

「有的人會說是，」他說道。

嚓。

她繼續瞪著。「我想你不是壞人，維克多。」

維克多一直挖著。「只是觀點問題。」

嚓。

「關於坐牢的事，是他們……他們放你出來的嗎？」她細聲問道。

嚓。

維克多把鏟子插在地上，抬起頭看她，然後露出笑容，她注意到他在說謊之前似乎都會笑，然後他說道：「當然。」

6

一星期前
萊騰監獄

監獄本身的重要性，遠低於它所給予維克多的東西，也就是：時間。

五年的隔離給了他思考的時間。

四年的集體生活（多虧裁減預算，以及缺乏韋勒有任何不正常的證據），使他有時間練習，用四百六十三名獄友練習。

而最後七個月給他時間計畫此刻。

「你知道嗎？」維克多說道，一面瀏覽一本跟監獄圖書館借的解剖書（他認為這實在太蠢，竟然讓囚犯知道詳細的重要器官位置，但事情就是這樣），「讓人不懼怕痛，也就讓他們不會懼怕死？在他們看來，你讓他們變成不死之身。當然他們不是不會死，但是話怎麼說的啦？在證明其他情況之前，我們皆為不死之身。」

「差不多是這樣吧，」米契說道，他有一點心不在焉。

米契是維克多在萊騰聯邦監獄的牢友。維克多很喜歡米契，一方面是因為米契完全不睬監獄政治，另一方面是因為他很聰明。由於他的體型關係，一般人似乎無法理解這一點，但是維克多看出他的天分，就可以善加利用。例如，米契目前就在設法讓一個監視攝影機短路，用的是口香糖包裝紙、一根香菸，以及三天前維克多幫他弄來的一小截電線。

「弄好了，」一會兒之後米契說道，維克多正在翻閱神經系統的那一章，他把書放下，活動一下手指，這時候獄警沿著通道走過來。

「我們走吧？」他問道，空氣裡開始嗡嗡震動。

米契緩緩環視一下牢房，然後點點頭。「你先。」

7

兩天前
路上

大雨如波浪向車子襲來，雨水多得讓雨刷根本沒辦法刷乾淨，只能勉強推動著車窗上的水，但米契與維克多都沒有抱怨。畢竟，這輛車是偷來的。而且顯然偷得很不錯，他們在離監獄幾英里外的一處休息站偷來至今，開了將近一個星期都沒有出事。

車子經過一個路牌，上面寫著「梅瑞特——二十三英里」。

米契開著車，維克多望著外面滂沱大雨中的世界飛逝。感覺好快。在牢裡待了十年之後，感覺什麼東西都很快，什麼都很自由。頭幾天，他們只是漫無目的地開著車，對行動的需要強過對目的地的需要。維克多不知道他們要開到哪裡去。他還沒有決定要從哪裡開始搜尋。十年的時間足夠規劃逃獄，可以精密到每一分鐘的細節。他在一小時內就換上新衣服，幾天內就有了錢，但是出來一個星期了，他還沒想到要從哪個地方開始去找艾里。

直到那天早上。

在一處加油站，他拿了一份全國版的《國家記事報》，心不在焉地翻著，然後命運之神對他微笑，或者說，至少有人笑了，笑著看一篇報導上面印的照片，標題為：

平民英雄拯救銀行

那家銀行的所在地梅瑞特，是一個正在擴張的都會，位在萊騰的鐵絲網圍牆與洛克蘭的鑄鐵圍籬中途。他與米契往那裡開去，原因無他，就因為那是可去的地方。城裡有很多人可供維克多詢問、說服與脅迫。而且那座城市已經顯示會有指望，他心裡想著，一面拿起摺起來的報紙。

他買下那份《國家記事報》，但是只帶走那一頁，近乎崇敬地把它塞到資料夾裡。這是一個開始。

此刻，米契開著車，維克多閉上眼睛，頭往後靠在椅背上。

你在哪裡，艾里？他心裡想著。

你在哪裡你在哪裡你在哪裡你在哪裡？

這個問題在他的腦海中迴響。十年來他每天都在想，有時候只是心不在焉地想著，有時候則是強烈地需要知道，渴望得令他心痛。真的會痛，而且對維克多而言，那是很不尋常的事情。

他的身體往椅背靠上去，車窗外的世界飛逝。他們沒有走高速公路——大部分逃犯都知道不能走——但是在這兩線道公路上的速限也很過癮。怎樣都比站著不動好，他目光渙散地想著。

過了一陣子之後，車子碰到一個小坑洞，這下顛簸把維克多由夢中震醒。他眨眨眼，轉頭看著外面的路樹飛閃過去。他把車窗搖下一半，想感覺那種速度，不管米契在抗議他讓雨水濺到車裡。他不在乎雨水弄濕座位，他需要感受這些。現在已近黃昏，在這一天的最後時分，維克多瞥見一個影子沿著路邊移動，身形很小，低著頭，步履艱難地走在狹窄的路肩上。維克多的車從旁邊駛過去，然後他皺起眉頭說話了。

「米契，退回去。」

「為什麼？」

維克多轉頭看駕駛座上的這個大塊頭。「別要我再說一次。」

米契沒有。他把車子打成倒檔，輪胎在潮濕的路面上滑行。他們又經過那個身影旁邊，但這次是倒著經過。米契再把車改成前進，緩緩趕上那個身影。維克多把車窗整個打開，雨水掃進來。

「你還好吧？」他隔著雨問道。

那個人沒有回應。維克多的感覺末梢有一種刺痛感，在輕輕哼著。是痛哼。不是他在哼。

「停車，」他說道，這次米契立即把車停住──有一點太快了。維克多下了車，把外套拉鍊直拉到領口，開始跟著那個陌生人並肩走，他比那個人足足高了兩顆頭。

「你受傷了，」他對那裹著一團濕衣服的人說道。不是因為見到那個人雙臂緊抱胸前，或者一隻袖子上有黑色汙漬，顏色比雨濕的印子暗，也不是因為他伸手過去時那個人急遽縮開。維克多聞到痛，就像狼聞到血味。他可以接收到那種感應。

「別走，」他說道，這次那個人的腳步慢吞吞停下來。冰冷的雨水不停落在周遭。「上車。」

這時候那個人抬頭看他，濕漉漉的帽兜滑落到細瘦的肩膀上。一張年輕的臉孔上，髒汙的黑眼線後面是一雙水藍色的眼睛，正狠狠地瞪著他。維克多深知痛苦的感覺，不會被那副桀驁不馴的模樣與緊繃的下頜騙倒，金色的濕髮變成亂卷黏在臉上，她頂多十二歲，也許十三歲。

「上車，」他催促道，伸手指著停在旁邊的車子。

女孩只是瞪著他。

「妳出了什麼事？」他問道。「再糟也不會比先前糟了。」

見她沒有要上車的動作，他嘆一口氣，指著她的手臂。

「讓我看一看那裡。」他伸手過去用手指摸她的夾克，手周圍的空氣一如平常發出細細的爆裂聲，女孩發出一聲幾乎聽不見的吁氣，揉著自己的衣袖。

「嘿，別動，」他警告著，同時把她的手從受傷之處推開。「我還沒有處理好。」

她的眼睛來回看看他的手與自己的衣袖，然後又轉回來看他的手。

「我好冷，」她說道。

「我叫維克多，」他說道，她對他閃過一絲虛弱的笑意。「我們不要再淋雨吧，妳說如何？」

8

昨晚

梅瑞特公墓

「你不是壞人，」雪德妮又說一遍，一面把土鏟到月光下的草地上。「但艾里是。」

「對，艾里是的。」

「可是他沒有坐牢。」

「沒有。」

「你想他會收到訊息嗎？」她指著墳墓問道。

「我相當確定，」維克多說道。「而且就算他沒收到，妳的姊姊也會。」

想到賽蕊娜，雪德妮的胃部一陣抽搐。在雪德妮的心裡，她的姊姊是兩個不同的人，兩個形象重疊而顯得模糊，使她感覺暈眩不舒服。

她看見在湖邊事件之前的賽蕊娜。賽蕊娜去上大學那天，跪在她前面的地板上——她們都知道賽蕊娜要拋棄雪德妮，把她丟在有毒的空屋裡——用拇指抹去雪德妮臉頰上的淚水，一再說著：我沒有離開，我沒有離開。

還有在湖邊事件之後的賽蕊娜。賽蕊娜的眼神冰冷空洞，用花言巧語達到目的，誘騙雪德妮去一個地方，哄她對那裡的一具屍體示範她的技能，然後擺出悲傷神情。男朋友舉起槍的時候，那個賽蕊娜轉身背對著雪德妮。

「我不想見賽蕊娜，」雪德妮說道。

「我知道，」維克多說道。「但是我想見艾里。」

「為什麼？」她問道。「你又不能殺死他。」

「可能。」他的手指握緊鏟子。「但試試看也很好玩。」

9

十年前
洛克蘭大學

春季學期開始前幾天，艾里去機場接維克多，臉上的笑容讓維克多覺得不安。艾里有各種不同的笑容，就像店裡的冰淇淋口味一樣多，而這一種表示他有一個祕密。維克多不想理會，但他還是會在乎，而由於他無法不在乎，就決心至少不表露出來。

艾里整個假期都留在學校做論文研究。安姬曾有抱怨，因為他本來應該跟她一起走的。正如維克多所料，安姬並不是艾里論文的粉絲，既不喜歡這個主題，也不喜歡占用他時間的百分比。艾里宣稱停止休假去做研究，是為了安撫萊恩教授，但維克多不喜歡這樣，因為那表示艾里搶先了一步。當然啦，維克多不喜歡也是因為他也曾要求假期留校，申請同樣的通融，卻遭到拒絕。他好不容易控制住自己，藏起怒意以及想要結束艾里的性命讓自己接收的渴望。無論如何，他只是設法聳肩微笑，艾里也承諾會讓他知道如果他們的目標領域內有所進展——艾里說的是「他們的」而不是「他的」，那有一點安撫作用。整個假期間，維克多沒有聽到任何消息，然後在他準備搭機返校的幾天前，艾里打電話說有所發現，但是拒絕告訴他是什麼，要等到兩人都回學校再說。

維克多本來想訂早一點的飛機（他等不及想逃離父母身邊，他們先是堅持要闔家共度耶誕節，然後又每天都提醒他要知道他們所做的犧牲，因為假期是他們最喜歡的旅行空檔），但又不希望顯得太急切，所以一直等到假期結束，然而，發狂似地埋頭做自己的腎上腺素研究，相形之下倒挺有療癒效果，這只是簡單的因果關係，有太多文獻資料可以參考，不是太大的挑戰，很有回報。文句還算工整優雅，沒錯，但是其間有許多假設在維克多看來並無啟發性，很無聊。萊恩曾說大綱寫得很紮實，說維克多可以起跑了，但維克多不想跑，因為艾里已經想飛了。

因此，坐上艾里的車之後，他的手指興奮地敲著膝蓋。他費了好大的勁才伸直不動，可是再碰到腿的時候又不安地敲起來。在飛機上，他大半時間都在努力培養冷淡的情緒，讓自己在一見到艾里時不會脫口就說「告訴我」，但現在只剩兩人坐在一起，他的鎮定就失效了。

「怎麼樣？」他問道，試著讓語氣聽起來無聊卻未成功。「你發現什麼？」

艾里握緊方向盤，將車子駛向洛克蘭。

「創傷。」

「怎樣？」

「在我找到所有算是紀錄充分的『EO』案例中，只有這一個共同點。總之，人體在壓力下會有種種奇怪的反應，腎上腺素之類的，如你所知。我猜創傷能夠引起身體的化學成分改變。」

他開始說得比較快。「但問題是，『創傷』這個詞很含糊，對吧？涵蓋範圍太廣，真的，我需要理出頭緒。每天有千百萬人受到創傷，情緒上，生理上，什麼都有。即使其中只有一小部分變成『特異人』，在所有人口中也占有相當比例。如果那樣的話，『EO』就不只是特例，不只是假設，而是事實。我知道一定有比較特定的東西。」

「一種創傷類型？像是車禍？」維克多問道。

「對，正是，只不過沒有任何共同創傷的指標，沒有明顯的公式，沒有特徵。一開始沒有。」艾里的話未講完，賣著關子。維克多把收音機轉低再關上。艾里幾乎從位子上彈起來。「但是呢？」維克多催促著，明顯的感興趣語氣使他自己都心頭一驚。

「但是我開始挖掘，」艾里說道，「而我挖得出的少數研究案例——當然，是非正式的，而且實在找得好辛苦——那些人不只是受到創傷，維克。他們死了。我起初沒有看出來，因為十之八九的人並不是持續在死的狀態，甚至沒有列為『NDE』的紀錄。見鬼，半數的人根本沒發覺自己有『NDE』。」

「『NDE』？」

艾里瞄了維克多一眼。「瀕死經驗❷。萬一『EO』不僅是任何創傷的結果呢？萬一他們的身體是在反應生理與心理所可能遭受的最大創傷呢？死亡。想想看，我們是指在只有生理反應，或者只有心理反應時就沒有可能，而是需要大量的腎上腺素、恐懼與覺察。我們說的是意志力量，

❷ near death experience。

心思超越物質，但不是指一個凌駕另一個，而是兩者同時都有。心思與身體對將至的死亡都有反應，而在這些案例中，兩者都夠強——而且兩者也必須夠強，我是指遺傳體質以及生存的意志力——我想你可能要有一套『EO』的配方。」

維克多聽著艾里的理論，心思在飛轉。

他的手指在褲管上一縮一放。

有道理。

有道理而且簡單優雅，維克多不喜歡這樣，尤其因為他應該先看出來，應該能夠先做出假設。腎上腺素是他的研究主題。唯一的不同在於他一直在研究暫時性的變化，而艾里則進一步提出一種永久轉變的假設。他渾身怒氣竄湧，但生氣無益，所以他改為實際一點，搜尋著瑕疵。

「說話呀，維克。」

維克多皺起眉頭，小心地不讓自己的語氣像艾里那樣熱心。

「你已經知道兩點，艾里，可是不知道還有多少未知的。即使你可以確定說瀕死經驗與堅強的生存意志是必要元素，也要想想看可能有多少其他因素。見鬼，這個主題的『特異人』核對清單可能還需要十幾個選項，而且你這兩個因素太含糊了。單是遺傳體質就包括數百種特徵，任何一種都可能是關鍵。他們目前的生理狀況有沒有關係，還是只有身體的內在反應會改變？至於心理狀態，艾里，你如何能計算心理因素呢？是什麼構成堅強的意志？那是複雜的哲學問題。然後又還有整個機率因素。」

「那些因素我都沒有排除，」艾里有一點洩氣地說道，一面把車轉上停車場。「這是一種加成式的理論，不是刪減式。我們不能慶祝一下我可能有了重要發現嗎？『EO』需要『NDE』。我要說這是他媽的相當酷的事情。」

「但是這不夠，」維克多說道。

「不夠嗎？」艾里反駁道。「這是一個開始！每種理論都需要有起點，維克。瀕死經驗的假設——對於創傷的心理加上生理反應——這是站得住腳的。」

艾里說話的時候，維克多心裡有某種微小而危險的感覺成形，那是一個念頭，想把艾里的發現轉變為他的，或者，至少變為他們的。

「而且這是一篇論文，」艾里繼續說著。「我要試著為『EO』現象找出科學解釋，又不是真的想創造什麼。」

維克多的嘴角扭動一下，然後變成笑容。

「有何不可？」

✦

「因為這是自殺，」艾里說道，滿口都是三明治。

他們坐在「蓋子美食館」內，春季學期尚未開始，這裡仍相當空蕩，只有義大利小館、療癒廚房與咖啡館在營業。

「好吧，對，必然的，」維克多啜著咖啡說道。「但是如果成功……」

「我無法相信你真的會建議這樣，」艾里說道，但是語氣的驚訝之中還穿插一點別的成分。好奇。精力。維克多從前感覺到的那種熱切。

「就說你是對的吧，」維克多繼續說道，「而且這是一個簡單的等式：瀕死經驗，要強調『瀕臨』，加上某種程度的生理耐力，以及堅強的意志——」

「可是，是你說這不簡單，一定還有別的因素。」

「噢，我確信一定有，」維克多說道，但他已經得到艾里的注意。他喜歡讓他注意。「誰知道有多少因素？但我願意承認，身體在性命攸關的情況下能夠做出令人難以置信的事情。我的論文說的就是關於這個，記得嗎？而且或許你是對的，或許人體甚至能夠發生基本的化學轉變。在有急切需要的時候，腎上腺素能給人帶來彷彿超人的能力，讓人瞥見力量閃現。說不定有辦法讓改變持續下去。」

「這太瘋狂了——」

「你並不相信那個，不完全相信。畢竟那是你的論文，」維克多說道，垂眼瞪著咖啡，嘴角扭曲一下。「順便一提，你的論文得到A。」

艾里瞇起眼睛。「我的論文本來是純理論性的——」

「噢，真的嗎？」維克多說道，笑容帶著挑撥煽動的意味。「相信又怎樣了？」

艾里皺起眉頭，張口要回答，但是被一雙攬住脖子的柔軟手臂打斷。

「我的兩個男孩為什麼看起來這麼嚴肅？」維克多抬起頭，看見安姬的紅色捲髮、雀斑與笑容。「因為假期結束而難過嗎？」

「不太可能，」維克多說道。

「嘿，安姬，」艾里說道，維克多看見他眼底的光采斂起，然後他把她拉過去像電影明星那樣熱吻起來。維克多在心裡暗咒，他費了好大工夫把話引出來，結果安姬用一個吻就使艾里的注意力完全轉開了。他氣惱地站起身。

「你要去哪裡？」安姬問道。

「今天很累，」他說道。「我剛回來，還得打開行李……」他的聲音漸弱。安姬已經沒在聽他說話，手指繞著艾里的頭髮，兩人嘴唇相貼。就是這樣，他失去了他們兩個人。

維克多轉身走開了。

10

兩天前
紳士旅館

維克多撐著旅館的門，讓米契把雪德妮——受了傷又渾身濕透——抱進去。米契的塊頭大，剃光頭，露出來的皮膚幾乎每一寸都有刺青，他身體的寬度就跟這個女孩的身高差不多。她可以自己走路，但米契決定抱著她比讓她伸臂攬著他的肩膀容易。他還拿了兩個行李箱，到門口就放到地上。

「我想這裡還可以，」他說道，神情愉快地環視這間豪華套房。

維克多把另一個小很多的箱子放下，扒下濕外套掛起來，捲起衣袖指揮米契把女孩帶進浴室。雪德妮被抱過去時引頸看著室內。位於梅瑞特市區的紳士旅館裡面光禿禿的，讓她不禁懷疑他們是否把家具都扔出去了，往下看的時候還看到地面有椅子或沙發腳留的凹印，但整片地板都是木製或者某種看似木頭的材料，浴室則是石板與瓷磚。米契將她放在淋浴間——一塊沒有門的大理石圈起的大型空間——就離開了。

她發著抖，只感到滲入體內的寒意。幾分鐘後，維克多進來，抱著一堆衣物。

「這裡面應該有妳能穿的，」他說道，一面把衣物放在洗臉盆旁邊的檯面上。他站在浴室外面等，她脫下濕衣服，檢視那堆衣物，不知道這些新衣服是從哪裡來的。看起來好像是他們從洗衣間抓來的，但是穿起來又乾又暖，她也沒有什麼好抱怨的。

「雪德妮，」她喊道，襯衫套在頭上一半，再加上隔在兩人中間的門，使她的聲音很模糊。「是我的名字。」

「幸會，」維克多的聲音從通道上傳來。

「你是怎麼弄的？」她喊道，一面把襯衫拉下來。

「弄什麼？」他問道。

「止痛。」

「這是……一種天賦。」

「天賦，」雪德妮恨恨地咕噥道。

「妳見過有天賦的人嗎？」他隔著門問道。

雪德妮賣關子沒回答，接下來的沉默片刻只聽見穿脫衣服的窸窣聲。

等她終於開口時，只是說道：「你現在可以進來了。」

維克多進來，發現她的運動褲太大，細肩帶上衣太長，但暫時還能將就著穿。

他要她坐在台上別動，讓他檢查手臂。他清除最後一點血跡後，眉頭皺了起來。

「怎麼了？」她問道。

「妳受到槍傷，」他說道。

「很顯然。」

「妳是在玩槍還是怎樣？」

「不是。」

「這是什麼時候的事？」他問道，手指按著她的手腕。

「昨天。」

他盯著她的手臂。「妳要告訴我這是怎麼一回事嗎？」

「你是指什麼？」她虛應道。

「好吧，雪德妮，妳的手臂上挨了一顆子彈，脈搏比同年齡的人慢幾拍，體溫也似乎低了五度。」

雪德妮緊張起來，但是沒有說話。

「妳還有別的地方受傷嗎？」他問道。

雪德妮聳聳肩。「我不知道。」

「我要讓妳的痛覺恢復，一點點，」他說道。「看看妳是否還有別的傷。」

她僵硬地微微點頭。他抓著她的手臂略微握緊，先前體內隱隱的寒意變熱，進而成為一種痛楚，如點點針尖刺痛身體不同部位。她抽一口氣，再忍著告訴他哪裡最痛。她看著他工作，動作輕得幾乎不可思議，彷彿怕把她弄碎。他的每一方面都很輕很淡——皮膚，頭髮，眼睛與雙手。

那雙手在她的皮膚上隔空移動，只在絕對必要時才接觸她。

「好吧，」維克多幫她包紮好，再把痛覺消除，然後說道：「除了槍傷，以及一邊腳踝扭傷之外，妳似乎情況很好。」

「除了那之外，」雪德妮譏諷道。

「這是相對而言，」維克多說道。「妳還活著。」

「我是的。」

「妳要告訴我，妳碰到什麼事了嗎？」他問道。

「你是醫師嗎？」她反問道。

「本來應該是的。很久以前。」

「發生了什麼事？」

維克多嘆一口氣，往後靠在毛巾架上。「我跟妳打商量，一個回答換一個回答。」

她猶豫著，最後點點頭。

「妳幾歲？」他問道。

「十三歲，」她說謊，因為她不喜歡十二歲。「你幾歲？」

「三十二歲。妳怎麼了？」

「有人想殺我。」

「我看得出來。可是為什麼有人要那麼做？」

她搖搖頭。「不該換你問。為什麼你沒有當醫師？」

「我去坐牢了，」他說道。「為什麼有人要殺妳？」

她用腳跟搔著小腿，這表示她要說謊，但維克多對她認識還不夠，不會知道這一點。「沒有概念。」

雪德妮差一點要問坐牢的事，但是臨時改變心意。「為什麼你要讓我搭便車？」

「我對流浪動物會心軟，」他說道。然後維克多的問題令她訝然：「妳有天賦嗎？雪德妮。」

過了好久之後，她搖搖頭。

維克多低頭看她，她看到他臉上某種神色一閃，像是一道暗影，自從他們的車子在她身旁停下至今，這是她第一次感到害怕。不是滿心畏懼那樣，而是一種低平沉穩的恐慌蔓延至她整個肌膚。

但是，維克多抬起目光時，那層暗影消失了。「妳應該休息，雪德妮，」他說道。「通道後面那一個房間給妳。」

他轉身走開，她還未來得及跟他道謝。

✦

維克多走到廚房，這裡與套房的客廳只隔著一張大理石吧檯桌，他從他們的收藏裡取一瓶酒倒了一杯。他與米契離開萊騰後就開始蒐集酒，然後米契把它們從車上拿下來帶進房間。這個女孩在說謊，他知道，但是忍住衝動，沒有採用平常慣用的方法。她是小孩子，而且顯然嚇壞了。而且她又有傷，已經受夠了。

維克多讓米契用另一間臥房。那個人絕對睡不下沙發，而且反正維克多也不太睡覺。如果他真累了，當然也不會介意睡軟沙發。他在監獄最不喜歡的，不是那裡的人或者食物，甚至不是監獄本身。

是那該死的小床。

維克多拿起酒杯，在套房的超耐磨木地板上走動著。這地板非常實用，不會發出吱吱聲，他可以感覺到底下的水泥。他的腿已經在水泥地上站過太久，認得出來。

客廳有一整面直接到天花板的大落地窗，中央嵌著雙扇門通往陽台。他拉開門，走到七樓高的狹窄平台上。空氣清涼，他深深吸著，雙肘靠在冰冷的金屬欄杆上，握著酒杯，冰塊使玻璃杯凍痛手指。倒不是說他感覺痛。

維克多瞪著外面的梅瑞特市。即使在現在這時間，市區仍然充滿活力，他不必費勁就可以感覺到人群的熙攘聲。但是在此時此刻，被這座充滿金屬味的冰冷城市空氣包圍，還有數百萬個有呼吸有感覺的身體，而他心裡想的不是其中任何人。他的目光在一棟棟建築上方盤旋，心思卻飄到遠遠的地方。

11

十年前

洛克蘭大學

「如何？」維克多在那天稍後的晚上問道。他喝了一點酒。一些酒。他們在廚房裡有一架子的啤酒供聚會用，浴室水槽下的抽屜裡還有一些烈酒在碰到好事或壞事的時候用。

「沒辦法，」艾里說道。他看見維克多手上的高腳杯，就去浴室給自己倒一杯。

「不盡然，」維克多說道。

「沒有辦法做出足夠的控制，」艾里慢慢啜一口酒，然後解釋道：「沒有辦法確保存活，更不用說還有任何形式的能力了。瀕死經驗仍然是接近死亡，風險太大。」

「但是如果行的話……」

「但是如果不行……」

「我們可以設計出控制方法，艾里。」

「不夠。」

「你曾問我是否希望相信什麼事情，有的，我希望相信這個，希望相信不只如此。」維克多的杯緣晃出一點威士忌。「相信我們可以做更多。見鬼了，我們可以變成英雄。」

「我們可能會死，」艾里說道。

「每個人活著就有這種危險。」

艾里用手指穿過髮際。他有點徬徨，不甚確定。維克多喜歡見到他這樣。「這只是一個理論。」

「你至今所做的任何事，艾里，都沒打算要純理論性的。我在你身上看得出來。」憑他此刻的醉醺醺樣子，維克多很得意自己能一口氣就把自己的看法說出來。無論如何，他需要住口了。他不喜歡讓人知道他有多仔細觀察、比較與模仿他們。「我看得出來，」他靜靜把話說完。

「我想你喝夠了。」

維克多垂眼看著琥珀色的酒液。

生命的時間界定並不都是很明顯。不會總是有人尖叫說**小心越界**，十次有九次都沒有一根繩子讓你從底下鑽過去，沒有一條線要跨過去，沒有什麼歃血立約，沒有寫在花俏紙上的正式書函。不一定都是拖延很久且具有重大意義。就在喝這一口酒與下一口之間，維克多犯了這輩子的最大一個錯誤，差別也不過是一線之間而已。三個小小的字。

「我先試。」

之前在從機場回來的車上他就想過，當時他在問「有何不可？」。午餐時又想過，然後喝完咖啡，走在校園內，回到宿舍樓後面高年級生宿舍的一路上也想過。在喝第三杯與第四杯之間，這個問號變成句點。沒有選擇。真的沒有。這是唯一的方法，對艾里的大成就不僅僅當一個旁觀者，而是參與者，有貢獻之人。

「你手頭有什麼？」他問道。

「你是指什麼？」

維克多動一下一邊淡色的眉毛，並不覺得有趣。艾里不吸毒，但總是不缺，這是在洛克蘭的校園內最快的——維克多敢打賭這在任何校園皆然——賺錢或者交新朋友的方式。然後艾里似乎明白了維克多所指的。

「不行。」

維克多已經離開，走進浴室拿著威士忌酒瓶回來，瓶子裡仍然很滿。

「你有什麼？」他又問道。

「不行。」

維克多嘆一口氣，伸手從咖啡桌上抓起一張紙，草草寫一張紙條。去看架子底層的書。

「拿去，」他說著把紙遞給艾里，艾里皺著眉頭。維克多聳聳肩，又喝一大口酒。

「我很努力看過那些書，」他解釋道，同時抓住沙發扶手穩住身子。「那些是詩集。裡面有很好的自殺遺言，比我此刻所能想到的都更好。」

「不行，」艾里又說一遍，但聽起來遙遠又模糊，而他眼中的光采越來越亮。「行不通的。」

儘管說著，他已經朝自己房間的一個小几走去，維克多知道他都把藥丸放在那裡。

維克多從沙發上站起身，跟著走過去。

✦

半個小時之後，維克多躺在床上，旁邊桌上並排擺著一個傑克・丹尼爾威士忌空瓶與止痛藥空瓶，他開始懷疑自己是否犯了一個錯誤。他的心臟有如電鑽開動，使血液太快流過血管。他的視線模糊，於是閉上眼睛。錯誤。他突然坐起身，確信自己要嘔吐，但是一雙手把他推回床上按住。

「不要動，」艾里說道，等維克多吞嚥一下喉頭，眼睛盯著天花板的時候，他才鬆手。

「記住我們剛才講的，」艾里說著。說什麼反抗，什麼意志。維克多沒在聽，脈搏聲音太大，也聽不清楚他在說什麼。他的心臟怎麼可能跳得這麼用力呢？他不再懷疑自己是否犯錯，而是確定錯了，確定在二十二年的生命中，這是他想到最糟糕的計畫。這是錯誤的方法，維克多漸漸消退的理性在說著，心裡一直研究腎上腺素、痛覺與恐懼的部分在說著。他不應該用威士忌把安非他命灌下去，不應該做任何事情麻醉神經與感官來讓自己好過一點，但是他剛才太緊張……也害怕。現在他要變麻木了，這比痛楚更可怕，因為這表示他可能就要……消逝了。

在沒有知覺的情況下消逝，邁向死亡。

這是錯的，錯了，錯了……但這個聲音飄走，代之以不斷蔓延的下沉——

會成功的。

他把這個念頭硬逼進逐漸變鈍的恐慌中。會成功，而且如果成功，他希望有機會得到力量，得到證據與正名。他希望自己就是證明。要是沒有證明，這就是艾里創造的怪物，他只是艾里用來把點子擋回來的一面牆。有了證明，他就是怪物，是艾里的理論中基本又無法擺脫的東西。他試著數天花板上一塊塊的板子卻無法連貫。即使心臟在用力，思想卻像黏住的糖漿，舊的還沒流出來，新的又加了進去。數字開始重疊，模糊起來，所有東西都開始模糊。他的指尖麻木得可怕，不盡然是由於冷，但彷彿他的身體開始把精力收起來，關起來，先從最小的部分開始。至少，想吐的感覺也沒了，只有急促的脈搏警告說他的身體在失去機能。

「你覺得怎麼樣？」艾里把一張椅子拉到床邊，身體湊過來問道。他一點酒都沒有喝，眼睛卻在發亮，舞動著光采。他看起來並不擔心，似乎也不害怕。但是話說回來，要死的人又不是他。

維克多的嘴巴覺得不對勁，得很努力地說出字來。

「不妙，」他擠出話來。

剛才，他們最後決定用老式的服藥過量方法，是基於幾點原因。如果失敗了，這是最容易的解釋。而且，艾里可以等到進入危機狀態再行動。太早到醫院就表示不會有瀕死經驗，只是一次很不愉快的經驗而已。

麻木感在一口一口啃噬維克多的身體。爬上四肢，進入頭部。

他的心臟跳一下，然後又以令人不安的方式猛力往前衝。

艾里又在說話，聲音低而急切。

維克多每眨一次眼，就更難再次睜開。然後有一瞬間，恐懼充滿他全身。懼怕死亡，懼怕艾里，懼怕每件可能發生的事情，懼怕什麼都不會發生。來得突然且強烈。

但很快也被麻木吞噬了。

他的心臟又跳一下，本來其中有一個應該疼痛之處，但是他喝了太多酒，感覺不到。他閉上眼睛，努力想抗拒，但黑暗只會把他吞下去。他可以聽見艾里說話，一定是很重要的，因為他從來不曾這樣把聲音拉高，但維克多再往下沉，往下穿透皮膚，穿透床與地板，直直墜入黑暗。

12

兩天前
紳士旅館

維克多聽見有東西破裂聲，低頭一看，發現自己將酒杯抓得太緊，把玻璃杯捏碎了。他握著碎玻璃，一道道鮮血從指尖流下。他攤開拳頭，破杯子從欄杆上翻落，掉在七層樓下旅館餐廳外的灌木叢間。他垂眼看著仍插在手掌上的碎渣。

他沒有感覺。

維克多走進室內，站在水槽邊，把皮膚上較大的玻璃渣挑出來，看著不鏽鋼水盆裡閃亮的碎渣。他覺得笨拙又麻木，無法把小玻璃渣挑出來，於是閉上眼睛，輕吸一口氣，讓痛覺回復。很快地，他的手開始發熱，手心隱隱作痛，讓他得以判定剩下的玻璃渣嵌在哪裡。他把碎渣全部挑出來後，站在那裡瞪著染血的手心，一波波輕微的痛意直竄手腕。

「特異人」。

這個詞讓一切事情開始——毀壞，改變。

他皺著眉頭，像轉動旋鈕似地把神經開啟，疼痛加劇，針尖般的刺痛從手心往外發射，傳至手指與手腕。他再轉動旋鈕，隨即痛縮一下，點點針尖變成疼痛的氈毯鋪展全身，不是隱痛，而是銳利如刀割。維克多的手開始發抖，但他仍繼續下去，轉動著心裡的旋鈕，直到全身燒燙、斷裂，破碎。

他的雙膝發軟，連忙用一隻血手扶著檯面。疼痛像保險絲燒斷，讓維克多陷入黑暗中。他讓自己鎮定下來。手仍在流血，他知道應該去拿先前從車上拿來給雪德妮用的急救包；這不是第一次維克多希望自己能與艾里交換能力。

但是他先擦去檯面上的血，然後又去倒了一杯酒。

13

十年前

洛克蘭醫學中心

疼痛憑空冒了出來。

但這不是維克多後來學會了解、控制與利用的那種疼痛，而是因執行得太差的吸毒過量引致純屬人性的疼痛。

疼痛與黑暗，變成了疼痛與色彩，然後又變成疼痛與刺眼的醫院燈光。

艾里坐在維克多床邊的椅子上，就像先前在宿舍裡那樣，只不過現在沒有瓶子，沒有藥丸，只有機器的嗶嗶聲、薄被單，以及維克多．韋勒所經歷過最厲害的頭痛，包括夏天父母去歐洲時他決定偷襲他們珍藏品的後果也無法相比。艾里垂著頭，手指如禱告般鬆鬆交握。維克多不知他是否正在禱告，也希望他別再那樣。

「你等得不夠久，」確定艾里不是在忙著與上帝打交道的時候，維克多細聲說道。

艾里抬起頭。「你沒有呼吸了。你幾乎死了。」

「可是我沒死。」

「對不起，」艾里揉著眼睛說道。「我不能……」

維克多倒回床上。他想自己應該心存感激。早錯總比晚錯好。然而，他把一根指甲塞到胸口的一個感應器底下。如果成功了，他會感覺不同嗎？這個機器會不會亂響？日光燈會不會破裂？床會不會著火？

「你覺得怎麼樣？」艾里問道。

「像蠢蛋，卡戴爾，」維克多怒道，艾里的神情驚縮一下，不像是由於他的語氣，而是聽見他的姓。三杯酒下肚，因研究的發現而亢奮，在藥效發作之前，他們決定等完事之後，艾里不要用「卡戴爾」這個姓氏，要改為「艾偉」，因為聽起來比較酷，而且漫畫英雄都有響亮的名字，通常都是押頭韻的，所以如果他們都想不出好的例子呢？在當時這似乎很重要。就這一次，維克多自然具有優勢，而即使只是這麼無關緊要的枝微末節，只是舌尖吐出一個名字的感覺，他還是喜歡有東西是他有而艾里沒有的，卻是艾里想要的。或許艾里其實並不在乎，或許只是試圖讓維克多保持清醒，但維克多喊他「卡戴爾」的時候他仍神情愕然，此刻這樣就夠了。

「我在想，」艾里傾身說道。他的四肢有一種隱藏不住的精力，雙手扭動，兩腿在椅子上微微彈起。維克多努力讓自己注意聽艾里口中說出的話，而不是注意他的身體。「下次，我想——」

他突然住口，一個女人在門口清一下嗓子。她不是醫師——沒有穿外套——但胸口的一個小名牌顯示她的身分更為不妙。

「維克多？我叫梅蘭妮．皮爾斯，是洛克蘭醫學中心的住院心理醫師。」

艾里背對著她，對維克多瞇眼警告。他對艾里揮手，打發他出去，也是確認他不會透露什麼。他們都已經做到這一步了。艾里站起身，咕噥著說要去打電話給安姬，然後把門在身後關上。

「維克多。」皮爾斯低聲慢慢說著他的名字，同時撫一下土褐色的頭髮。中年的她要這麼說話並不容易，她的南方口音聽不出來究竟是來自哪裡，但語氣顯然有刻意擺低姿態安撫的意味。

「這裡的員工告訴我說，找不到你的緊急聯絡人。」

他心裡想的是謝天謝地，說出口的是：「我的父母，對吧？他們去旅行了。」

「好吧，在這種情況下，最重要的是你應該知道——」

「我不是想自殺。」不完全是謊言。

她的嘴唇寬容似地扭動一下。

「我只是在派對上玩過頭了。」完全謊言。

她點一下頭，頭髮一絲不動。

「洛克蘭的壓力很大。我需要休息一下。」確實。

皮爾斯小姐嘆一口氣。「我相信你，」她說道。謊話。「但是在我們讓你出去的時候——」

「什麼的時候？」

她癟起嘴。「我們有義務要把你留在這裡七十二小時。」

「我有課。」

「你需要時間。」

「我需要去上課。」

「沒有討論空間。」

「我不是要自殺。」

她的語氣繃緊，不再那麼友善，而是比較誠實，不耐，也比較正常。

「那麼你為何不告訴我，你當時在做什麼。」

「我犯了一個錯，」維克多說道。

「我們都會犯錯，」她說道。他感覺不舒服，不知道是由於服藥過量的後遺症，還是由於她這種帶有成見的治療手法。他仰頭靠回枕頭上，閉起眼睛，但她繼續說著話。「我們讓你離開之後，我要推薦你去見洛克蘭的諮商師。」

維克多呻吟出來。諮商師彼得・馬克，名字包括兩個名而非名加姓，沒有幽默感，還有汗腺問題。

「真的沒有必要，」他咕噥道。夾在他的父母之間，他已經受夠非自願的治療，時間足以維持一輩子。皮爾斯又恢復那種安撫性的眼神。「我覺得有。」

「如果我答應，妳會願意現在就讓我走嗎？」

「如果你不答應，洛克蘭就不會歡迎你回去。你要在這裡待七十二小時，而在此期間你要跟我談。」

接下來的幾個小時內，他都在計畫怎樣殺別人——具體地說，就是皮爾斯小姐——而不是殺自己。說不定如果他把這些想法告訴她，她會認為那算是有所進展，但他也很懷疑。

14

兩天前
紳士旅館

維克多踱著步，酒杯在剛包紮好的手上晃得幾乎灑出來。不管他在這旅館房間的兩邊牆之間來回走多少次，心神不安的感覺仍拒絕消退，反而像在攻擊他，在他走動的時候，腦袋裡的心理靜電爆裂開來。他突然衝動得想要尖叫或者把新斟的酒扔向牆壁，只好閉上眼睛，硬逼自己的雙腿去做不想做的事；別動。

維克多靜立不動，努力將能量、混亂與電力吞回去，在原處保持靜止。

在監獄裡，他也曾碰過這種時候，同樣的恐慌高漲如波浪朝他鋪蓋而來。*結束這個*，黑暗對他嘶嘶喊著，誘惑著。有多少天他一直在抗拒出手的衝動，不是真的用自己的雙手，而是用內心的這個東西，去摧毀每個東西？每個人？

但是他承擔不起。那時候不行，現在也不行。他讓自己從隔離監禁室放出來的方法只有一個，就是說服監獄人員，讓他們毫不懷疑他很正常，沒有力氣，沒有威脅，或者至少威脅性低於其他四百六十三名獄友。但是，在關在黑牢裡的時候，他想要傷害周遭每個人的衝動嚴重到不行。打倒他們每個人，然後就那樣走出去。

現在，就跟那時候一樣，他收斂自己，盡量忘記自己具有攻擊別人的力量，忘記那如尖銳玻璃般的念頭。現在，就跟那時候一樣，他命令自己的身心靜止，要冷靜下來。現在，也就跟那時候一樣，他閉上眼睛尋求沉默的時候，一個詞冒出來面對他，提醒他為什麼承擔不起破壞的衝動，那是一個挑戰，一個名字。

艾里。

15

十年前
洛克蘭醫學中心

艾里跌坐到維克多床邊的椅子上，把背包扔在醫院的耐磨地板上。維克多剛結束與住院心理醫師皮爾斯小姐的最後一節面談，探討他與雙親的關係，而並不意外的是，皮爾斯小姐恰是他們的粉絲。皮爾斯離開時帶著他們已有重要進展的感覺，也得到承諾會收到有作者簽名的書。維克多離開時則是帶著頭痛，以及一張紙條要他去見洛克蘭的諮商師至少三次。他已經談判成功，用一本簽名的書把七十二小時改為四十小時。此刻他在與醫院的識別手環奮戰，怎麼也扯不下來。艾里湊上前，掏出一把小摺刀，將那個用合成材料做的怪紙環割斷。維克多揉著手腕站起身，隨即痛縮一下。原來，差一點死掉的經驗並不愉快，到處都一直在隱隱作痛。

「準備好要離開這裡了嗎？」艾里扛起背包問道。

「老天，當然，」維克多說道。「包包裡面有什麼？」

艾里露出笑容。「我一直在想，」他說道，兩人走在無菌的廊道上，「輪到我了。」

維克多的胸口一緊。「嗯？」

「這確實是一種學習經驗，」艾里說道。維克多咕噥著說一些難聽的話，但艾里仍繼續說下去。「喝酒是壞主意，止痛藥也是。疼痛與懼怕離不開恐慌，而驚慌會幫助生成腎上腺素與其他『戰鬥或逃跑』反應的化學成分。你知道的。」

維克多的眉頭蹙起。對，他知道。倒不是說他喝醉酒的時候會在乎。

「只有一些狀況，」他們走出玻璃自動門，外面是寒冷的白天，艾里繼續說著，「我們可以用到足夠的恐慌與控制，這兩點在大多數案例中都互相排斥，或者至少重疊部分不太多。控制越多，就越不需要恐慌，諸如此類。」

「可是包包裡面是什麼東西？」

他們走到車前，艾里把他所問的包包扔到後座。

「我們需要的所有東西，」艾里的笑容漾開。「好吧，所有東西，只欠冰塊。」

✦

事實上，「我們需要的所有東西」包括了十二支腎上腺素注射筆，一般簡稱「艾筆」，還有數量多一倍的拋棄式保暖墊，就是獵人放在靴子裡、足球迷看冬季比賽時放在手套裡的那種。艾里抓起三支筆，成排放在廚房流理台上的一堆保暖墊旁，然後退開，朝那堆東西大手一揮，彷彿是給維克多準備的盛宴。靠水槽邊放著六包冰塊，包裝上的凝露匯成細流弄濕了地板。冰塊是他們在回家的路上買的。

「這是你偷來的？」維克多舉著一支筆問道。

「以科學研究之名借來的，」艾里反駁道，同時拿起一個保暖墊，檢查背面啟動用的可移除塑膠片。「我從大一就開始竊取洛克蘭醫學院的東西了。他們連眼睛眨都不眨一下。」

維克多的頭又痛起來。

「今天晚上？」從艾里解釋自己的計畫之後，這已不是他第一次問了。

「今天晚上，」艾里證實道，然後把維克多手上的筆抽走。「我考慮過把腎上腺素直接溶入鹽水，然後讓你用靜脈注射，因為那樣的分布比較可靠，又比『艾筆』慢，而且依靠的是比較好的循環方式。此外，就這套安排本質來看，我認為我們用比較容易使用的方法比較好。」

維克多打量著那些裝備。「艾筆」是比較容易，壓胸比較難也比較會造成傷害。維克多受過心肺復甦的訓練，對身體也有本能的理解，但這仍然很冒險。醫學院預科群集課程或本能都不能真正幫助學生做好想做的事。殺死一個東西很容易，要把它救活就不只是靠測量與醫藥。那就像是烹調，不是烘烤。烘烤憑的是次序感，烹調則需要靈光乍現，需要一點意識，一點運氣。這種烹調需要很多運氣。

艾里又拿起兩支「艾筆」，在手心上擺放著。維克多的視線從筆移到保暖墊上，又轉到冰塊上。這麼簡單的工具。會有那麼容易嗎？

艾里在說話。維克多把注意力拉回來。

「什麼？」他問道。

「時候不早了，」艾里又說道，伸手比著水槽後方的窗外，天空正在迅速變成紅色。「最好開始準備吧。」

✦

維克多把手指伸到冰水裡面撩一下，立即就縮回來。艾里在旁邊劃開最後一袋冰塊，看著袋子破開，冰塊撒落到澡盆裡。頭幾袋加進去時，冰塊會吱吱破裂，溶掉一半，但盆裡的水很快就變得夠冷，冰塊不再溶化。維克多退到水槽邊靠著，手碰到三支「艾筆」。

他們至此已經討論過幾次行動的順序。維克多的手指微微發抖，他抓住洗臉台邊緣，不讓手指再動。艾里扯下牛仔褲與毛衣，最後是襯衫，露出背部一道道褪色的疤痕，那都是很舊的疤痕，顏色只比暗影深一點，維克多從前看見過，但是從來沒問。此刻，他面對的狀況是，這可能是他與這位朋友的最後一次談話，好奇心終於占了上風。他想著要怎麼問，但是沒有必要，因為艾里不用他問就回答了。

「是我父親弄的，在我小時候，」他輕聲說道。維克多屏住氣。兩年多來，艾里從未提過他的父母。「他原來是牧師。」他的語氣有一點遙遠的感覺，維克多不禁注意到他說的是「原來」，是過去式。「我想我從來沒告訴過你。」

維克多不知道要說什麼，於是說出世界上最無用的一句話。「很遺憾。」

艾里轉開身，聳聳肩膀，背上的疤痕因動作而變形。「都過去了。」

他走到澡盆邊，膝蓋頂著外面的瓷磚，低頭看著發亮的水面。維克多望著他看澡盆的樣子，心裡興起一種夾雜著興趣與關切的奇異感覺。

「你害怕嗎？」他問道。

「嚇死了，」艾里說道。「你當時不怕嗎？」

維克多隱約記得一絲恐懼，微不足道的不安，然後就被藥物與威士忌的效力抵銷了。他聳聳肩。

「你要喝一杯嗎？」他問道。艾里搖搖頭。

「酒精會使血液發熱，」他說道，眼睛仍盯著冰水。「那不盡然是我現在想要的。」

維克多猜想著艾里是否真的做得到，或者冰水會使他輕鬆迷人的假面裂開，露出底下的一般男孩模樣。在表層的冰塊底下，澡盆裝有扶手，他們曾在晚餐前還不是太餓時——演練，艾里坐進乾澡盆裡，手指繞住扶手，腳趾塞到盆尾的邊緣底下。維克多曾建議用繩子之類的東西把艾里綁在澡盆上，但艾里拒絕了，維克多不確定這是出於血氣之勇，還是擔心萬一失敗時的身體狀況。

「快了，」維克多說道，試圖緩解緊張。見艾里沒有動，連虛笑一下表示幽默都沒有，維克多伸手去拿放在馬桶上的筆電，開啟一個音樂檔播放起來，搖滾樂的重低音充滿這個鋪瓷磚的小房間。

「你找脈搏的時候最好把那個狗屎東西關掉，」艾里說道。

然後他閉上眼睛，嘴唇微動，雖然雙手垂放身側，但維克多知道他在禱告。這使他困惑，一個要扮演上帝的人怎麼會向神祈禱，但顯然這位朋友並不擔心。

艾里睜開眼睛，維克多問道：「你對『祂』說什麼？」

艾里將一隻光腳抬到澡盆邊緣，垂眼望著盆內。「我把我的生命交到『祂』的手中。」

「好吧，」維克多認真說道，「讓我們希望『祂』會還給你。」

艾里點點頭，然後短促地吸一口氣——維克多彷彿想見自己可以聽見吸氣聲中帶著微微顫抖——然後爬進澡盆裡。

✦

維克多坐在盆邊，手上抓著一杯酒，低頭瞪著艾略特．卡戴爾的屍體。

艾里沒有尖叫。維克多在課堂上學過，人的臉部由四十三根肌肉組成，艾里的每一根都顯現痛苦之色，但艾里頂多在身體第一次浮出冰水水面時咬牙擠出細小呻吟。維克多只用手指伸到水裡，冰冷的寒意就足以激起疼痛直竄整隻手臂。他想要恨艾里這麼鎮定，幾乎希望——幾乎希望——他會承受不了，希望他會崩潰、放棄，然後維克多會把他扶出澡盆，給他一杯酒，兩人坐在那裡談失敗經驗，以後，過了一段安全時間之後，他們會笑談自己如何為了科學實驗而犧牲。

維克多又喝一口酒。艾里現在是非常不健康的蒼白發青。

時間並沒有他預期的久。艾里幾分鐘前就變得很安靜。維克多把音樂關掉，重擊的節拍在腦子裡迴盪，然後他才悟到那是自己的心跳。他鼓起勇氣將手伸到冰水裡去摸艾里的脈搏——強忍著沒有因刺骨寒意而倒抽一口氣——一點脈搏都沒有。不過，他剛才已經決定多等幾分鐘，所以才會倒酒喝。如果艾里真的活過來，也不會責怪維克多太性急。

等到澡盆裡的屍體顯然不會自己復活時，維克多放下酒杯，開始工作起來。把艾里從澡盆裡拖出來是最困難的部分，因為他比維克多高，身體僵硬，又浸在一盆冰水裡面。經過幾次嘗試加上一堆低聲詛咒之後（維克多生性安靜，但在壓力之下更安靜，這讓同伴認為他知道自己在做什麼，即使他其實並不知道），他癱倒在磁磚上，艾里的身體落在旁邊，發出噁心的重擊聲。維克多打一個顫。他想起艾里的指示，略過「艾筆」，先去拿毯子與保暖墊，並迅速把屍體擦乾。然後他啟動保暖墊，把它們放在重要部位：頭部、後頸、手腕與鼠蹊部。計畫中的這一部分需要運氣與技巧，維克多必須決定屍體的哪一部分夠暖，才能開始施壓。如果太快就表示太冷，而太冷就表示腎上腺素會對心臟與器官造成太大壓力。太遲則表示太久，而太久就表示艾里無法復甦的可能變大。

儘管自己已經在流汗，維克多打開浴室的加熱燈，抓起洗臉台上的三支筆——三支是極限，他知道如果用到第三支筆，心臟仍沒有反應，就表示太遲了——放在旁邊的磁磚上，一支支排好，像先前那樣呈直線，這個小動作讓他在等待的時候有控制感。每隔一陣子他就檢查艾里的體溫，不是用溫度計，而是用自己的皮膚。他們先前演練的時候發現沒有溫度計，艾里罕見不耐地堅持要維克多自己判斷。這可能代表喪鐘，但艾里對維克多的信心根據是，洛克蘭每個人都相信他有一種醫療性的傾向，近乎超自然地輕輕鬆鬆就了解人體（事實上絕非輕鬆，但維克多確實猜得很準）。人體是一部機器，只有必要的零件，從肌肉到化學成分與細胞每個層級的每一部分，都會依據動作與反應而運作。在維克多看來那是很合理的事。

等艾里摸起來夠暖時，他就開始施壓。他手下面的皮肉感覺有溫度，身體不再像冰棒而比較像屍體了。肋骨在他交疊的雙手底下發出裂開的聲音，他驚縮一下但沒有住手，如果肋骨沒有與胸骨分開，表示他推得不夠用力或者不夠深，壓不到心臟。他試過幾次之後停下來，抓起第一支筆戳進艾里的腿上。

開始數，一，二，三。

沒有反應。

他又開始壓，試著不去想壓斷肋骨的可能性，以及艾里仍是一副無可否認的死相。維克多的手臂灼痛，他強忍著不轉頭去看手機，剛才他奮力把艾里從澡盆裡拖出來時，口袋裡的手機掉了出來。他閉上眼睛繼續數，雙手交疊往艾里的心臟壓下，抬起，壓下，抬起，壓下，抬起，壓下。

沒有用。

維克多抓起第二支筆，插上艾里的大腿。

開始數，一，二，三。

還是什麼都沒有。

這是維克多第一次感覺恐慌如苦汁充滿口中。他把苦味嚥下去，再次開始施壓。室內只聽到他在低聲計數，還有他的脈搏聲——他的脈搏，不是艾里的——以及他在急切試圖讓好朋友恢復心跳時雙手發出的奇怪聲音。

努力試。失敗了。

維克多開始失去希望。他的機會變少，筆也變少，只剩下一支。他的手從艾里的胸口移開，發著抖握住筆，舉起來，然後又停下。在他下面躺在磁磚上的，是艾里・卡戴爾沒有生命的身體。艾里，二年級的時候，帶著行李與笑容出現在門口。艾里，像維克多一樣相信上帝而心底有一隻怪獸，但是比較知道怎樣把它隱藏起來。艾里，什麼事都可以脫身，闖入他的生活，偷走他的女孩，搶走第一名以及愚蠢的假期研究獎金。艾里，不管怎麼樣，對維克多仍然很重要的艾里。

他再嚥一下喉頭，將筆插進已死朋友的胸口。

開始數，一，二，三。

什麼都沒有。

然後，就在維克多決定放棄並打算要拿起手機的動作之間，艾里喘了一口氣。

16

兩天前
紳士旅館

維克多聽見後面有赤足走步的聲音，是米契走進來。他看見窗玻璃上反映出壯碩的身形，感覺到米契在場，就像他能夠感覺到別人一樣，彷彿他們都在水裡，包括他自己在內，每個動作都激起漣漪。

「你在神遊，」米契說道，目光與維克多在窗玻璃上相接。

這個短句子很熟悉，米契每次都這麼說，因為他常常發現維克多瞪著鐵欄外，眼睛微瞇，彷彿想望穿牆壁，看見遠處的某個東西。某個重要的東西。

這時候維克多眨眨眼，視線從窗戶與米契的模糊倒影上移開，改瞪著仿木地板。他聽著米契的腳步聲進入廚房，然後冰箱門輕輕打開，一個盒子被取出來。巧克力牛奶。出來以後，米契只想喝這個，因為萊騰沒有。維克多皺一下眉頭但沒有管，讓那個人想喝就去喝。監獄會讓你心裡常有一種飢渴，一種渴望，至於想要什麼則因人而異。

維克多也想要什麼。

他想要看艾里流血。

米契用雙肘撐著吧檯桌，默默喝著牛奶。維克多原以為這位牢友出來後可能自有計畫，想要見什麼人，但他只是從偷來的車子頂篷上方望著維克多，問道：「接下來去哪裡？」如果米契過去有過什麼問題，他顯然仍在逃避，而在此同時，維克多非常願意給他一個可去的地方。他喜歡人有所用。

他的視線最後又從米契的倒影轉向梅瑞特的黑夜，手上快喝完酒的杯子移動時，冰塊匡噹作響。他們兩人成為同伴已經有很長一段時間，知道對方什麼時候想說話，什麼時候想思考。唯一的問題是通常都是維克多想要思考，而米契想說話。維克多感覺米契在沉默的壓力下開始煩躁起來。

「景致不錯，」他說道，用杯子朝窗外比一下。

「是呀，」米契說道。「我已經很久沒看過這麼壯觀的風景了。我們下一個要去的地方，我希望也有這樣的窗戶。」

維克多又心不在焉地點點頭，額頭靠在冰涼的玻璃上。他承擔不起思考下一步或者以後。他已經花了太多時間思考現在。等待現在。在他的世界中，唯一的下一步就是介於他與艾里之間的短暫瞬間。而這瞬間過去得好快。

米契打一個呵欠。「你確定你還好嗎，維克？」他問道，一面把牛奶盒放回冰箱去。

「好極了。晚安。」

「晚安，」米契說道，然後走回自己的房間。

維克多看著玻璃上的米契身影走開，然後是兩個白點——他自己的雙眼，襯著黑暗的建築仿如幽靈——把他的心思拉回來。維克多轉身離開窗口，把杯中的酒喝完。

皮沙發旁的小桌上擺著一個資料夾，裡面有些紙張散了出來。一張照片上的臉定定瞪著前方，右眼與臉頰被資料夾的封面遮住了，維克多把空杯放到桌上，掀起資料夾封面，露出整張臉，那是他那天早上買的《國家記事報》上刊登的。

平民英雄拯救銀行

標題下面的文章寫著一個早熟的年輕人適時出現在一家銀行，冒死阻止一個持械的搶匪。

史密斯與勞德銀行向來是梅瑞特北部財經區的地標，昨天發生一樁搶劫未遂事件，一位平民英雄挺身擋在戴面具的搶匪與劫款之間。這位希望保持無名的百姓告訴當局說，他在距銀行幾條街外注意到該名男子形跡可疑，憑著一股不祥的感覺而決定跟蹤其後。快走到銀行時，該男子戴上面具，等這位百姓趕上時搶匪已經衝進去。這位百姓展現大無畏的精神，也跟進銀行。根據困在裡面的客戶與員工所述，搶匪剛出現時沒有持武器，但隨後就開槍亂射彩繪玻璃天花板，碎玻璃如雨般落在被俘的眾人身上。然後他瞄準銀行金庫，但是被隨後來到的這位百姓打斷。銀行經理報告說，這位百姓試圖攔阻時，搶匪用槍瞄準他，然後就爆發一團混亂，客戶與員工在槍彈聲中設法乘亂逃出建築。等警方抵達現場時，事件已經結束，搶匪後來經辨認為一名精神混亂的男子，名叫巴瑞・林區，死於混亂中，但這位百姓並未受傷，算是不幸中之大幸。這位梅瑞特市民的勇氣真是了不起的表現，本市無疑都很感謝有這樣一位英雄路見不平。

維克多以慣用的方式把文章內容大部分塗黑，剩下來的是：

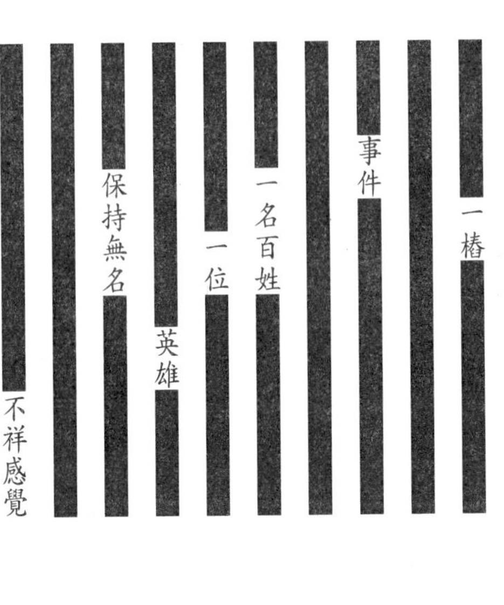

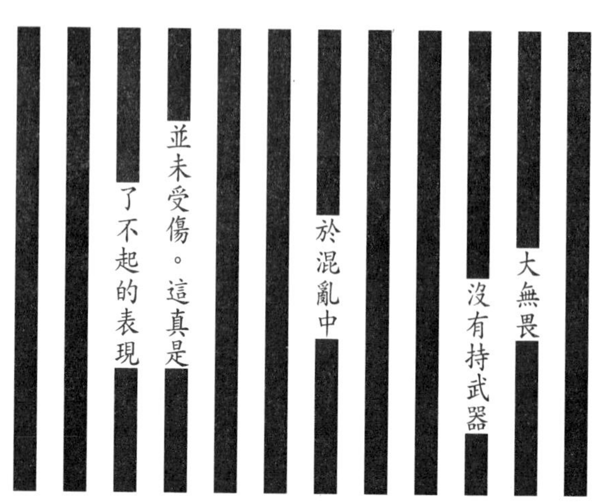

這樣塗黑字句使維克多略感平靜，但刪改後的文章並未改變一件事，就是有些事實明顯漏失。首先，搶匪本人。巴瑞・林區。維克多曾要米契去尋訪，所能得到的一丁點結果是，巴瑞有幾點「EO」跡象，不僅曾有瀕死經驗，隨後幾個月還有一連串被捕遭遇，每次都是持有無標識武器去盜竊。警方從未在他身上找到武器，因此他都獲得釋放。維克多不得不懷疑是否巴瑞就是武器。

比一個可能是「EO」的人更讓人關切——也更讓人感興趣——的是那位平民英雄的照片。他曾要求保持無名，但無名氏與匿名並不相同，尤其對報紙而言，而且在文章下面就是一張照片。一張粒子很粗的照片，年輕人想要避開現場與攝影機，但轉頭前仍對媒體拋下最後一瞥，眼神幾乎有一點驕傲。

那個人臉上的笑容絕對錯不了，年輕又驕傲，他曾對維克多閃現同樣的笑容。一模一樣的笑容。

因為艾略特．卡戴爾連一天都沒有變老。

17

十年前

洛克蘭大學

艾里捧著胸部，猛吸幾口氣。他努力睜開眼睛，讓視線聚焦，環視室內，看見地板上的毯子，然後將仍不甚穩定的目光轉向維克多。

「嘿，」他語音微顫地說道。

「嘿，」維克多說道，恐懼與驚慌仍寫在臉上。「你覺得怎麼樣？」

艾里閉上眼睛，左右轉著頭。「我……我不知道……沒事……我想吧。」

沒事？維克多壓斷了他的肋骨，憑感覺至少斷了一半，而艾里覺得沒事？上次維克多自己都覺得死了，比死更糟，像身體的每根纖維都經過揪扯扭壓。但是話說回來，維克多那時並沒有死，對吧？不像他確定艾里已死這樣。他剛才坐在那裡看，確定艾略特．卡戴爾已經是徹底的冰屍。說不定是因為震驚，或者加上三針腎上腺素的關係。一定是的。但即使是震驚與幾乎有害健康劑量的腎上腺素……沒事？

「沒事？」他脫口問道。

艾里聳聳肩。

「你能……」維克多不確定要怎樣把問題說完。如果他們的荒謬理論成功，艾里這樣死而復生就得到了一種能力，他會知道嗎？艾里似乎知道這個問題的後半部。

「我是說，我沒有用念力放火，也沒有引發地震之類的。但我沒有死。」維克多聽得出來，他的聲音有一點微微寬慰感。

他們兩人坐在一堆濕毯子上，浴室地板上還有一道道水跡。這整個實驗似乎很白癡。他們怎麼能冒這麼大的險？艾里又緩緩吸一口大氣，然後站起身。維克多忙著要拉他的手臂扶著，但是被艾里甩開。

「我說我沒事了。」他的眼睛刻意迴避澡盆，然後離開浴室，回他的房間找衣服。維克多再次將手伸入冰水中，把塞子拔起來。等他清理乾淨之時，艾里已穿好衣服，回到通道上。維克多發現他在對著牆上的鏡子檢視自己，眉頭微蹙。

艾里一時搖晃失衡，伸手撐著牆壁穩住身體。

「我想我需要……」他說著。

維克多以為他要說的是「看醫師」，但艾里卻由鏡中望著他的眼睛，露出了笑容——不是他最迷人的一笑——然後說道：「一杯酒。」

維克多好不容易也擠出一絲笑意。

「這我行。」

艾里堅持要出去。

維克多認為他們可以待在宿舍裡舒舒服服地喝茫就好，但既然在兩人的精神創傷經驗中，艾里是比較新近的，而且他似乎一心想去公開場合，或許是希望表現活力，所以維克多就順著他了。此刻，他們兩人毫無醉意——或者說，至少維克多沒有。考慮到艾里灌下的酒精量，他看起來神志還非常清明地——晃悠悠走在路上。從當地酒館回宿舍很方便，沿路走就到了，不需要車子。

雖說是慶祝，但他們都盡量避談先前發生的事，不說艾里——其實他們兩人都是——有多幸運。誰都似乎不熱衷談它，而且又沒有任何「特異」徵象——除了感覺特別幸運之外——誰都沒有理由吹噓，頂多慶幸自己福星高照。他們在跌跌撞撞回家的路上，朝天舉著想像的酒杯，大方表示感謝，還把隱形的酒灑在水泥地上，當禮物獻給大地或者上帝或者命運或者不管是什麼力量讓他們玩一場，又能活著知道只不過爾爾。

儘管雪花紛飛，維克多卻覺得很暖和，很有活力，甚至很歡迎自己不愉快的瀕死經驗留下的餘痛。艾里望著夜空茫茫然一笑，然後走下人行道，或者說試圖走下去，但是他的腳跟勾到邊緣，人就絆倒了，雙手與膝蓋著地，趴在一堆髒雪、車轍與碎玻璃上。他咬牙嘶嘶吐氣，身體縮回去，維克多看到血，在積雪的骯髒街上有一抹紅色。艾里坐在人行道邊緣，抬起手掌對著旁邊的路燈，想看清楚手上的傷口，上面還有亮晶晶的破啤酒瓶碎渣。

「噢，痛，」維克多說道，俯身湊過去檢視傷口，差一點失去平衡，連忙扶住路燈。艾里低聲咒著，一面把最大的一塊玻璃渣拔出來。

「你想我需要縫幾針嗎？」

他舉起血手給維克多檢查，彷彿此刻後者的視力與判斷會比他好。維克多瞇起眼睛，正打算盡可能以權威口氣回答時，一件事情發生了。

艾里手掌上的傷口開始收合起來。

維克多眼前本來一直搖擺的世界猛然停下來，零落的雪花懸在空中，他們呼出來的氣凝結成霧飄在唇邊。一切動作都停止，只有艾里的皮肉在癒合。

而艾里一定感覺到了，因為他的手放下去擱在腿上，兩人低頭看著那道從小指到拇指的割傷自己合起來。片刻之後血就不再流了——皮膚上已經流出的血變乾——傷口變成只是一條皺紋，一絲淡淡的疤痕，然後連疤痕都沒有了。

割傷就這樣……不見了。

幾個小時轉眼過去，兩個人消化著這情形，其中的意義，以及他們做過的事。這是非比尋常的。

這是「特異」現象。

艾里用拇指揉著手掌上的新肉，但維克多第一個開口，而他說起來流暢鎮定，非常貼合這個狀況。

「見鬼了。」

✦

維克多往上瞪著宿舍屋頂邊緣與夜空的雲層相接處。他每次閉上眼睛，就覺得自己在往下翻落，離磚塊越來越近，所以他努力讓眼睛保持睜開，專心望著上方那道奇怪的接縫。

「你要來嗎？」艾里問道。

他開著門，幾乎急切地跳著，想進去找別的東西弄傷自己，熱心的眼神如火在燒。雖然維克多不能完全怪他，但也不希望一個晚上坐在那裡看艾里刺傷自己。在回來的路上，他已經看著他試盡各種方法，傷口癒合前流出的血在雪地上留下一串紅點。他已經見識到那種能力。艾里是「EO」，一個活生生的再生「特異人」。艾里復活時似乎沒有「EO」能力，維克多有一種感覺：寬慰。而在回家的路上，艾里的新能力打開他搖擺不穩的眼界時，維克多的寬慰轉變為一波恐慌。他的地位將貶為跟班、記錄者，將新點子擋回去的一堵磚牆。

不行。

「維克，你到底要不要進來？」

好奇心與嫉妒感同時啃噬著維克多，他只知道一種方法可以消解，可以澆熄自己想要親手傷害艾里——或者至少試圖動手——的衝動，就是走開。

他搖搖頭，又立即停下，因為整個世界繼續左右搖擺。

「去吧，」他說道，勉強擠出笑容，眼中卻毫無笑意。「去找一些尖銳東西玩吧。我需要走一走。」他走下台階，走三級幾乎摔了兩次。

「你能走嗎，韋勒？」

維克多揮手要他進去。「我又不開車，只是想透透氣。」

說完，他就走入黑暗中，心裡只有兩個目標。

第一個比較簡單：盡可能讓自己與艾里保持距離，以免他做出會後悔的事。

第二個就難一點，而且光是想到它，他的身體就會痛，但是他沒有選擇。

他得計畫自己的下一次死亡嘗試。

18

兩天前
紳士旅館

我希望相信不只如此。相信我們可以做更多。見鬼了，我們可以變成英雄。

看著報紙照片中艾里一成未變的容貌，維克多的胸口發緊。這實在讓人不安，他所有的僅是一個艾里在心裡的形象，已經有十年之久，然而卻跟這張照片完全符合，就像複製的幻燈片。從每一個技術層面而言都是同一張臉……然而卻又不是。維克多臉上的歲月痕跡比較明顯，使他神情冷硬，不過，歲月並非完全沒有影響到艾里。他看起來一天也沒有變老，但是大學時常見的傲慢笑容卻帶有比較殘酷的意味，就像長期戴著的面具終於摘下，這就是藏在背後的樣子。

而維克多素來擅長透析入微，了解事情如何運作以及自己如何運作，他看著照片，覺得……很矛盾。說「恨」這個字太簡單了。他與艾里有一種連結關係，因血液、死亡與科學方面而導致。他們很相像，而且現在更像。他也想念艾里，想要見他，想要見他受苦。等他讓艾里痛苦時，他要看見艾里燃燒的眼神。他想要艾里注意到他。

艾里對維克多就如芒刺在背，使他疼痛。維克多可以關閉身體的每一根神經，但在想到卡戴爾時感到心痛卻無能為力。變麻木時最糟的一點是所有的感覺都沒有了，但是這個，這種想傷害、破壞、殺人的需要卻令他窒息，像一張厚密氈覆蓋住他，直到他恐慌得受不了，只能再喚回身體的感覺。

現在他這麼接近了，那根芒刺似乎埋得更深。艾里在梅瑞特這裡做什麼？十年是很長的時間，能夠重塑一個人，改變他的每一方面。維克多就改變了。艾里呢？他變成什麼人了？

他坐立不安，突然衝動得想燒毀照片，把它撕碎，彷彿毀壞報紙就能以某種方式毀壞艾里，當然不行，什麼都不行。於是他坐下，把報紙擱下，放在手臂碰不到之處，讓自己不致受到引誘去毀掉它。

報上說艾里是英雄。

這個詞讓維克多笑起來。不只因為荒謬，也因為這帶來一個問題。如果艾里真是英雄，而維克多打算阻止他，那是不是就使他變成壞人了呢？

他慢慢啜一口酒，仰頭靠著沙發，決定自己可以接受這一點。

19

十年前

洛克蘭大學

第二天，維克多從實驗室回到家，發現艾里坐在廚房的流理台上刻劃著自己的皮膚。他穿著運動褲與套頭衫，跟前晚維克多終於晃回家時看到的一樣，酒醒了幾分，而且開始有一套計畫。維克多抓起一塊糖果棒，把背包掛在廚房的木頭椅背上，然後重重坐下去，撕開包裝紙，看著艾里工作，努力不理會自己的胃口盡失。

「你今天不是應該去醫院嗎？」維克多問道。

「這根本不是有意識的過程，」艾里專注地喃喃說道，一面用刀子劃過手臂，傷口隨著刀刃劃過去就開始癒合，一點紅色綻放又消失，像一種噁心的魔術。「我無法阻止皮肉組織修復。」

「可憐的傢伙，」維克多冷冷嘲笑道。「現在，如果你不介意的話……」他舉起手上的糖果棒。

艾里的割劃動作暫停。「反胃？」

維克多聳聳肩。「只是容易分心，」他說道。「你看起來糟透了。你有沒有睡過覺？吃東西？」

艾里眨眨眼，把刀子放下。「我一直在想。」

「身體不能靠思想而活。」

「我在想這種能力，再生能力。」他說話的時候眼睛發亮。「為什麼有那麼多種可能，而結果我得到的是這個。說不定這並不是隨機的，說不定一個人的特質與得到的能力之間有某種關聯，說不定這是一種心理反映。我在試著了解這個」——他舉起染血但無傷的手——「怎樣反映我自己。為什麼祂給我——」

「祂？」維克多難以置信地問道。他沒有心情談上帝。今天早上沒有。「根據你的理論，」他說道，「是腎上腺素激增與渴望求生給你那種能力，不是上帝。這不是神蹟，艾里。這是科學與機運。」

「說不定在某個程度，但是我爬進那盆水裡的時候，就是把我自己交到祂的手中——」

「不對，」維克多反駁道。「是交到我的手中。」

艾里沉默下來，然後開始用手指頭敲流理台。片刻之後，他說道：「我需要一把槍。」

維克多剛咬下一口巧克力，聞言差一點噎到。

「為什麼？」

「真正測試再生的速度。顯然是啦。」

「顯然。」維克多把點心吃完，艾里跳下流理台去倒一杯水喝。「聽著，我也一直在想。」

「想什麼？」艾里問道，又走回來靠著流理台。

「想著該我了。」

艾里皺起眉頭。「你已經試過了。」

「我的下一次，」維克多說道。「我想今天晚上再試一次。」

艾里歪著頭打量維克多。「我覺得這不是好主意。」

「為什麼不是？」

艾里猶豫著。「我還能看見你那醫院識別手環的痕印，」他終於說道。「至少等你覺得好一點了再說。」

「事實上，我覺得還好，好多了。我覺得好極了。我覺得自己像玫瑰花與太陽光采煥發。」

維克多．韋勒並不覺得光采煥發。他的肌肉發痛，血管仍有一種渴求空氣的奇怪感覺，而且一直無法擺脫從在醫院睜眼看到白色日光燈時就開始的頭痛。

「給你自己一點復元的時間，好嗎？」艾里說道。「然後我們再談再試一次的事。」

這些話整體而言沒有什麼錯，但維克多不喜歡他說話的樣子，那種冷靜與謹慎的口氣就像一般安撫人的時候用的，把一個「不行」改成「現在不行」。有什麼事情不對勁。而艾里的注意力已經轉回自己的刀子上。不再注意維克多。

他咬牙忍住已經跑到舌尖的詛咒。然後他小心地聳聳肩。

「好吧，」他說道，又把背包甩到肩膀上。「也許你對，」他再補上一個呵欠與懶洋洋的笑容。艾里對他回笑，維克多轉身走上通道，回自己的房間去。

他在經過時順手抓走一支腎上腺素筆，然後把身後的門關上。

✦

維克多討厭很吵的音樂，就像討厭一群喝醉的人差不多，而派對上兩者皆有，讓清醒的維克多覺得更難忍受。不要喝酒。這次不行。他希望——需要——各方面都保持敏銳，尤其是如果他要獨自做的話。據推測，艾里大概還在宿舍裡雕刻自己的皮膚，以為維克多在房間裡生悶氣或者念書或者兩者皆有。事實上，維克多剛從自己的窗戶爬出來了。

他感覺又像回到十五歲，在非假日的晚上溜出去參加派對，父母坐在客廳笑看電視上某個沒有大腦的節目。或者至少可以說，維克多想像中偷溜出去是那個樣子，如果當年他真有需要，真有人在家逮著他的話。

維克多在派對的人群中穿行，多半都無人注意，但並非不受歡迎。有幾個人會多看他一眼，但主要是因為他極少出現在這種場合。他自願當局外人，想要的時候也能假裝一下，施展魅力混入社交圈，但通常都寧願旁觀，而學校裡大多數人似乎也願意讓他如此。

但是現在他跑來了，從身體、音樂與黏兮兮的地板間擠過去，外套的內袋裡插著腎上腺素注射筆，筆上附著一小張便利貼寫著「用我」。此刻，他發現自己被燈光、噪音與身體包圍，覺得彷彿跑進另一個世界。正常的大四生都這樣嗎？一面喝酒，身體像拼圖似地纏在一起，跟著音樂跳舞，那聲音大得足以把思想淹沒？大一的時候，安姬帶他參加過幾次派對，但是那不一樣。他不記得什麼音樂或啤酒，只記得她。維克多努力把記憶甩開。他手心冒汗，於是拿起一個塑膠杯，把裡面的東西倒在一個快要枯萎的盆栽裡。手上拿個東西比較有幫助。

不知何時，他發現自己身在陽台上，俯瞰著兄弟會會館後方的冰凍湖面。這個景象使他打一個顫。他知道如果為了追求最理想的結果，就應該模仿艾里，重建那次成功的場景，但是維克多不能——不願意——那麼做。他必須自己想辦法。

他推身離開欄杆，回到屋子裡，繼續繞行各個房間，目光四處掃視，評量著。他很驚訝自殺方式有千百萬種，然而確定可以存活的選擇又是那麼有限。

但維克多確定一件事：他不找到自己的機會就不離開這裡。他不要回住處看見艾里歡喜地欣賞自己的皮膚，讚歎自己根本沒怎麼努力嘗試就得到這種奇怪的不死新能力。維克多不要站在那裡嗯嗯哼哼幫他做筆記。

維克多．韋勒才不是他X的跟班。

在屋子裡繞第三圈的時候，他已經弄到他相信足以讓心跳停止的古柯鹼（他並不確定，他從來沒有做過那種事）。他得跟三個不同的學生買，因為每個人身上只帶了幾劑。

繞了四圈，正在設法鼓起勇氣要用古柯鹼時，他聽到了。前門打開——音樂太吵聽不到，但是從他在樓梯上所站之處，他突然感到一陣冷風——然後一個女孩尖叫道：「艾里！你來了！」

維克多心裡低咒，往樓上退回去。穿過人群之間時，他聽見有人在說他的名字。他擠到二樓前的樓梯轉角，發現後面有一間附衛浴的空臥室。穿過房間的時候他半途停下，沿牆壁的書架中央，他自己姓氏的大寫字樣映入眼簾。

他把那一大本自助書從架上抽出來，這是一系列九本中的第六本，探討情緒性行動與反應。他打開窗戶，讓書落在薄薄的雪上，發出令人滿意的撞擊聲。維克多關上窗，繼續走進浴室。

他把東西依序擺在洗手台上。

首先，他的電話。他輸入一則訊息，但是沒有按「傳送」，然後把手機放到一邊。其次，腎上腺素注射筆。他的體溫正常，所以希望一針就夠了。那對身體很不好，但是他即將使用的東西也一樣。他把針筆放在手機旁邊。第三是古柯鹼，他弄成整齊的一堆，然後用口袋裡找到的一張旅館門卡把它一排排擺好，那張卡還是他被父母拖去冬季旅行時留下的。儘管這樣的家教會讓大多數孩子吸毒，維克多卻從來沒有太大的興趣，但是很清楚使用步驟，這要多虧他看了相當多犯罪影劇。古柯鹼排好後——一共有七排——他從皮夾裡取出一張一元鈔票，捲成一根細吸管。像電視上那樣。

他望著鏡子。

「你要活下去，」他告訴鏡中的自己。

他的鏡中影像一臉不信的樣子。

「你需要活過這一關，」他說道。「你需要。」

然後他吸一口氣，俯身湊近第一排。

一隻手臂憑空冒出來，勒住他的脖子，把他用力撞到洗臉台對面的牆上。維克多及時站穩身子，看見艾里伸手把價值幾百元的古柯鹼一抹，全部掃到洗手台裡。

「搞什麼鬼？」維克多咬牙說著衝過去。他的動作不夠快，艾里沾滿毒粉的手心又把他推回去按在牆上，在他的黑襯衫前面留下一個白印子。

「搞什麼鬼？」艾里重複著，語氣冷靜得令人震驚。「搞什麼鬼？」

「你不應該在這裡。」

「你來跑趴，大家會注意。你出現的時候，埃利斯傳簡訊給我。然後麥思又傳訊告訴我說，你把古柯鹼都買光了。我又不是白癡。你在想什麼？」他用另一隻手抓起洗臉台上的手機，看著上面的訊息。他發出像在笑的聲音，但手指抓緊維克多的衣領，另一隻手將電話扔進淋浴間，手機摔裂成幾片。

「萬一我沒有聽見電話鈴呢？」他鬆開他。「然後怎麼辦？」

「然後我就死了，」維克多故作鎮定地說道。他的視線轉向「艾筆」，艾里跟著轉過去。維克多還來不及行動，艾里已經抓起筆刺上自己的腿。他咬牙擠出一口氣，針筆裡面的東西湧進體內，刺激著他的心肺，但他一會兒就恢復過來。

「我只是想保護你，」艾里說道，然後把用過的針筆丟開。

「我的英雄，」維克多低聲吼道。「現在滾開。」

艾里打量著他。「我不要把你一個人丟在這裡。」

維克多瞪著他後面的洗臉台，邊緣仍沾滿古柯鹼。

「我跟你在樓下見，」他說道，手比一下襯衫、洗臉台與電話。「我得清理一下。」

艾里沒有動。

維克多抬起冷靜的眼睛與他互視。「我現在身上什麼東西都沒有。」然後，他幽幽一笑。

「如果你要就搜身。」

艾里乾笑一聲，然後又正色說道：「不是這樣做的，維克。」

「你怎麼知道？就因為冰塊有用，並不表示別的東西不行——」

「我不是指方法，我是指獨自做。」他那隻沒有沾古柯鹼的手搭著維克多的肩膀。「你不能一個人做。所以答應我，你不會做。」

維克多直視著他。「我不會。」

艾里從他旁邊走開，進入臥室。

「五分鐘，」他離開時喊道。

艾里開門時，維克多聽著派對的喧鬧聲湧進來，然後門關上就聽不見了。維克多走到洗臉台前，伸手抹一下檯面，手沾上白粉。他縮成拳頭，打上鏡子。鏡子裂開——中央出現一道完美的長縫——但是沒有碎掉。維克多的指節一陣陣發痛，他用水沖著，然後茫然抓起毛巾把殘餘的白粉擦去。他的手指碰到某個東西，一陣痛楚竄上來。他縮手轉頭看，見到牆上有一個插座，旁邊一張笨拙的便利貼寫著「壞插座勿碰說真的」。

有多事者用紅筆加上標點符號。

維克多皺起眉頭，手指仍因小小的觸電而一縮。

然後，這一瞬間彷彿僵住了。他肺裡的空氣，洗臉台的水，隔壁房間窗外的紛飛雪花，全都凍結了，就像前晚跟艾里在街上那樣，只不過這次不是艾里的手，而是維克多的手，因觸電而微微灼痛。

他有主意了。他撿起淋浴間地上的三塊手機碎片，把它們拼回去，然後寫著訊息。維克多答應不會獨自做，他就不會獨自做，但他也不需要艾里幫忙。

救我，他寫著簡訊，再加上兄弟會的地址。

然後他按下「傳送」。

20

兩天前
紳士旅館

沿通道過去的一扇門後面，雪德妮．克拉克縮身躺在被窩裡，聽著維克多在另一個房間的腳步聲，緩慢輕柔如滴水。她聽見玻璃破裂，聽見水龍頭流著水，然後又是腳步聲，像水滴滴著。她聽見米契重重的腳步，模糊的談話聲，隔著牆壁只聽出他們的語氣。她聽見米契沿著通道走開，然後安靜下來。維克多滴滴滴的腳步聲被一種奇怪的沉寂取代。

雪德妮不信任沉寂。她已經相信那是壞事情，錯誤、不自然、死氣。在這家陌生旅館的陌生床上，她坐起身，水汪汪的藍眼睛望著門卻對它視而不見，努力聽著木門與沉默之後的一切。還是什麼動靜都沒有，她溜下床，穿著偷來的超大運動服，赤腳離開房間，走進旅館套房寬敞的客廳。

在面向窗戶的沙發上，維克多裹了繃帶的手垂在外面，一個淺玻璃杯在指間輕輕晃蕩，裡面只剩下一口酒液，而且大部分都是溶化的冰。雪德妮踮腳繞過沙發，來到他面前。

他睡著了。

他看起來並不平和，但呼吸低緩均勻。

雪德妮坐到椅子上，打量著這個救了她的人……不對，是她救了自己……但是他發現她，收容她。她猜想著他是誰，自己是否應該怕他。雪德妮並不覺得害怕，但是知道不要信任懼怕感，當然也不信任沒有懼怕感。她不怕姊姊賽蕊娜，更不怕姊姊的新男友（至少不夠怕），結果看看她的下場如何。

一槍斃命。

於是她跪坐在皮椅上看著維克多睡覺，彷彿那此刻仍蹙起的眉頭能夠重新排列組合，把他所有的祕密告訴她。

21

十年前
洛克蘭大學

大一那年，艾里還未踏入校園時，安姬對維克多很有興趣。在某些方面而言，他們恰恰相反——安姬似乎對什麼事情都不當真，而維克多似乎對任何事都不會輕忽，但兩人相似的地方比較多，都很年輕，絕頂聰明到危險的程度，而且很沒有耐性見到一般大學生對於能夠擺脫父母管束、突獲自由時的不成熟反應。因為兩人有同感，維克多與安姬發現他們經常需要找一個可靠的出口，讓他們逃離不想置身其中的狀況，或者不想共處的人。

於是有一天，他們坐在「蓋子美食館」的療癒食物區，想出一個相當基本的密碼。

救我。

他們理解這個密碼要謹慎使用，但一定要尊重。先救後問。發出訊息，附上地址，表示有人迫切需要幫忙脫困，也許是派對，或者研習會，或者是不理想的約會。維克多自己從來不曾有幸與安姬約會，不管是好是壞，除非你把脫身之後偶而共餐算進去。晚上在校外的同一家漢堡店共飲奶昔。他喜歡巧克力口味，她卻總要一些可怕的混合口味，把許多口味與配料加在一起，後來他其實也不在乎，因為反正他從來不記得嘗起來究竟如何，只記得冰冷的奶昔怎樣使安姬的嘴唇變得更紅，兩人試著同時喝奶昔的時候鼻子幾乎相觸，而離得那麼近的時候，他都可以看見她眼睛裡的綠斑。他會挑揀著薯條，跟她說他的研習會有哪些白癡。她會笑起來，把最後一口奶昔舀出來，然後細數她的約會有多尷尬。聽她說著特別讓她生氣的事，維克多會翻著白眼，心想自己會有怎樣不同的做法，也慶幸有人——任何人——把安姬．奈特逼到需要求救。

要他相救。

救我。

維克多想到要用那個密碼，已經是一年半以前的事了。那是在艾里出現之前——當然也是在艾里與安姬變得如膠似漆之前——但她還是趕來救他。

她把掀背車駛進兄弟會停車場，停在維克多等候的地點，他剛才連爬帶摔的從窗口溜出來，也就是他把父母的書扔出來的那個窗口。有那麼一點時間，很短的片刻，在他上了車開始解釋之前，感覺又像回到大一那年，只有他們兩個人在一起，晚上從一個不堪忍受的場合脫身，而他好想讓她開車去昔日的那家漢堡店。他們會跌坐在雅座上，他要告訴她說，派對越來越不好玩，她聽了會笑，然後不知怎麼的什麼問題都沒有了。

但是，她問起艾里在哪裡，那一瞬間就過去了。維克多閉上眼睛，請她送他去工程系實驗室。

「現在關門了，」她說道，儘管她仍把車子往那個方向開。

「妳有門禁卡。」

「這是怎麼一回事？」

維克多也很驚訝自己竟把真相告訴她。她知道艾里論文的事，但是他告訴她最新的發現，說到瀕死經驗的部分。他告訴她說，他自己想測試那個理論。他把自己的計畫告訴她，只有一件事沒說，就是艾里已經成功了，他想暫時瞞著她。安姬還算好，一直聽他說下去。她開著車，握方向盤的指節發白，嘴唇抿成一條線，讓維克多說完，一面把車子開進工程系實驗室的停車場，也沒有開口，直到她停好車，把引擎熄火，然後在位子上轉身面對他。

「你瘋了嗎？」她問道。

維克多設法擠出緊繃的笑容。「我想沒有。」

「讓我把這個搞清楚，」她說道，托著臉龐的紅色短髮因冬季天寒而鬈曲。「你認為如果你死了，然後設法活過來，就會變成什麼？一個X戰警變種人？」

維克多笑起來，喉頭發乾。「我希望當萬磁王。」

這個想放輕鬆的試圖失敗了，安姬的臉上仍然堅定地綻開震駭與驚恐以及氣惱之色。「聽著，」他也正色說道，「我知道聽起來像瘋了——」

「當然像，因為確實是瘋狂的事。我才不要幫你找死。」

「我不想死。」

「你剛告訴我說你想。」

「好吧，我不想一直死下去。」

她揉揉眼睛，額頭抵著方向盤片刻，然後呻吟一聲。

「我需要妳，安姬。如果妳不幫我——」

「你膽敢那樣扭曲話題——」

「我就只能再靠自己嘗試——」

「再？」

「——然後做出自己無法挽回的傻事。」

「我們可以找人幫助你。」

「我不是想自殺。」

「不是，你有妄想症。」

維克多仰頭靠在椅子上。他的口袋裡嗡嗡作響，是艾里，他不理會，知道過一會兒艾里就會轉而聯絡安姬。他沒有多少時間，當然不夠勸服她幫忙。

「為什麼你不能……」安姬對著方向盤含糊咕噥著，「……我不知道，吸毒過量？某種比較安靜的方式？」

「疼痛很重要，」維克多解釋著，心裡驚縮一下。那麼看來，她並不太氣惱他要做什麼，只氣惱他把她捲進去。「疼痛與懼怕，」他又說道。「兩個因素都有。見鬼，艾里自己死在冰澡盆裡。」

「什麼？」

他打出這張牌，嘴角很想掛出得意的陰暗笑容。維克多知道艾里還沒有告訴安姬。他仰仗的就是這個。她露出感覺受背叛的眼神，把引擎熄掉，下了車，把門用力關上，然後背靠著車門。維克多跟著下車，沿車身繞過去，一路在雪地上留下痕跡。隔著部分染色的玻璃，他看見她的手機放在駕駛座，上面的紅燈在閃。維克多把注意力轉回安姬身上。

「他什麼時候做的？」她問道。

「昨天晚上。」

她望著兩人之間水泥路面上的薄雪。

「可是我今天早上碰到他，維克。他看起來很好。」

「正是，因為成功了。這會成功的。」

她呻吟著。「這簡直是瘋狂。你們瘋了。」

「妳知道那不是真的。」

「他為什麼……」

「他什麼都沒告訴妳嗎？」維克多追問著，身上的薄外套使他發抖。

「他近來很詭異，」她咕噥道，然後她的注意力轉到眼前。

「你要我做的事……太瘋狂了。那是酷刑。」

「安姬……」

她抬起頭，目光炯炯。「我根本還不相信你。萬一出錯了怎麼辦？」

「不會的。」

「萬一會呢？」

他口袋裡的電話在嗡嗡震動。

「不會，」他盡可能冷靜說道。「我吃了一顆藥。」

她的眉頭皺起。

「艾里與我，」他解釋著，「有些在生死危急狀況發生作用的腎上腺化合物，我們把它們隔離出來組裝。基本上這顆藥就像觸發器，推動啟動。」

這是謊言，但他看出這捏造的東西對安姬產生影響。科學，即使是完全虛構的科學，仍有支配力量。安姬咒罵一聲，雙手插進外套口袋裡。

「他媽的好冷，」她抱怨道，轉身朝建築的前門走去。工程系實驗室很麻煩，維克多知道，有保全攝影機，如果出問題，到時候會有影片可查證。

「艾里現在在哪裡？」她刷門禁卡時問道。「如果你們要做這個，為什麼把我找來？」

「他在忙著享受自己成神的新身分，」維克多譏諷道，跟著她通過有密碼按鍵的入口，一面掃視天花板上哪裡有錄影設備的紅燈。「聽著，妳要做的只是把我電死，再把我救活。那顆藥會完成其他部分。」

「我研究的是電流對機器設備的影響，維克多，不是對人。」

「人體就是一部機器，」他靜靜說道。她帶路走進一間電機工程實驗室，打開電燈開關，有半數的燈亮起來。一面牆堆著設備，包括各種機器，有的像是醫學儀器，有些是技術性的。整個房間擺滿桌子，窄窄長長的，但足夠躺一個人。他可以感覺到身旁的安姬在猶豫。

「我們得先計畫，」她說道。「給我兩個星期，或許我能調整這裡的一些設備，比較——」

「不行，」維克多說道，一面朝那些機器走過去。「一定要今天晚上。」

她有點驚愕，但是還未抗議，他已搶先發言，把剛才開始的謊話繼續扯下去。

「我剛剛說的那顆藥……我已經吃了。它就像一個開關，但打開還是關上就要看人體的狀態而定。」他迎視她的眼睛，緊緊盯著，心中暗禱，希望她對那個假設的腎上腺化合物所知不會像她對電流那麼了解。「如果我不趕快做這個，安姬」——他的神情縮一下以加強效果——「那種化合物會殺了我。」

她的臉色變白。

他穩住呼吸。

他的手機又震動起來。

「多久？」她終於問道。

他朝她走近一步，讓一隻腿故意在假想的壓力下突然發軟，痛苦地擠臉並扶住桌緣，然後望著她的眼睛，在此同時，他口袋裡的手機震動停止了。

「幾分鐘。」

「這太瘋狂了，」安姬一再低聲說著，一面幫忙把維克多的腿綁在桌上。周圍的機器都已經開動，她忙著用橡皮帶綁住他的腳踝，但即使現在維克多仍擔心她會退縮，所以他假裝痛得彎腰，縮起身子。

「維克多，」她著急地說著。「維克多，你還好吧？」她的語氣充滿痛苦與惶恐，他強忍住叫停的衝動，沒有安慰她說沒問題。

反之他只是點點頭，咬牙說道：「快一點。」

她匆匆把皮繩打好結，給他看桌上包覆橡皮的短桿，讓他用手握住。她的紅髮向來就像通了電一樣，但今晚臉頰邊的頭髮都豎起來，維克多認為這使她更為迷人。好美。他們認識的第一天，她看起來就是這樣。那是個炎熱的九月天，她的臉紅撲撲，濕熱使她的頭髮變得彷彿自有生命。正在看課本的他抬起頭，看見她站在「蓋子」的門口，胸前抱著資料夾，目光環視室內打量著——彷彿迷失方向卻不在意，然後落在桌上擺一本書的維克多身上，她的臉亮起來，不是大放光明，而是穩穩綻放光采。她穿過場內走過來，沒有開場白就在他對面坐下。在那第一天，他們根本沒有說話，只是在同一個空間共度一段時間。後來，安姬提到時說他們兩人頻率協調。

「維克多。」她喚著他的名字，把他的思緒拉回實驗室內冰冷的桌子上。

「我要你知道，」她說著，一面把感應器固定在他胸口，「我永遠、永遠都不會原諒你這件事。」

被她碰到時，他打一個顫。「我知道。」

他的外套與襯衫扔在椅子上，口袋裡的東西放在上面，有鑰匙、皮夾與醫學預科實驗室識別證，其間還有他的手機，響鈴已經關掉了，訊號燈憤怒地對著他急閃，先是藍色再是紅色然後又是藍色，一直閃下去，顯示有未讀取的語音訊息以及文字訊息。

維克多陰鬱地笑著。來不及了，艾里。現在輪到我了。

安姬站在一部機器旁邊啃著一隻手的指甲，另一隻手擱在一組旋鈕上。機器發出呼呼聲與閃光，說著維克多不懂的語言，使他感到害怕。

她的眼睛看到一個東西，拿起來再走到他面前。是一條橡皮帶。

「妳知道怎麼做，」維克多說道，很驚訝自己語氣平靜，因為他皮膚底下每一部分都在顫抖。「從低的開始，然後變高。」

「關上，打開，」她低聲說道，然後把橡皮舉在他的嘴巴上方。「咬著這個。」

維克多深吸最後一口氣，逼自己張開嘴，橡皮條夾在齒間，手指試握一下桌邊的橡皮桿。他做得到的。艾里能夠讓自己待在水下，維克多也能。

安姬回到機器旁邊，兩人目光相接，一時之間其他所有東西都消失了——實驗室、嗡嗡嗚叫的機器、「EO」的存在、艾里，以及維克多與安姬共享奶昔之後的年月——他好高興能讓她看著他。看見他。

然後她閉上眼睛，喀噠一聲轉動旋鈕，接著維克多只能想到的就是痛苦。

✦

維克多倒在桌上，渾身冷汗。

他無法呼吸。

他喘著氣，以為會暫停一下，有片刻時間復元。以為安姬會改變主意，會罷手，會放棄。

但是安姬把旋鈕度轉大。

嘔吐感大過尖叫的需要，他咬緊橡皮條，牙齒都要斷了，但仍擠出一聲呻吟，他以為安姬一定聽到了，她把機器關掉，但旋鈕再度轉大。

再轉大。

再轉大。

維克多以為自己會昏過去，但是還未失去知覺時，旋鈕又轉大，一陣痙攣把意識拉回來，回到自己的身體內，回到這張桌子上，回到這個無法逃脫的房間。

疼痛把他留在這裡。

疼痛把他釘住，穿透每個肢體的每根神經。

他試著吐出橡皮條，卻張不開嘴巴。他的下頜鎖住了。

旋鈕再開大。

每次維克多以為旋鈕不能再轉大了，疼痛不會再厲害了，但是不然，仍繼續升高升高升高，即使牙齒咬著橡皮條，維克多仍聽見自己尖叫，感到體內每根神經斷裂，他想叫停。他要停。

他對安姬哀求，但言語被橡皮條攔住，旋鈕再開大，空氣裡發出的聲音如破冰，如撕紙，如靜電。

黑暗眨眼包圍住他，他想要它，因為那表示疼痛會停止，但是他不想死，怕黑暗就是死亡，於是猛力抽回來。

他感到自己在哭。

旋鈕又開大。

他抓住桌邊的握把，雙手握得發痛開始抽筋。

旋鈕又開大。

他這輩子第一次希望自己相信上帝。

旋鈕又開大。

他感到心跳一下，感到心臟擠一下又摺起。

旋鈕又開大。

他聽見一部機器發出警告，然後是警報聲。

旋鈕又開大。

然後一切都停止了。

22

兩天前
紳士旅館

雪德妮看見維克多臉上的皺紋加深。他一定在作夢。現在很晚了。落地窗外的夜色很暗——或者該說，在這樣的城市裡，只是暗到可能的程度——她起身伸一個懶腰，正要回到床上去時瞥見那張紙，頓時渾身冰冷。

維克多躺在沙發上，那張報紙上的文章攤開擺在身邊。先是粗黑的線條引起她注意，但下方那張照片使她緊緊盯住。雪德妮的胸口一陣發緊，來得突然而猛烈，她無法呼吸，感覺像要淹死，再一次——賽蕊娜穿冬大衣的手肘上掛著野餐籃，站在門廊上喊著，叫雪德快一點，不然冰塊會整個融化，而霜雪的脆殼底下的冰也確實在融化——但是她閉緊眼睛時，淹沒她的不是半結冰的湖水，而是一年後野地上的記憶，那片冰凍的草地，那具屍體，她姊姊的鼓勵，然後是耳際迴響的槍聲。

不同的兩天，兩種死亡，交相重疊，一起旋轉著。她用力擠眼睛想把往事驅走，但那張照片仍在那裡瞪著她，她無法把自己的目光移開，然後她根本不知道自己在做什麼，就隔著維克多的身體伸出手，要去拿那張報紙與上面帶著笑容的那個人。

一切都發生得太快。

雪德妮彎起手指捏住報紙，正要舉起來時，前臂擦到維克多的膝蓋，她還來不及縮身站直，他就猛然坐起身，眼睛睜開但眼神茫然，一隻手箝住雪德妮的小手腕，一股感覺如波浪覆蓋而來。這比淹死還糟，比被槍殺還糟，比她感覺過的任何事情都糟。就像每根神經都在斷裂，雪德妮只能做她唯一能做的事。

她尖叫起來。

23

十年前

洛克蘭大學

痛楚再度趕上，維克多尖叫著醒過來。

安姬在抓他的手，想把他的手指從握桿上扳開。他抱著頭猛然坐起身，還在通電嗎？這種痛楚像一道波浪，像一堵牆，摧折他的肌肉與心臟，皮膚如撕扯。安姬在說話，但是維克多在痛苦中什麼都聽不見，縮著身體忍住尖叫。

為什麼疼痛不會停止？**為什麼不會停？**

然後，就像一個開關突然壓下，結果維克多感覺……什麼都沒了。機器已經關掉，上面的燈訊都沒亮。安姬仍在說話，雙手摸著他的皮膚，解開腳踝上的繫帶，但維克多聽而不聞，瞪著自己的手，不明白這突如其來的空虛，彷彿電流吞噬了他的神經，只留下空殼。

空無。

跑到哪裡去了？他猜想著。會回來嗎？

突然沒有疼痛了，他發現自己在試圖回想先前如何感覺，激起感應，一絲徵兆，這時候開關又喀噠打開，電力恢復，像靜電劃過室內。他聽見空氣裡的沙沙聲，然後是一聲尖叫。他一時懷疑是不是自己發出的，但那種痛苦現在已非維克多所有，而是在他體外，在他皮膚上嗡嗡響卻無接觸。

他試著理解這個狀況，感覺緩慢且茫然。沒有什麼痛，那麼為什麼會有尖叫聲呢？然後一個人體倒在他桌旁的地板上，他的思緒空間崩陷，使他猛然恢復理智。

安姬。不會的。他跳下桌，發現她在地板上扭動，仍然在痛苦地尖叫，他想著快停！但房間裡的電流嗡嗡聲持續在他周遭響著。

快停。她抓緊胸口。

維克多想扶安姬坐起來，但是碰到她時她叫得更大聲，他踉蹌退後，充滿困惑與恐慌。嗡嗡聲，他想著，她必須把它關掉。他閉上眼睛，試著想像有一個旋鈕，想像著轉動某個隱形的裝置。他試著感覺冷靜。麻木。他很驚訝自己在混亂中竟然這麼容易找回冷靜。然後他發現整個房間變成安靜得可怕。維克多睜開眼睛，看見安姬躺在地板上，頭往後仰，眼睛圓睜，紅髮如雲散在臉旁。空氣裡的嗡嗡聲變為低吟，然後完全消失，但是已經太遲了。

安姬．奈特死了。

24

兩天前

紳士旅館

旅館房間裡一片痛苦吵雜與混亂。

維克多茫茫然醒過來，分不清學校實驗室與旅館房間，腦子裡是安妮的尖叫聲，耳旁聽到的是雪德妮的尖叫聲。雪德妮？但是他沒看到雪德妮，自己被米契按在沙發上，米契全身因用力而明顯發抖，但是在紛亂中並未退讓。

「把它關掉，」米契低吼道，維克多完全醒過來，瞇起眼睛，嗡嗡聲停止，然後米契全身鬆懈下來，所有痛苦跡象消失。他放開維克多的肩膀，跌坐到一張椅子上。

維克多平穩地微吸一口氣，用手抹一下臉與頭髮，然後注意力轉到米契身上。

「你還好吧？」他問道。

米契看起來疲倦不悅，但是很安全。這不是他第一次插手。維克多知道自己作噩夢時，總有別人會遭殃。

「我好極了，」米契說道，「但是不確定她怎麼樣。」他指著旁邊一個穿著超大運動服的身影，維克多的目光轉向雪德妮，只見她茫然坐在地板上。他一明白發生什麼事之後，就把他們的神經感覺關掉，或者至少盡可能在安全範圍內使他們感覺麻木，所以他知道她的身體沒問題，但她卻一副受驚神情。他的胸口感到一陣愧疚，坐了十年牢之後，這是很陌生的感覺。

「對不起，」他靜靜說道，伸手要扶她站起來，卻又改變主意，改成自己站起來，往通道旁的浴室走過去。

「米契，」他回頭喊道。「送她上床。」

然後他把門在身後關上。

25

十年前

洛克蘭大學

維克多沒有救活安姬。他沒有試。他知道自己應該試，或者應該想要試，但他最不需要的就是讓自己在犯罪現場留下更多證據。他用力乾嚥喉頭，心裡驚縮一下，訝異自己竟能在這種時候還這麼理性，還想到這些詞，犯罪，現場。此外，他也能感覺到她死了。沒有電力，沒有能量。

於是他做了自己唯一能想到的事。打電話給艾里。

「你搞什麼鬼？你在哪裡？韋勒。」背景是關車門的聲音。「你以為這狗屎好玩——」

「安姬死了。」

維克多本來不確定是否要說或者會不會說，但這句話就脫口冒出來，他來不及阻止自己。他以為這句話會傷到嗓子，會噎在胸口，結果卻流暢地說出來。他知道自己應該驚慌，但是卻感到麻木，而麻木使他冷靜。是因為震驚嗎？他猜想著，此刻他這麼沉穩，這麼容易恢復過來，而安姬就死在他的腳邊？還是有別的原因？他聽著電話另一端的沉默，直到艾里終於打破沉默。

「怎麼會？」艾里吼道。

「出了意外，」維克多說道，一面調整手機位置，好把襯衫穿上。他得從安姬的屍體旁邊繞過去拿手機，過程中他沒有看她。

「你們做了什麼？」

「她在幫我做一項測試。我有一個點子，結果成功了，然後——」

「你說成功了是什麼意思？」艾里的語氣變冷。

「我是說……我的意思是這次成功了。」他讓艾里消化這句話。艾里顯然明白了，因為他仍保持沉默。他在聽。維克多得到了他的注意，他喜歡這樣，但也驚訝艾里似乎對實驗比對安姬更有興趣。安姬，是她向來都讓他藏起獸性，在中間礙事的總是安姬。對，她對他們兩人的影響不只是分散注意力，不是嗎？維克多這時候才低頭看屍體，自省是否感覺一絲愧疚，就像先前對她說謊時那樣，但是什麼都沒有。他懷疑艾里在浴室地板上醒來時，是否也有這種奇怪的疏離感。彷彿一切都是真的，但什麼都不重要。

「告訴我發生什麼事，」艾里失去耐性，逼問著。

維克多在桌前環視室內，看著橡皮帶，以及本來嗡嗡作響而現在似乎燒壞，保險絲燒斷的機器。整個地方一片黑暗。

「你在哪裡？」見維克多沒有回答，他厲聲問道。

「實驗室，」他說道。「我們在——」一陣痛楚突然冒出來，他的脈搏加快，空氣嘶嘶響，維克多瞬間彎下腰。一個東西在他身上爆裂，穿透他，燒過他的皮膚與骨頭，以及其間的每一寸肌肉。

「你們什麼？」艾里問道。

維克多抓緊桌子，咬牙忍住尖叫。這種痛楚非常可怕，彷彿身體的每根肌肉都在痙攣，彷彿他再次遭到電擊。快停，他想著，停，他哀求著。最後他把疼痛想成一個開關，把它喀噠關掉，痛楚就不見了。

他的脈搏慢下來，空氣變稀，他什麼都感覺不到。維克多只是昏昏然喘著氣，手機掉到地板的油布上。

他伸出顫抖的手撿起手機，放到耳邊。

艾里簡直是用喊的。「聽著，」他說道，「待在那裡。我不知道你做了什麼，可是你留在那裡。你聽見沒有？別動。」

維克多本來可能真的留下，如果他沒聽見那喀喀兩下的話。

他們宿舍掛在牆上的室內電話是大學提供的，每次拿起來的時候都會輕輕地喀喀響兩聲。此刻，艾里在手機上叫他別動，而維克多想穿上外套的時候，他可以聽見背景中的兩下喀喀聲。他皺起眉頭。喀喀兩聲，然後是三下按鍵聲：九一一。

「別動，」艾里又說一遍。「我馬上到。」

維克多小心地點點頭，忘記自己不在艾里面前時有多容易說謊。

「好吧，」他說道，「我留在這裡。」他掛上電話。

維克多繼續把外套穿好，最後望一眼這個房間。亂糟糟一片，除了屍體之外，看不出有人死了的感覺，但安姬扭曲的屍體顯示這也並非自然。他從角落的盒子裡拿出一張濕紙巾，將桌緣的握把擦乾淨，同時忍住想擦室內每樣東西的衝動。那樣就會看起來像犯罪了。他知道自己在這間實驗室裡有紀錄，在某處，不管他有多小心。他知道保全紀錄的影像上大概也有他，但是他沒有時間了。

維克多．韋勒離開實驗室，然後跑了起來。

✦

在回宿舍的路上——他需要跟艾里當面談，需要讓他明白——他很驚訝自己生理上感覺多好。因為逃跑與殺人而亢奮，但是沒有痛感。然後，在一盞路燈下，他低頭看見自己的手在流血。一定是刮到什麼東西了，但是他沒有感覺，而且不是只因為腎上腺素阻隔小傷痛的作用。他是根本沒有感覺。他試著在叫回那種嗡嗡作響的奇怪空氣，試著把疼痛閾值降低一級，只是想看看自己狀況究竟怎樣，結果卻痛得彎了腰，靠在一根路燈桿上。

好吧，並不太好。

他確實感覺像死了。又死一次。他的雙手因為把桌緣握把抓得太緊而發痛，他還猜想或許骨頭斷掉了。他身體的每根肌肉都在呻吟，頭痛得讓他以為自己生病了。等人行道開始歪斜時，他把開關關上。疼痛轉眼消失。他讓自己喘息一下，恢復精神，然後在路燈的光暈下站直身子。他沒有感覺。而此刻，他也什麼驚異感都沒有。什麼超凡的感覺都沒有。他仰頭笑起來，不是狂笑，連大聲笑都不是。

像帶笑的咳嗽，一聲受驚的吁氣。

但即使大聲笑，也不會有人聽到，因為被警笛聲蓋了過去。

兩輛警車吱吱剎車，停在他前面，維克多根本沒有時間思考他們是怎麼來的，就被推倒在水泥地上，戴上手銬，頭被一塊黑布套罩上。他感到自己被推上警車的後座。

戴布套是很有趣的手法，但維克多極不喜歡蒙眼的感覺。車子轉彎時，他的身體會移動，在沒有靠視覺影像或身體不適來幫助定位的情況下，他差一點翻倒。他們似乎是故意快速轉彎。

維克多發覺自己可以回應，可以反抗而不需接觸他們，甚至不必看見他們。但是，他自我約束而未行動。

警察在開車的時候傷害他們，似乎會帶來不必要的危險。就因為他能夠關閉自己的疼痛感覺，並不表示撞車時他不會死，所以他集中注意力保持冷靜，而在發生那麼多事情的狀況下，這也太容易了。這種冷靜使他不解，生理上沒有痛感，也能消除心理上的恐慌，讓他既不安又著迷。要不是此刻坐在警車上，維克多一定會記下來供論文參考。

車子猛然一轉彎，他用力撞到門上。維克多出聲咒罵著，倒不是因為疼痛而是習慣。手銬壓擠著他的手腕，他感到濕濕熱熱的東西流到手指上，他決定放低門檻。沒有感覺會容易受傷，而他不是艾里，無法自癒。他試著恢復感覺，一點點就好——

維克多猛抽一口氣，頭仰倒在椅背上。手腕上被金屬掐住的劇痛擴散開來，疼痛門檻急墜。他繃緊下頷，努力找回平衡，找回正常點。這種感覺很微妙，不是僅僅開啟或關閉，而是一個完整的光譜，有幾百個刻度的旋鈕，不是一個開關。儘管戴著黑黑的頭套，他仍閉上眼睛，然後在麻木與正常之間找到一個點。他的手腕隱隱作痛，比較像僵硬而非劇痛。

這需要一段時間才能習慣。

車子終於停住，門打開，一雙手將他引下車。

「你能把頭套取下來嗎？」他在眼前一片黑暗中問道。「你們不必告訴我我有什麼權利嗎？我漏掉那一部分了嗎？」

引他下車的人把他往右拱，壓在一面牆上。大概是校警吧？他聽見一個門打開，感到周圍空間的聲音有微微變化。這是一個新房間，幾乎沒有什麼家具，四壁光禿禿，他憑回音可以聽出來。一張椅子吱吱拉開，一個人推著維克多坐下去，解開他一隻手的手銬，再把兩隻手都銬在一張金屬桌上的某處。腳步聲走開，然後就聽不見了。

一扇門關起來。

室內一片安靜。

門打開，腳步聲接近。然後頭套終於取下來。房間裡非常、非常明亮，一個黑髮男人坐在他對面，肩膀寬闊，面無笑意。維克多環視這間審訊室，比他想像的小，也比較簡陋。門是從外面反鎖，在裡面想表演什麼把戲都是徒勞。

「韋勒先生，我是史泰爾警探。」

「我以為頭套只是爛動作片裡給間諜與恐怖分子用的，」維克多說道，指的是此刻放在兩人之間的那堆黑布。「這樣合法嗎？」

「我們的警員受過訓練要判斷狀況以自保，」史泰爾警官說道。

「我的目光會造成威脅？」

史泰爾嘆一口氣。「你知道『EO』是什麼嗎？韋勒先生。」

聽見這個詞，他就感到脈搏瞬間加速，身旁的空氣嗡嗡微動，但是他乾嚥一下喉頭，憑意志力恢復鎮定。他微微點頭。「我聽說過。」

「你也知道如果有人喊出『EO』的時候會怎麼樣？」維克多搖搖頭。「每次有人打九一一報警說到這個詞，我就得跳下床，跑到局裡查清楚。不管那電話是不是小孩子惡作劇，或者是遊民胡言亂語，我都得認真處理。」

維克多皺起眉頭。「很抱歉有人浪費你的時間，警官。」

史泰爾揉揉眼睛。「是嗎？韋勒先生。」

維克多對他乾笑一聲。「你不可能是當真的。有人告訴你說我是『EO』」——他已經知道是誰，當然了——「你就真的會相信？我是哪一種見鬼的『特異人』呢？」維克多站起身，但手銬把他牢牢鎖在桌上。

「坐下，韋勒先生。」史泰爾假裝在檢視手上的資料。

「一個學生報警說的，一位卡戴爾先生，他也說你承認殺害了一個叫安姬拉．奈特的學生。」他抬起眼皮。「現在，即使我不想管這個『EO』的問題，而且我也不是說我想管，我對一具屍體還是他X的相當認真。而那就是我們在洛克蘭的工學院找到的。所以，這有可能是真的嗎？」

維克多坐下來，深吸幾口氣，然後搖著頭。「艾里喝醉了。」

「是嗎？」史泰爾聽起來並不相信。

維克多看著一滴血從手銬上落到桌面。他說著，眼睛很小心地盯著，一滴，兩滴，三滴。

「安姬死的時候我在實驗室裡。」他知道警衛的攝影機一定會顯示。「我需要從一個派對上脫身，她就去接我。我不想回家，她說她有工作要做……現在是準備論文的期間……所以我就跟她一起去工學院。我離開房間幾分鐘，只是去找飲料，而我回去後……我看見她倒在地板上，就打電話給艾里——」

「你沒有報警。」

「我很難過，心裡煩亂。」

「你看起來並不煩亂。」

「對，現在我很生氣。而且很震驚。而且被銬在桌子上。」維克多拉高聲音，因為現在似乎是適當時機。「聽著，艾里醉了。說不定他現在還是。他說是我的錯。我一直試著解釋說是心臟病發，或者是設備故障——安姬總是在亂搞什麼電壓的東西——但是他不聽，說要報警。所以我離開了，要回家去找他談。然後就在路上碰到警察。」他看著警官，比劃著目前的狀況。「至於什麼『EO』的事，我跟你一樣是一頭霧水。艾里工作得太辛苦了。他的論文就是寫『EO』，他有沒有告訴你？他太入迷了。偏執。不吃不睡，只是在研究他的理論。」

「沒有，」桌子對面的史泰爾記下來。「卡戴爾先生沒有提到。」他寫完就把筆扔到一邊。

「這太瘋狂了，」維克多說道。「我不是兇手，也不是『EO』。我是醫學院預科生。」至少最後一句是真的。

史泰爾看看手錶。「我們要讓你在拘留室過夜，」他解釋道。「在此同時，我會派人去找卡戴爾先生，測量他血液裡的酒精值，並且聽取他的全部供述。如果到了早上，我們有證據顯示卡戴爾先生的證詞不符，也沒有證據顯示你與安姬拉．奈特之死有關聯，我們就放你走。你將仍然是嫌犯，明白嗎？目前我就只能做到這個地步。聽起來還好吧？」

不好，聽起來一點也不好。但維克多只能將就。他不再戴頭套，一名警察把他帶去拘留室，一路上他小心記住警察的人數、經過幾道門，以及走到拘留區需要多少時間。維克多向來善於解決疑難問題。他的問題當然已經越來越大，但規則依然適用。解決疑難的步驟，包括從基礎數學到逃出警察局，都維持不變。只是很簡單地先了解問題，然後挑選最好的解答。維克多身在囚室，小小方方的，加上鐵欄杆，還有一個年紀比他大一倍的人，帶著尿味與菸草味。一名警衛坐在通道盡頭看報。

最顯而易見的解決之道就是殺死牢友，把警衛叫過來，然後殺死警衛。另一個選擇就是等到早上，並且希望艾里沒有通過酒精檢測，只有入口才有保全攝影機，而且他沒有在實驗室留下物質證據，讓他與死亡事件連在一起。

挑選最佳的解決之道，其實要看你對最佳的定義是什麼。維克多檢視一下倒在小床上的牢友，就開始行動起來。

✦

他繞遠路走回家。

初現的曙光給天空帶來幾絲暖意，他邊走邊抹去手腕上的乾血。他安慰著自己，至少他沒有殺人。事實上，維克多的自制力讓他相當引以為傲。本來有那麼片刻，維克多以為那個老菸槍牢友可能死了，但是最後檢查時發現他還在呼吸。無可否認，他並不想太接近那個人。回家的路上，他感覺臉上有一道濕濕的東西，他摸摸鼻子下面，手變成紅色。維克多用衣袖擦擦臉，心裡記下以後要小心一點。他昨天晚上太冒險了，尤其是考慮到他已經死過。

睡眠。睡眠會有幫助。但是必須等一等。

因為首先，他得處理艾里的事。

26

兩天前
紳士旅館

維克多站在旅館浴室裡，等著周遭安靜下來。他聽見門外米契領著雪德妮去上床，低聲咕噥著代他道歉。他們當初實在不應該讓她上車，但他甩不開一種感覺，彷彿她會派上用場。她有祕密，而他打算知道是什麼。然而，他真的無意傷害她。他一直以自制力為傲，但是不管多麼努力，他還是沒有辦法在睡覺時完全控制自己的力量。這就是為什麼他不睡覺，或者至少可以說，睡得不多。

他用冷水沖手和臉，等著微弱的電流嗡嗡聲停止。還是沒有停，於是他把它轉入體內，然後痛縮一下，周圍空氣裡的嗡嗡聲消失，跑到他的骨骼與肌肉裡面再出現。他抓緊花崗石吧檯桌，等著體內的電流沉澱，過了好一會兒工夫，顫動消退，剩下維克多疲倦不堪，但總算穩定下來了。

他與自己鏡中的影像互視，一面開始解開襯衫釦子，露出一顆顆艾里造成的槍彈傷疤。他用手指撫過去，摸著三處一般人可能會畫十字感謝上帝的傷疤，一處在肋骨底下，一處在心臟上方，還有一處實際上是打到背上，但由於近距離而射穿過去。他都記下了位置，因此等他見到艾里後就可以同等回報他。見鬼，如果子彈留在裡面，搞不好艾里還會自癒將它包覆起來。維克多想到這裡，不禁有一點開心。

或許這些傷本來能在監獄裡幫他贏得一些尊敬，但是等到他取消隔離時，傷痕早已消退。而且，維克多已經找到其他方法在萊騰建立權威，小從獄友令他不悅時就會略感不適，大到瞬間感覺痛苦，痛得趴在他腳邊喘息，不過他比較少用就是了。但維克多不僅能引發痛苦，也能止痛。他學會了把止痛當禮物，與人交易。維克多很驚訝一個人願意做到何種程度，以逃避任何形式的痛苦折磨，結果他變成某種毒販，賣的是只有他能提供的毒品。從某方面而言，坐牢是挺愉快的事。

但即使在那裡，艾里仍然糾纏著他，在心頭揮之不去，減損了他的樂趣；艾里在腦海中低語，破壞了他的平靜。經過十年的等待，現在輪到維克多，要進入艾里的腦袋開始破壞。

他扣好襯衫，疤痕沒了，眼睛看不見了，但沒有從記憶中消失。

27

十年前
洛克蘭大學

維克多攀上窗台，很慶幸自己當初沒有把窗戶關緊，而且他們住在一樓，因此他只好滿足於這一點小工夫，只爬五級台階從街上走到建築的入口。他在窗台上暫停，跨坐在那裡，讓晨光滲入周遭各處，聽著宿舍內的動靜。一片安靜，但是維克多知道艾里在家。他可以感覺到他。

想到接下來會發生什麼事，他的心臟輕輕跳動，但只是輕跳一下，不是恐慌得猛跳。這種新的冷靜感覺讓他很不安，維克多努力設法評估它。沒有痛覺導致沒有恐懼，而沒有恐懼就導致忽視後果。他知道逃獄是壞主意，正如他知道自己將要做的事也是壞主意，更糟的主意。現在他比較能夠溯循自己的思路，很訝異他能迂迴思考，不顧警告而選擇當下比較暴力的輕率方式，就像跛腳的人常用沒問題的那隻腿。維克多向來很受那些方式吸引，但總受到自己的是非觀念阻撓，或者因為他知道別人的是非觀念如何。但是現在，這樣……這樣好簡單。好優雅。

他待在原地一下，讓自己有時間對鏡子整理頭髮，令他感到洩氣的是死亡再加上在牢裡半個晚上，使他看起來好邋遢。然後他看見自己的眼睛——新得來的冷靜感使眼睛顏色淡了幾分——

鏡中的他微笑起來，笑容冰冷，微微陌生，近似傲慢，但維克多並不在意。他相當喜歡這副笑容，看起來像是艾里會掛在臉上的那種。

維克多走出自己的房間，順著通道小心翼翼進入廚房。桌上擺了一組刀具與一本記事簿，有半頁是艾里密密麻麻的字跡與點點血跡。至於艾里本人，維克多可以看見他躺在客廳的沙發上，低頭思考著，或者是在祈禱。維克多暫停下來看他。奇怪的是，艾里沒有感應到維克多在場，不像維克多可以感應到他。這是有療癒之類內在能力者的問題，總是只顧著自己，他心裡想著，同時拿起一把大刀，用刀尖順著桌面劃過去，發出高頻的刮擦聲。

艾里馬上從沙發上站起來。「維克。」

「我很失望，」維克多說道。

「你來這裡做什麼？」

「你出賣我。」

「你殺了安姬。」這句話在艾里的喉頭微微卡住。這位朋友語氣裡的感情使維克多驚訝。

「你愛她嗎？」他問道。「還是你只是氣我收回一樣東西？」

「她是人，維克多，不是東西，而你殺了她。」

「那是意外，」他說道。「而且其實是你的錯。如果你當初肯幫我……」

艾里雙手抹一下臉。「你怎麼能做這種事？」

「你怎麼能？」維克多問道，說話的時候將整把刀子從桌上拿起來。「你打電話報警說我是

『EO』。我沒有出賣你，你要知道，我本來可以的。」他用刀尖搔搔頭。「為什麼你跟他們說那種蠢事？你知道他們有專人處理可疑的『EO』案子嗎？一個叫史泰爾的傢伙。你知道嗎？」

「你昏頭了。」艾里往旁邊移動，背貼著牆。「把刀放下。你也傷不了我。」

維克多微笑接受挑戰，快速一步向前跨出，艾里本能地往後退，卻被牆壁擋住，然後維克多來到他面前。

刀子滑了進去。比他想像的容易。像瞬間消失的動作，前一刻金屬刃仍在發亮，下一刻就不見了，刀柄以下埋進艾里的腹部。

「你知道我想通了什麼嗎？」維克多湊近他說道。「那天晚上在街上，看見你把手上的玻璃渣挑出來，刀子不拔出來，你就不能自癒。」他扭動刀子，艾里呻吟著，雙腿發軟，沿著牆往下滑，但維克多用刀柄將他撐起。

「我根本還沒有使用我的新招數呢，」他說道。「不像你的那麼炫，但是效果相當好。想見識一下嗎？」

維克多沒等回應。周邊的空氣嗡嗡震動起來，他不去擔心什麼旋鈕，只在乎這個。艾里尖叫著，聲音使維克多感覺很爽。當然，不是什麼太陽露臉、人生美好那樣的感覺，只是一種懲罰，一種控制。艾里出賣了他，一點點痛是應得的。他會自癒的。等這過去後，他會連一個疤都沒有。至少維克多能做的，就是試著給他留一個印象。維克多鬆開刀柄，看著艾里的身體癱倒在地。

「你的論文要記一下，」他看朋友躺在那裡喘氣的時候說道。「你以為我們的能力在某方面反映出我們的天性，是上帝在跟我們玩鏡子遊戲，但是你錯了。這與上帝無關，而是我們，是我們的想法。是思想的力量強得足以讓我們活下去，讓我們活過來。你想知道我怎麼知道的嗎？」他把注意力轉回桌上，想再找一個尖銳的東西。「因為我在死前所能想到的只是疼痛。」他把腦子裡的旋鈕調大，讓房間裡充滿艾里的尖叫聲。「而我很想讓疼痛停止。」

維克多再把旋鈕轉小，聽見艾里的尖叫聲停息。他走到桌前，看著上面各種刀款，這時候室內響起一陣爆裂聲。非常突然，非常大的聲音。牆板崩落到一尺外，維克多轉過身，發現艾里一隻手捧著腹部，另一隻手舉著槍。那把刀在地板上的一大攤血中，科學好奇心使維克多猜想著艾里的身體要花多久時間再生成血。然後第二槍響起，離維克多的腦袋近得多，他皺起眉頭。

「你究竟知不知道怎麼用槍？」他問道，手指撫摩著一把薄薄的長刀。艾里握槍的手明顯在發抖。

「安姬死了——」艾里說道。

「對，我知道——」

「但是你也死了。」這句話不是威脅。「我不知道你是誰，但你不是維克多。你是一個鑽到他皮膚裡的東西，一個穿著他的魔鬼。」

「噢，好傷，」維克多說道，不知何故，這句話讓他笑出來。他忍不住笑，艾里一臉嫌惡，看得維克多又想用刀刺他。他摸著背後最近的一把刀，看見艾里的手指把槍握緊。

「你是別的東西，」他說道。「維克多死了。」

「我們死了，艾里。而且我們都復活了。」

「不是，不是的，我認為不是。不盡然。有什麼東西不對勁，少了，不見了。你感覺不出來嗎？我可以，」艾里說道，而且聽起來真的在害怕。維克多很失望。他原希望或許艾里也有這種新的冷靜感覺，但顯然他感覺到的是完全不同的東西。

「或許你對，」維克多說道。他願意承認感覺有所不同。「但是如果我少了什麼東西，那麼你也一樣。生命就是一種妥協。不然你以為就因為你把自己交到上帝手中，祂就會把你完完整整還回來，還再加上別的東西？」

「祂是那樣，」艾里吼道，同時扣動扳機。

這次他沒有打歪。維克多感覺到撞擊，然後低頭看著襯衫上的洞，很慶幸自己已想到要把疼痛感關掉。他摸摸那裡，手指舉起來是紅色的。他隱約知道不該在這個地方挨槍。

維克多低頭看著，嘆一口氣。「那有一點自以為是，你說不是嗎？」

艾里走近一步。他腹部的傷口已經癒合，臉色恢復紅潤。維克多知道自己需要一直講下去。

「承認吧，」他說道。「你也覺得不一樣了。死亡拿走一些東西。它拿走了你的什麼？」

艾里又舉起槍。「我的恐懼。」

維克多擠出邪笑。艾里的手在發抖，下頜緊繃。「我仍看見恐懼。」

「我不是害怕，」艾里說道。「我只是遺憾。」

他又開一槍。射擊力道把維克多推後一步。他的手指握住最接近的一把刀，然後揮出去，插進艾里伸出來的手臂。槍匡噹落到地板上，艾里往後急退，避開下一刀。

維克多本來想繼續，但是視線模糊起來。只是片刻。他眨眨眼，急著想恢復視線焦距。

「就算你能把疼痛感關掉，」艾里說道，「但你卻沒辦法止血。」

維克多往前一步，但是房間開始歪斜，他扶著桌子。地板上有很多血，他不確定有多少是他的。他再抬起頭，艾里在前面。然後維克多倒在地上。他用雙手與膝蓋撐起身體，但似乎無法再抬高。有一隻手臂撐不住身體，軟了下去。他的視力又模糊起來。

艾里在說話，但他聽得不太清楚。然後他聽見槍在地板上刮過去又舉起來，槍口翹起。一個東西打到他的背部，像輕輕的一拳，他的身體不再聽話。黑暗由視界邊緣逼近，就是當初他躺在桌子上痛得受不了時所渴望的黑暗。

一片濃厚的黑暗。

他開始陷入黑暗，同時聽見艾里在室內走走動，講電話，說什麼要醫療之類的。他的聲音刻意聽起來很驚慌，但即使維克多視線模糊，仍看出他的臉冷靜鎮定。維克多看到艾里的鞋子走開，然後什麼都看不見了。

28

兩天前
紳士旅館

米契把雪德妮帶回她的房間，然後把門關上。她站在黑暗中幾分鐘，依然在迴盪的痛楚使她心神迷亂，也因為報紙上的那張照片，還有維克多的黯淡眼神，在他清醒之前彷如死人。她打一個顫。已經過了漫長的兩天，之前她是睡在高架道底下，縮在兩個水泥塊之間的角落，設法讓身體保持乾燥。冬季已經漸漸變成濕冷的春天。從她被射殺的前一天就開始下雨，然後就沒有停過。

她把手指塞入偷來的襯衫袖口。她的皮膚仍然感覺很奇怪，整隻手臂當時彷彿火在燒，槍彈的傷口像一片痛苦織成的網中心，然後就「斷電」了。雪德妮只能這樣想，像是她與疼痛之間的連結切斷，原處只剩下針尖般的刺痛發麻。雪德妮揉揉皮膚，等著感覺恢復。雪德妮不喜歡麻木，那會讓她想起寒冷，而她討厭寒冷。

她把耳朵貼在門上，聽聽有沒有維克多的動靜，但是浴室門關得緊緊的。終於，皮膚上的刺痛消失，她爬回這間陌生旅館的超大床上，蜷縮起身體設法睡覺。起初她仍睡不著，在意志軟弱的一瞬間，她竟希望賽蕊娜在這裡。姊姊會坐在床緣撫摩她的頭髮，說這個動作會讓思緒平靜。

雪德妮會閉上眼睛，讓所有事物不再出聲，先是她的心思，然後是整個世界，姊姊的撫摩使她深深睡去。但雪德妮及時打住，手指揪著旅館的被單，想到賽蕊娜——會做那些事情的那個人——已經不見了。這個念頭如冰水灌入，使雪德妮的心又如火焰迅速燃燒，於是她決定不要再想賽蕊娜，改而試想著一個臨時保母教過的數數遊戲。不是往上數或者往下數，只是數著一、二、一、二，一面吸氣、吐氣。一、二，輕輕平穩如心跳，直到旅館房間終於縮退開，她睡著了。

睡著後，她夢見了水。

29

去年

布萊通社區

雪德妮．克拉克死於一個寒冷的三月天。

時間就在午餐之前，而且都是賽蕊娜害的。

克拉克姊妹看起來幾乎一模一樣，儘管賽蕊娜大七歲，而且高了七英寸。這麼相像一方面是由於基因，一方面是由於雪德妮對姊姊的崇拜。她穿得像賽蕊娜，動作像賽蕊娜，而且幾乎在每方面都像是姊姊的縮小版。像一個影子，差異是因年齡而非太陽造成。她們都是同樣的藍眼金髮，但賽蕊娜逼雪德妮把頭髮剪短，以免別人瞪著看。那種相似度實在太不可思議了。

她們雖然那麼相像，卻與父母沒有什麼相似之處——倒不是說他們常常在身邊而有機會比較。賽蕊娜曾告訴雪德妮說，他們根本不是她們的父母，她們是從很遠的地方坐一條藍色小船漂到岸上，不然就是在火車的頭等車廂內被人發現，或者是被間諜拐來的。如果雪德妮懷疑她的故事，賽蕊娜就堅稱妹妹當時年紀太小，不記得了。雪德妮仍相當確信那只是幻想，卻始終不完全確定。賽蕊娜很會說故事，總是很有說服力（她姊姊喜歡用「故事」這個詞代替說謊）。

要到結冰的湖上散步和野餐，是賽蕊娜的主意。她們本來每年都這麼做，在新年前後，布萊通社區中央的那座湖就變成一塊冰，但是賽蕊娜去念大學後，她們就沒有機會了。因此，在三月的一個週末長假，賽蕊娜的春假即將結束，離雪德妮十二歲生日就差幾天之際，她們終於找到機會，帶著午餐出門到冰上去。賽蕊娜把野餐毯子當披風，跟妹妹講著新的故事，說她們兩個怎麼會變成姓克拉克，此事跟海盜或者超級英雄有關。雪德妮並沒有注意聽，忙著在心裡記下姊姊的影像，等賽蕊娜再離開後就不會忘記。她們來到湖上一處，賽蕊娜認為是好地點，把肩膀上的毯子取下來鋪在冰上，然後開始把她在儲藏櫃裡找到的各式食物拿出來。

問題是，現在是三月（相對於一月或者二月），即使仍然相當冷，但冰層的厚度漸消，很不平均。白天的零星暖意使她們家附近的湖面開始融化。你根本不會注意到這種變化，除非腳底下的冰裂開。

真的就裂了。

那道裂縫在一層薄雪之下，很小也很安靜，她們兩人布置著野餐，等到裂冰的聲音大到她們聽得見的時候，已經太遲了。賽蕊娜剛開始說另一個故事，冰層裂開，兩人都栽入半結冰的幽黑水中。

寒意把雪德妮肺裡的空氣都擠出來，即使賽蕊娜教過她游泳，但是沉下去時毯子纏住她的腿，把她直往下拖。冰水刺痛她的皮膚與眼睛。她拚命往水面以及賽蕊娜踢動的雙腿划過去，但是沒有用。她一直往下沉，一直想游過去，而她離姊姊越來越遠時，能夠想到的只是回來回來回來。然後周圍的世界開始凍結，好冷好冷，然後連那個念頭也開始消失，只剩下黑暗。

雪德妮後來知道了賽蕊娜確實曾回來，把她拉出冰冷的水裡，爬上解凍的湖面，然後癱倒在她旁邊。

有人看到冰上有屍體。

等救援人員來到時，賽蕊娜已經幾乎沒氣，心臟頑固地拖著一拍一拍跳——然後停止了——而雪德妮全身冰冷發青，泛白如大理石像，也同樣靜止不動。兩個女孩當場都已死亡，但是因為理論上她們是凍死的，不能正式宣布死亡，醫護人員把克拉克姊妹倆送到醫院讓她們回暖。

接下來有如奇蹟出現，兩姊妹復活了，脈搏開始跳，吸一口氣，然後再吸一口——活著就是這樣，真的——她們醒過來，坐起身說話，從各方面看來她們都是活人。

只有一個問題。

雪德妮暖不起來。她多多少少覺得還好，但是脈搏太慢，體溫太低——她聽見兩個醫師說，以她的狀況而言，她應該是昏迷狀態——他們認為她太虛弱，不能出院。

賽蕊娜則完全是另一回事。雪德妮認為她表現得很奇怪，性情比平常更不穩定，但是其他人，包括醫師與護士、物理治療師，甚至她們的父母——他們一聽說意外事故就縮短旅程趕回來——似乎都沒有注意到這種變化。賽蕊娜抱怨頭痛，於是他們給她止痛藥。她抱怨醫院，於是他們讓她出院。諸如此類。雪德妮聽見他們談論她姊姊的狀況，但是她走過去說想離開時，他們就往旁邊站開，讓她走過去。賽蕊娜向來我行我素，但是從來不像這樣。從來沒有不經過抗爭。

「妳要走了?就這樣?」雪德妮坐在床上,賽蕊娜穿著外出服站在門口,雙手抱著一個盒子。

「我想念學校,而且我討厭醫院,雪德,」她說道。「妳知道的。」

雪德妮當然知道。她也討厭醫院。「但是我不懂。他們就這樣讓妳離開?」

「似乎如此。」

「那就叫他們也讓我離開。」

賽蕊娜站在病床邊,用手撫摩雪德妮的頭髮。「妳需要多待一會兒。」

雪德妮洩了氣,她發現自己在點頭,儘管淚水已經滑落臉頰。賽蕊娜用拇指幫她把淚水抹去,說道:「我不會離開的。」這讓雪德妮想起自己在水底時有多希望姊姊回來。

「妳記不記得,」她問姊姊,「在湖裡的時候妳在想什麼?冰裂開的時候?」

賽蕊娜皺起眉頭。「妳是說,除了他X的,好冷之外?」雪德妮差一點笑出來。賽蕊娜沒有笑,手從雪德妮的臉上滑下來。「我只記得我在想不要。不要,不要這樣。」她把手上的盒子放在旁邊小桌上。「生日快樂,雪德。」

然後賽蕊娜離開了。而雪德妮沒有離開。她曾經要求,但是他們拒絕了。她懇求加上哀求,並且保證她覺得很好,而他們拒絕了。那天是她的生日,她不想一個人待在這樣的地方。她不能在這裡過生日。但他們還是說不行。

她的父母都在工作。他們得離開。

一個星期，他們對她保證著。待一個星期。

雪德妮沒有什麼選擇。她留了下來。

✦

雪德妮討厭晚上的醫院。

整層樓都太安靜，太冷清。只有在這個時候她會感覺強烈恐慌，怕自己再也無法離開，無法回家。她會被人遺忘在這裡，穿著跟大家一樣的衣服，跟病人與護士以及牆壁都混在一起分不清，而她的家人在外面的世界裡，她會像流失的記憶，像花裙子洗太多次而褪色。賽蕊娜彷彿知道她需要什麼，雪德妮床邊的盒子裡是一條紫色圍巾，顏色比她小行李箱內的任何衣物都鮮豔。

她抓緊裹在脖子上的紫色圍巾，儘管她並不冷（好吧，根據醫師的說法，她是很冷，但她不覺得很冷），開始走起來，在醫院的廂房裡踱步，享受著護士眼光瞄向她的時刻。她們看到她了，可是沒有阻止她，使雪德妮覺得自己像賽蕊娜，與她彷彿隔著汪洋大海的賽蕊娜。雪德妮把整層樓走了三遍，再從樓梯走到另外一層樓。這裡的米黃色深淺不太一樣，訪客絕對不會注意到這種變化，但雪德妮已經把自己那層樓的牆壁瞪得夠久，連每塊油漆碎片都分得出有一萬種顏色，兩百種白色。

這一層樓的人病得比較重。雪德妮聞得出來，即使還沒有聽見咳嗽聲或者看見一張擔架床從一個房間裡推出，上面什麼都沒有，只蓋著一張大床單。這裡彷彿用了比較強的消毒水。廊道另一頭的房間裡有人在大喊，推擔架床的護士停下來，匆匆趕去那個病房，把擔架病床留在廊道上。雪德妮跟過去看那邊在吵什麼。

廊道盡頭房間裡的一個人很不快樂，但是她不明白為什麼。雪德妮站在廊道上，想朝裡面望一眼，但是裡面的簾子是拉上的，把病房隔成兩部分，遮住了那個在喊叫的男人，而且擔架床也擋住了她。她俯身趴在擔架床上，只是微微靠著，然後就打一個顫。

她碰到的床單下面覆蓋著東西。是一個人體。她輕輕碰到的時候，那個人體抽動一下。她驚跳開，摀住嘴巴不讓自己喊出來。她靠著米黃色的牆壁，看看病房裡的那個護士，再看看擔架床床單底下的身體。它又抽動一次。雪德妮把紫圍巾的兩端繞住雙手，再度感覺全身凍結，但方式不同。這次不是冰水，而是恐懼。

「妳在這裡做什麼？」一個護士問道，她的衣服顏色是不甚討喜的偏綠米色。雪德妮不知道該說什麼，只是用手指著。護士抓住她的手腕，開始拉著她往廊道前面走。

「不是的，」雪德妮終於說出話來。「妳看。」

護士嘆一口氣，回頭看床單，底下又抽動一下。

護士尖叫起來。

✦

雪德妮得接受心理治療。

醫師說這是要幫助她應付見到死屍的心理創傷（即使她並沒有真正見到），而雪德妮本來想抗議，但是因為她亂闖到樓上，結果被關在自己房間內不准亂跑，沒有別的辦法打發時間，就只好答應了。然而她克制住自己，沒有提到她在那個屍體復活之前接觸過它。

他們說那個人復活是奇蹟。

雪德妮笑了，主要是因為他們對她復活一事也是這麼說。

她很好奇是否也有人曾經不小心接觸到她。

✦

一個星期之後，雪德妮的體溫仍然沒有升高，但她其他方面看起來都很穩定，醫師終於答應讓她第二天出院。那天晚上，雪德妮溜出自己的病房，走到太平間想確定上次在廊道上的事情是否真是奇蹟，令人歡喜的意外、僥倖，還是她在某方面有關係。

半個小時後，她匆匆跑出太平間，心裡噁心無比，身上沾著臭血，但是她的假設證實了。

雪德妮．克拉克能夠讓人起死回生。

30

昨天

紳士旅館

第二天早晨，雪德妮在旅館的特大號床上醒來，一時不確定自己身在何處以及怎麼會在這裡。但是她眨眨眼把睡意驅走，細節逐漸浮現，下雨，汽車，還有兩個怪人，而此刻她就可以聽見他們在門外講話。

米契的粗率口氣以及維克多的低滑語音，似乎從她房間的牆壁間滲進來。她坐起身，感覺僵硬又飢餓，於是調整一下臀部過大的運動服，然後走出去找吃的。

那兩個男人站在廚房裡。米契一面倒咖啡，一面跟維克多說話，而維克多心不在焉地塗抹著一本雜誌上的文字。米契抬起頭看她走進來。

「妳的手臂怎麼樣？」維克多問道，同時仍在把文字塗黑。

不痛了，只有一點僵硬感。她想她應該謝他。

「沒問題，」她說道。維克多放下筆，把一袋貝果推給她。廚房一隅還放著幾袋雜貨，他朝那裡點點頭。

「不知道妳要吃什麼，所以……」

「我又不是小狗，」她忍笑說道，拿起一個貝果，再把袋子沿桌面推過去，碰到維克多的雜誌後停住。她看著他把文字塗黑，想起昨天晚上那篇文章與上面的照片，那時候她正要伸手去拿，結果維克多醒了。她的視線飄回沙發那裡，報紙已經不在了。

「怎麼了？」

這個問題使她回過神來。維克多以雙肘撐著吧檯桌，手指鬆鬆地交握。

「昨天晚上那裡有一張報紙，上面有一張照片。在哪裡？」

維克多皺起眉頭，但是把壓在雜誌下的報紙抽出來舉給她看。「這個？」

雪德妮心底的某處感到一陣顫慄。

「為什麼你會有他的照片？」她問道，手指著已大半塗黑的文章旁邊那張粒子很粗的照片。

維克多小心估量著腳步，緩緩繞到吧檯桌的這一邊，然後把那篇文章舉在他們兩人中間，離她的臉只有幾寸。

「妳認識他嗎？」他問道，目光發亮。雪德妮點點頭。

「怎麼認識的？」

雪德妮乾嚥一下喉頭。「是他開槍射我。」

維克多俯身，臉與她湊得好近。「告訴我是怎麼一回事。」

31

去年
布萊通社區

雪德妮把太平間的事告訴賽蕊娜，賽蕊娜笑了起來。

不過那不是快樂的笑，也不是輕鬆的笑。雪德妮根本不認為她是在笑說噢老天我妹妹溺水後傷了腦子。她的笑聲裡面帶有某種意味，使雪德妮感覺緊張。

然後賽蕊娜叫雪德妮不要把太平間的事告訴任何人，廊道上的屍體，或者任何稍微有關死人的事都不要提，她的語氣非常冷靜，非常平靜（當時雪德妮很詫異，因為賽蕊娜從來一點都不冷靜或平靜）。雪德妮自己也很驚訝她真的都沒有告訴任何人。從那時候起，除了賽蕊娜之外，她絲毫不想把這件怪事告訴任何人，而賽蕊娜似乎也不想扯上關係。

於是雪德妮只有一件事情能做。她回去念中學，並且盡量不碰任何死東西。這樣一直撐到學年末。她撐過了整個暑假……賽蕊娜不知怎麼竟能說服校方讓她去阿姆斯特丹遊學修學分，沒有回家過暑假，雪德妮聽到時氣壞了，幾乎想把自己的能力告訴別人或者做給別人看，只是出於對姊姊的恨意。但是她沒有說。就在雪德妮快發脾氣之前，賽蕊娜總會打電話來。她們什麼都沒談，只是說一些妳怎麼樣——爸爸媽媽怎麼樣——學校怎麼樣的事，儘管都是空話，雪德妮仍會緊巴著姊姊的聲音不放。然後她感覺談話將結束時，就會要求賽蕊娜回家，而賽蕊娜會說不行，這次不行，雪德妮會覺得好失落、好孤單，直到姊姊說我不會離開，我不會離開，雪德妮還是有一點會相信她。

但即使她對那些話的信心單純而毫不動搖，並不表示她聽了會快樂。雪德妮緩慢跳動的心臟開始往下沉，秋天過了，然後耶誕節來了，賽蕊娜沒有回來，她們的父母向來堅持要一家人共度耶誕節，彷彿好好過一個節日就能代表其他的三百六十四天，而不知何故這次似乎並不在意。他們根本沒有注意，但雪德妮注意到了，這使她覺得自己像快要破裂的玻璃。

所以等到賽蕊娜終於打電話邀她去時，雪德妮破裂了。

✦

「來我這裡住，」賽蕊娜說道。「會很好玩的！」

將近一年來，賽蕊娜都避著妹妹不見面。雪德妮一直留短髮，或許是微微出於敬意，或僅僅是念舊，但是她不快樂。不是氣姊姊，也不是氣自己聽到姊姊邀約時心裡竟會激動。她恨自己仍然崇拜賽蕊娜。

「我要上學，」她說道。

「春假來，」賽蕊娜追著說。「妳可以來住到妳生日那天。反正爸爸媽媽也不知道怎麼幫妳慶生，向來都是我安排。妳也知道我會給妳最好的生日禮物。」

雪德妮心頭一顫，想起上次生日是怎樣過的。賽蕊娜彷彿猜到她的心思，說道：「梅瑞特這裡很暖和。我們會坐在戶外，輕鬆一下。那樣對妳比較好。」

賽蕊娜的聲音太甜蜜。雪德妮早該知道。從那之後，雪德妮永遠都會知道，但是當時不然。這有一點像馬後炮。

「好吧，」雪德妮終於說道，一面努力掩飾興奮。「我願意。」

「好極了！」賽蕊娜聽起來好高興。雪德妮聽得出她語氣中的笑意，使雪德妮自己也笑了。

「妳來以後，我要妳認識一個人，」賽蕊娜又補上一句，彷彿最後才想到。

「誰？」雪德妮問道。

「只是一個朋友。」

32

幾天前

梅瑞特大學

賽蕊娜張開雙臂抱住妹妹。

「看看妳！」她說道，一面把妹妹拉進去。「妳長大了。」

其實雪德妮根本沒有怎麼長大，出意外之後的這一年長了不到一英寸，而且不只是身高。雪德妮的指甲、頭髮，每一部分都只是在慢慢爬，非常緩慢，像融冰。

賽蕊娜笑著說到她仍然很短的頭髮，雪德妮擺出自己就是這副樣子，與賽蕊娜不再有關係。不過她仍張臂抱住姊姊，而她姊姊回抱時，雪德妮感覺彷彿兩人之間的千百根斷線在縫合。她內心某種東西開始融化，直到一個男人咳嗽一聲。

「噢，雪德妮，」她姊姊抽開身說道，「我要妳見見艾里。」

她說他的名字時露出微笑。一個大學生模樣的男孩，坐在賽蕊娜宿舍房間的椅子上——這種宿舍通常都保留給上流階級的人——他聽見自己的名字就站起身走過來。他長得很帥，肩膀寬闊，握手動作堅定，眼睛是褐色但帶著近乎醉人的光采。雪德妮好不容易才把目光從他臉上轉開。

「嗨，艾里，」她說道。

「我聽說過很多關於妳的事，」他說道。

雪德妮沒有說話，因為在那通電話之前，賽蕊娜從來沒提過艾里，而且也只說他是一位朋友。從他倆互視的神情看來，那不完全是事實。

「來，」賽蕊娜說道。「把妳的東西放好，然後我們大家來認識一下。」

見雪德妮在猶豫，賽蕊娜就把妹妹肩上的行李袋拿走了，只剩下她與艾里在一起。雪德妮不明白為什麼自己有羊入虎口的感覺。

艾里給她一種危險的感覺，是在於他那種沉靜的笑容以及懶洋洋的動作。他趴在剛才所坐的椅子扶手上。

「所以，」他說道。「妳現在是八年級？」

雪德妮點點頭。「而你是大二？」她問道。「跟賽蕊娜一樣？」

艾里無聲地笑著。「事實上，我是大四。」

「你跟我姊姊交往多久了？」

艾里的笑容一閃不見。「妳喜歡問問題。」

雪德妮皺起眉頭。「那不是回答。」

賽蕊娜回到房間來，拿了一罐汽水給雪德妮。「你們兩個處得還好吧？」然後笑容就這樣又回到艾里的臉上，而且那大大的笑容讓雪德妮好奇艾里的臉頰過多久會開始發痛。雪德妮接過飲料，賽蕊娜走到艾里旁邊，靠在他身上，彷彿在宣示忠誠。雪德妮喝一口汽水，看著他親吻姊姊的頭髮，一隻手攬住她的肩膀。

「好吧，」賽蕊娜說道，一面打量著妹妹，「艾里想看妳的把戲。」

喝著汽水的雪德妮差一點嗆到。「我……不──」

「好啦，雪德，」賽蕊娜催促道。「妳可以信任他。」

她覺得自己像愛麗絲夢遊仙境，彷彿手上的汽水有一個小標籤寫著「喝我」，然後房間在縮小，或者是她在變大，無論如何，空間變得不夠大，空氣不夠多。或者讓愛麗絲變大的是蛋糕？她不知道……

她退後一步。

「怎麼了，妹妹？妳當初那麼急著想讓我看。」

「妳告訴我不要……」

賽蕊娜蹙起眉頭。「好吧，現在我告訴妳要。」

她離開艾里身上，朝雪德妮走過來，伸臂抱住她。「別擔心，雪德，」她對著她耳邊低聲說道。「他跟我們一樣。」

「我們？」雪德妮低聲回問。

「我沒有告訴妳嗎？」賽蕊娜哄道。「我也會一種把戲。」

雪德妮抽開身。「什麼？什麼時候？是什麼？」她懷疑那天晚上她說自己能讓人起死回生的時候，賽蕊娜的笑聲裡面就藏著這個，一個祕密。但是為什麼姊姊不告訴她？為什麼等到現在？

「嗯—嗯，」賽蕊娜晃著手指頭說道。「交換。妳讓我們看妳的，我們就讓妳看我們的。」

接下來很長的時間裡，雪德妮不知道是要跑開，還是該高興自己並不孤單。高興她與賽蕊娜……還有艾里……有一個共同點。賽蕊娜捧起雪德妮的臉。

「妳做給我們看，」她又說一遍，語氣輕緩柔滑。

雪德妮發現自己深吸一口氣，然後點點頭。

「好吧，」她說道。「可是我們得找一個屍體。」

✦

艾里打開乘客座的車門。「妳先上。」

「我們要去哪裡？」雪德妮上車時問道。

「兜風，」賽蕊娜說道。她坐在駕駛座，艾里則坐後座，就在雪德妮的背後。她也不喜歡這樣，不喜歡他可以看見她而她看不見他。賽蕊娜心不在焉地問著布萊通社區的情形，車外的大學景觀漸漸變成較稀疏、較小的建築。

「為什麼妳不回家？」雪德妮低聲問道。「我想妳。我需要妳，而且妳保證說妳不會離開，可是——」

「別抱怨，」賽蕊娜說道。「重要的是現在我在這裡，而妳也在這裡。」

建築物景觀變成了野地。

「而且我們要去狂歡，」艾里在後座說道。

雪德妮打一個顫。「是那樣嗎？賽蕊娜。」

雪德妮看姊姊一眼，訝然發現賽蕊娜在後視鏡與艾里目光相接時，臉上閃過一道陰影。

「對，」她遲遲才說道。

路越來越窄，越崎嶇。

車子終於停下，他們來到一處森林與野地的交接處。艾里先下車，帶頭走進野地，草長及膝。最後，他停步低頭看著。

「到了。」

雪德妮順著他的視線看過去，頓時胃裡一陣翻攪。

草叢裡有一具屍體。

「死屍不是那麼容易弄到，」艾里輕描淡寫似地說道。「你得去停屍間或者墓園，或者自己弄一個。」

「拜託別說你……」

艾里笑起來。「別傻了，雪德。」

「艾里在醫院見習，」賽蕊娜解釋道。「他從太平間偷了一具屍體。」

雪德妮乾嚥一下。這具屍體穿著衣服。屍體不是應該光溜溜的嗎？

「可是把屍體弄到這裡來做什麼？」她問道。「為什麼我們不去太平間就好？」

「雪德妮，」艾里說道。她真的不喜歡他一直叫她的名字。好像他們很親近似的。「太平間裡面有人，不會都是死人。」

「是呀，不過我們也不必開半個小時的車，」她回嘴道。「學校附近沒有什麼野地，或者廢棄的地方嗎？為什麼大老遠——」

「雪德妮，」賽蕊娜的聲音劃破寒冷的三月天。「別再抱怨了。」

於是她閉嘴，抱怨哽在喉頭。她揉揉眼睛，在放下來時看到手上有一抹黑色的化妝痕跡，那是她在往梅瑞特大學的計程車上塗的，本來是想給賽蕊娜「她已長大」的印象。但是現在，她一點也不覺得自己長大了。現在，她只想把身體縮成一團，或者鑽出自己的皮膚。然而，她只是動也不動地站著，低頭看那個中年男人的屍體，想起上次自己看到屍體的時候（她沒有把學校那隻死倉鼠算進去，因為根本沒有人知道牠死了，而且牠又小又毛茸茸的，也沒有人類的眼睛）。她想起在太平間，手指摸到冰冷的死人皮膚。那種寒意就像吞下一大口冰水，寒意從頭到腳直竄全身。很難讓他們再死過去。她當時很驚慌。太平間裡的一個女人曾試圖爬下桌子。她本來沒想到接下來要怎麼辦，於是抓起所能找到最近的武器——驗屍工具箱裡的一把刀——刺進那個女人的胸口。那個女人晃了一下，又倒回金屬桌面上。顯然讓死人復生並不表示他們不能再被殺死。

「怎麼樣？」艾里說道，手朝屍體比一下，彷彿是在給雪德妮一個禮物，而她並不太領情。

她望著姊姊想找答案，想找幫助，但是就在剛才從車子走到屍體這裡的一段路上，賽蕊娜改變了，似乎很緊張，額頭緊蹙，而她從前一直都盡量避免那樣，因為她不想有皺紋。而且她不肯直視妹妹的眼睛。雪德妮轉回頭看屍體，小心地跪在旁邊。

她沒有看過自己讓人復活時究竟做了什麼，沒有真正好好看過。就她所知他們不是僵屍——她不曾在旁邊耽擱太久，只有那隻倉鼠除外，而她也不確定僵屍倉鼠的行為與正常倉鼠有什麼不同——而且那與他們是怎麼死的沒有關係。在醫院床單下的那個人顯然是死於心臟病。太平間那個女人的內臟已經移除了。但是雪德妮碰到他們時，他們不只是醒過來，他們復活了。他們看起來很好，是活生生的，是人。而她在太平間也發現，雖然他們本來是因故而死，卻不再是跟死時一樣。這使雪德妮困惑，直到她想起那天在結冰的湖上，冰水吞噬了她，她想伸手抓賽蕊娜的腿，卻遲了一拍，就差那一點點沒有抓到——回來，回來——當時自己多麼渴望有第二次機會。

雪德妮給那些人的就是這個。第二次機會。

她的手指在那個死人的胸口上方懸浮片刻，懷疑他是否值得有第二次機會，然後不禁自責。她是什麼人，能夠評判或者決定或者給予或者否定這一點？就因為她能夠有機會，難道就表示她應該有嗎？

「快，」艾里說道。

雪德妮喉間乾嚥一下，逼自己把手指放在死人的皮膚上。一開始，什麼都沒有，她心頭一慌，想到自己終於有機會做給賽蕊娜看，卻失敗了。但是她的驚慌消退，如冰水般的寒意在她的血管內竄升，她手下的那個人顫動一下，睜開眼睛坐起來。這一切發生得好快，雪德妮跌坐到草地上。那個復活過來的人轉頭四顧，神情困惑又生氣，然後他的眼睛鎖定艾里，整張臉憤怒得扭曲變形。

「搞什麼——」

一聲槍響在雪德妮的耳際迴盪。那個人倒回草地上，兩眼中央出現一個紅色的洞。他又死了。艾里放下槍。

「了不起，雪德妮，」他說道。「這是相當特殊的天賦。」他的語氣全無幽默，那種恐怖做作的愉快與假笑都不見了，抹掉了。從某方面而言，艾里不是太可怕，因為她已經能夠看出他眼底的獸性，現在終於不再掩藏了。但是那把槍，以及他拿槍的姿勢，仍使他看起來夠嚇人的。

雪德妮爬起身。她真希望他把武器放下。賽蕊娜已經退到幾步之外，在用腳趾踢著一塊結凍的草叢。

「嗯，不說謝嗎？」雪德妮說道，聲音發抖，雙腳不是有意地在草地上往後移動。「你要給我看你的把戲嗎？」

他幾乎笑出來。「恐怕我沒有那種表演天分。」然後他舉起槍，對準了她。

在這一刻，雪德妮並不覺得驚訝，也不震驚。這是艾里做的第一件事在她看來是對的。真心的，很合宜。她不怕死，她不認為自己怕。畢竟，她已經死過一次。但那不表示她準備好了。悲哀與困惑盤據她的內心，不是因為他，而是她姊姊。

「賽蕊娜？」她靜靜問道，彷彿姊姊沒有注意到這位新男友在用槍指著妹妹。但是賽蕊娜轉開頭，雙臂緊緊交抱胸前。

「我希望妳知道，」艾里說道，手指握著槍管伸縮一下，「這對我是很沉重的工作。我沒有選擇。」

「不對，你有的，」雪德妮細聲說道。

「妳的能力是錯誤的，使妳變得很危險——」

「拿槍的人不是我。」

「沒錯，」艾里說道，「但妳的武器更糟。妳的能力是非自然的。妳明白嗎，雪德妮？這樣違背自然，違背上帝。而這個，」他瞄準著說道，「這是為了大家好。」

「等一下！」賽蕊娜突然轉回頭說道。「說不定我們不必——」

太遲了。

來得好快。

隨著一聲巨響，一陣震撼與痛楚打到雪德妮身上。

賽蕊娜的聲音使她一時分心，只是一瞬間，然後她看到艾里的手指握緊扳機，雪德妮就往旁邊閃，在槍彈射出時衝過去抓一根樹枝。她抓起樹枝揮向艾里，然後感到手臂上有血流下來。樹枝把槍打到地上，雪德妮轉身拔腿逃命，跑到森林邊緣時她又聽見槍響。她在林木間踉蹌奔逃時，彷彿聽見姊姊在喊她的名字，但是這次她知道不該回頭。

33

昨天

紳士旅館

維克多非常、非常平靜地站在那裡，聽著雪德妮的故事。

她說完後，他問道，「全部就是這樣？」儘管從雪德妮嘴唇欲言又止的樣子，他看得出來還有什麼。他看到她每次張嘴說到自己的特殊能力時，都會暫停以過濾一下，最後她只承認自己有一種能力，而她姊姊的新男友艾里要求示範，然後試圖處死她──處死，她用的是這個詞──但是如此而已。處死「EO」，維克多的心思翻攪。艾里在玩什麼？還有別人嗎？一定有的。在銀行與巴瑞．林區表演的特技，那有什麼關聯？他是否計畫好在光天化日之下殺人？

英雄？維克多現在很不齒這個詞。報紙上一廂情願地稱艾里為英雄，而一時間維克多也相信那個標題。他本來甘願當壞蛋，以為艾里真的是英雄，如今已得知這位老友艾里的真面目陰暗得多，維克多很樂意扮演反對派、對手、仇敵的角色。

「就是這樣，」雪德妮說謊，而維克多沒有生氣。他覺得沒有必要傷她感情，硬挖出真相──他不能怪她有所遲疑，畢竟，她上次把自己的能力透露給別人，結果差一點死掉──儘管她沒有把每件事都告訴他，也已經說出極重要的事情。艾里不僅僅是很近，而是就在這裡，在梅瑞特，或者至少一天半前還在。維克多以雙肘撐著吧檯桌，打量著這個與他不期而遇的小女孩。

他從來不相信命運，不相信天注定。以維克多的品味而言，那種事情太接近神性、更高的力量與權威統治。不會的，他寧願從可能性的角度看世界，承認機率扮演的角色，但也要在可能的時候自己掌控。但即使他不得不承認有命運這種東西，那麼它可是在特別對他微笑。那份報紙，這個女孩，這座城市。如果他有一絲艾里的那種宗教熱忱，就可能會以為上帝在給他指出一條路，給他一項任務。他不願意做到那個地步，不願意相信，但仍然感激這種支持的表現。

「雪德妮……」他試著壓下興奮，勉強在聲音裡擠出自己並沒有感覺到的冷靜。「妳姊姊念的大學，叫什麼名字？」

「梅瑞特大學，在市區的另一邊，很大。」

「學校的宿舍，妳姊姊住的那個，妳記得怎麼走嗎？」

雪德妮遲疑著，一面摸著仍擱在腿上的貝果。

維克多抓緊吧檯桌。「這很重要。」

見雪德妮沒有動，維克多拉起她的手臂，握住她被槍射中之處。他已經封鎖了她的疼痛感，但現在希望她記得艾里做了什麼，以及他能做什麼。他一接觸到她，她就僵住不動，然後他用另一隻手把自己的襯衫領口往下拉，讓她看見艾里射了三槍造成的第一道疤痕。

「我們兩個都是他想殺的人。」他鬆開她的手臂與自己的領口。「我們運氣好。其他的

『EO』有多少人沒這麼幸運呢？而且如果我們不阻止他，還會有多少『EO』也受害呢？」

雪德妮的藍眼睛睜得好大，一眨也不眨。

「妳記得妳姊姊住在哪裡嗎？」

米契這才第一次開口。「我們不會讓艾里再傷害妳，」他的嘴在巧克力牛奶杯上方說道。

「只是讓妳知道這一點。」

維克多打開米契的筆電，找出校園地圖，把螢幕轉過來對著她。

「妳記得嗎？」

片刻之後，雪德妮點點頭。「我知道路。」

◆

雪德妮忍不住發抖。

這與寒冷的三月清晨無關，純粹是因為恐懼。她坐在前座指路，米契開車，維克多坐在後座，手上摸弄著一個尖銳的東西。雪德妮曾回頭望一、兩次，在她看來那像是一把精巧別致的刀，可以收起來又彈開的那種。她轉回身抱著膝蓋，看著街景從旁邊掠過。幾天前，她搭計程車找賽蕊娜時，見到的就是同樣的街道，賽蕊娜開車駛往野地時經過的，也是同樣的街道。

「右轉，」雪德妮說道，同時努力不讓牙齒打顫，手指摸到手臂上被子彈射穿的地方。她閉上眼睛，卻看見姊姊，感到她張臂抱住她、手上冰涼的汽水罐、艾里的眼睛盯著她、賽蕊娜說做給我們看。還有那片野地、那具屍體、開槍、樹林以及——

她決定讓眼睛睜著。

「再往右轉，」她說道。維克多在後座把刀子開開合合。雪德妮記得自己曾討厭艾里坐在背後，他的眼睛盯著她的椅背，彷彿沉沉壓在她身上。現在，她倒不介意維克多坐在後面。

「這裡，」她說道。車子放慢速度，在人行道邊停下。雪德妮望著窗外那一座位於校園東緣的宿舍建築。一切看起來仍一樣，而這樣的感覺不對，彷彿這個世界應該有這幾天發生的事情的痕跡，應該像她一樣改變了。冷風吹到她臉上，雪德妮眨一下眼睛，發覺維克多在幫她扶著車門，米契站在宿舍前的小徑上，踢著一塊碎水泥。

「妳要走嗎？」維克多問道。

她無法讓雙腳移動。

「雪德妮，看著我。」他雙手撐著車頂，身體趴下來。「沒有人會傷害妳。妳知道為什麼嗎？」她搖搖頭，維克多露出笑容。「因為我會先傷害他們。」

他把車門開大一點。「現在下車吧。」

雪德妮下了車。

他們敲敲「3A」的門，三個人構成一幅奇怪的畫面：米契，魁梧高大，身上有刺青；維克多從頭到腳都是黑色——不像賊，倒比較像高雅體面的巴黎人；雪德妮夾在他們中間，穿著藍色緊身褲與一件紅色大衣。這些衣服是今天早上冒出來的，仍有用烘乾機烘過的感覺，甚至也比較合身。她特別喜歡這件大衣。

禮貌上敲了幾下門之後，米契從外套口袋裡掏出一套工具，說著這種學校的鎖很容易開，使雪德妮對他的牢獄生活更好奇，這時候門開了。

一個身穿粉紅色配綠色睡衣的女孩看著他們，臉上表情也證實這個三人組的外觀有多怪異。

然而，這個女孩不是賽蕊娜。雪德妮的心一沉。

「你們是賣餅乾的嗎？」她問道。米契笑出來。

「妳認識賽蕊娜．克拉克嗎？」維克多問道。

「是呀，當然，」女孩說道。「她把這間宿舍給我，就在昨天吧，說她不需要了，而且我的室友快把我氣瘋了，所以賽蕊娜叫我住這裡，可以一直待到學年末。反正我也要畢業了，謝天謝地，我受夠了這個鬼學校。」

雪德妮清一下嗓子。「妳知道她去哪裡了嗎？」

「大概是跟她那個男朋友在一起。他是一個帥哥，但是老實說有一點討厭，那種總是想賴著她的傢伙——」

「妳知道他住在哪裡嗎？」維克多問道。

穿粉配綠睡衣的女孩搖頭聳肩。「不知道。去年秋天他們開始交往之後，她就變得好奇怪。我很少見到她，而我們本來很親近的，什麼電影、巧克力、月經無所不談。然後他出現，就一下子搭上了，艾里這個艾里那個的——」

雪德妮與維克多聽見這個名字就緊張起來。

「那麼妳知不知道，」他打斷她的話，「我們可以在哪裡找到他們呢？」

她又聳聳肩。「梅瑞特是個大城市，但我昨天上課時看到她——她就是那時候把鑰匙給我的——所以她不可能走太遠。」她來回看看他們，然後視線落在雪德妮身上。「妳看起來好像她。妳是她的妹妹嗎？雪莉？」

雪德妮張嘴要回答，但維克多已經把她的身子轉開。

「我們只是朋友，」他說道，一面帶著她沿小徑走回去，米契跟在後面。

「好吧，如果你們看到他們，」那個女孩喊道，「幫我謝謝賽蕊娜給我這間宿舍。噢，還有，告訴艾里說他是爛人。」

「我們會的，」維克多喊道，三個人直接往車子那裡走回去。

✦

「沒有希望的，」雪德妮滑坐到沙發上細聲說道。

「嘿，聽著，」米契說道。「一個星期以前，艾里還不知道在世界上哪個角落，現在因為有妳，我們已經把範圍縮小到一個城市了。」

「如果他還在這裡的話，」雪德妮說道。

維克多在沙發前面踱步。「他在這裡。」他的皮膚彷如針刺。這麼接近。他好想走到街上大喊朋友的名字，直到把他喊出來為止。快而有效……也很傻。他需要一個辦法把他引誘出來，同時自己不必露面。他快要追上艾里了，但是希望能超前一步再轉身面對他。他得想辦法讓艾里來找他。

「現在怎麼辦？」米契問道。

維克多抬起眼睛。「雪德妮並不是第一個目標。我敢打賭她也不是最後一個。你能幫我做一個搜尋矩陣嗎？」

米契活動著大指節。「什麼樣的？」

「我要想辦法找出可能的『EO』，看看他是否已經找到誰，還有誰沒找到。」

「擔心他們的安危嗎？」米契問道。維克多想的是拿他們當誘餌，但是沒有說出口，不能當著雪德妮的面說。

「把搜尋範圍縮小至去年，在本州內，找尋標識，」他說道，腦子裡試著回想艾里的論文。在聊到其他話題的時候，他曾有一、兩次談到標識問題。「找找看警方報告、工作評估、學校與醫院紀錄，搜尋任何瀕死經驗的跡象——那可能歸類為重大創傷——有心理狀況不穩定的後遺症，行為古怪，缺席，精神科醫師病歷不一致的地方，警察紀錄不確定之處……」他又開始踱步。「完成之後，再找找賽蕊娜的學校紀錄、她的課程表。如果艾里與她密不可分，那麼找到她可能比較容易一點。」

「那些紀錄不是機密嗎？」雪德妮問道。

米契咧嘴一笑，打開筆電，把它放在吧檯桌上。

「米契爾，」維克多說道。「告訴雪德妮，你為什麼坐牢。」

「駭客，」他愉快地說道。

雪德妮笑了。「當真？我還以為你是赤手空拳把人打死的那種人呢。」

「我向來高頭大馬，」米契說道。「這又不是我的錯。」他又活動一下指節。他的雙手比鍵盤還大。

「那些刺青呢？」

「最好入境隨俗。」

「維克多就沒有。」

「那要看你要去哪裡。他喜歡清爽。」

維克多沒有聽他們講話。他仍在踱步。

艾里很近。艾里在這座城市裡，或者至少本來在。雪德妮的姊姊究竟有什麼能力，讓他覺得她這麼有價值？如果艾里要殺死『EO』，為什麼放過賽蕊娜？不過，維克多很高興他放過了她。

她給了他留在梅瑞特的理由，而他需要讓艾里有東西拴著。米契的大手指在鍵盤上飛快移動，光潔的黑色螢幕上窗口一個接一個跳出來。維克多無法停止踱步。他知道搜尋需要時間，但是空氣在嗡嗡震動，他不能要自己的雙腳停下，不能逼自己不動，不能靜下來，現在終於接近艾里的時候不能停。他需要自由。

他需要空氣。

34

昨天
梅瑞特市區

雪德妮跟著他走到街上。

維克多沒有聽見她，走了一條街才終於回頭看到她，她的表情變得很小心，幾近害怕，彷彿被抓到違規，身體在發抖。他的手朝附近一家咖啡館比一下。「想不想喝一杯？」

「你真的認為我們會找到艾里？」幾分鐘後她這麼問道，兩人一起走在人行道上，各自拿著咖啡與可可。

「是的，」維克多說道。

但是他沒有多解釋。過了好久，雪德妮在他旁邊變得很不安，顯然希望繼續談下去。

「妳的父母呢？」他問道。「他們不會注意到妳失蹤了嗎？」

「我本來要在賽蕊娜那裡待一個星期，」她說道，一面想把飲料吹涼。「而且，他們都在旅行。」她抬眼看他一下，然後又轉回來盯著外帶杯。「去年我在醫院的時候，他們就把我丟在那裡。他們得工作，他們總是要工作，一年有四十個星期都在旅行。我本來有一個看護，可是他們把她趕走了，因為她打破了一個花瓶。他們還花時間給花瓶找一個替代品，顯然那是家裡的重要東西，但他們卻忙得沒有時間找新看護，於是他們說我不需要了。一個人待在那裡生活是很好的練習機會。」這些話一口氣說到最後，她聽起來有一點喘不過氣。維克多沒有說什麼，只是讓她自己平靜下來。一會兒之後，她又比較冷靜地補上一句：「我想現在我的父母不會有問題。」

維克多非常清楚那種父母，所以不再談這件事，或者說，至少試著不去談。但是他們轉過彎，看到一家書店，前面櫥窗的大海報上面就宣告說，韋勒的新書今夏開始發售。

維克多心頭一縮。他將近八年都沒有跟父母說話。顯然有一個罪犯兒子——至少一個沒有改過意願，尤其是不配合「韋勒體制」的兒子，對書的銷售沒有幫助。維克多曾指出那對銷售的影響也沒有那麼糟，他們說不定還能在某一區塊獲利——有病態好奇心的買者——他的父母卻不為所動。維克多對親子疏離並不太難過，但是他已將近十年沒看到他們的書在櫥窗展售了。他們還算不錯，在他隔離監禁的時候曾寄一套書給他，他非常珍惜，小心分配塗改及破壞的頁數，以盡量拉長時間。等到終於結束隔離後，他毫不意外地發現監獄圖書館有一套完整的韋勒自助書籍，就開始依自己的特別方式塗改，直到後來被萊騰當局逮到，不准他再接觸那些書。

此刻，維克多晃進書店，雪德妮緊隨在後，他買了一本最新出版的，書名為「釋放自己」，副標為「脫離你不滿的監獄」。這感覺像是相當明顯地被捅一刀。維克多又在結帳櫃檯旁邊的旋轉架上買了一堆馬克筆。他問雪德妮要什麼，但她只是搖搖頭，抓緊外帶的熱巧克力杯。回到書店外面，維克多打量著櫥窗，但是擔心馬克筆不夠粗，尤其不想因為毀損財物而被捕，所以不得不手下留情，沒有去碰那個櫥窗，兩人繼續走下去。真可惜，他想著。那櫥窗上面貼著一段特大字體的摘錄引言，在一堆華麗過度的文句中——他最喜歡的部分是「離開我們自製的監牢殘壁……」——他看到一個大好機會可以改成精簡的「我們……破壞……接觸到的……一切」。

他與雪德妮繼續逛著。他沒有解釋書的事，她也沒有問。新鮮空氣感覺很舒服，咖啡也比他在監獄裡用賄賂與疼痛恩威並施換來的好得多。雪德妮心不在焉地吹著熱巧克力，小小手指握著杯子取暖。

「他為什麼要殺我？」她靜靜問道。

「我還不知道。」

「我給他看了我的能力，他就要殺我，說那是一個很沉重的工作，說他沒有選擇。為什麼他想殺死『EO』？他說他也是。」

「他是『特異人』，沒錯。」

「他的能力是什麼？」

「自我修正，」維克多說道。見雪德妮滿臉困惑，他又說：「他會自癒，那是一種自身能力。在他看來，我想那在某方面比較純淨，比較神聖。技術上而言，他無法用自己的能力傷害別人。」

「不對，」雪德妮說道，「他為那個用槍殺人。」

維克多咯咯笑起來。「至於他為什麼好像以為自己有責任除掉我們」——他挺直身子——

「我猜那跟我有關。」

「為什麼？」她低聲問道。

「說來話長，」維克多說道，語帶倦意。「而且很不愉快。對於我們這位共同的朋友，我得以理性思考了十年，但是如果要我猜的話，我會說艾里相信自己在某方面是要保護別人，不讓人受我們傷害。他曾指控我是披著維克多人皮的魔鬼。」

「他說我是非自然的，」雪德妮輕聲說道。「說我的能力違背自然，違背上帝。」

「他很迷人，不是嗎？」

現在的時間是午餐過後，幾乎大家都已經回到辦公室，街上空蕩得出奇。帶路的維克多似乎離人群越來越遠，來到比較小，比較安靜的街上。

「雪德妮，」一會兒之後他說道，「如果妳不想說，就不必告訴我妳的能力，但是我需要妳明白一件事。我要盡全力打敗艾里，但他不是容易的對手。他的能力使他幾乎刀槍不入，而且即使他是瘋子，卻很狡猾。他多一點優勢就使我更難打贏。他知道妳的能力，而我不知道，這情況使我處於不利的地位。妳明白嗎？」

雪德妮放慢腳步，點了點頭，但是沒有說話。維克多好不容易忍下來，沒有逼她快說，而在片刻之後，他的耐心得到回報。他們兩人經過一條巷子時，聽到一個低低的呻吟聲。雪德妮抽開手往回走，維克多跟過去，然後看到她看到了什麼。

一團黑色的東西躺在潮濕的水泥地上喘氣，是一隻狗。維克多跪下去一會兒，用一根手指順著牠的背摸下去，呻吟停止，只剩下發抖的呼吸聲。至少牠不會痛了。他站起來，眉頭皺著，每次他在想事情的時候都是這樣。那隻狗看起來受了重傷，彷彿被車撞到，踉蹌幾步走到巷子裡就不支倒地。

雪德妮蹲在狗旁邊，摸著牠的黑色短毛皮。

「艾里開槍射我之後，」她用像在輕哄的聲音說著，彷彿是在對將死的狗說話而不是對維克多說，「我發誓再也不要用自己的能力，不要當著任何人的面使用。」她用力乾嚥一下，然後抬頭看維克多。「殺死牠。」

維克多揚起一邊眉毛。「用什麼，雪德？」

她緊緊瞪著他好久。

「請殺死這隻狗，維克多，」她又說一遍。

他環視四周。巷子裡沒有別人。他嘆一口氣，從背後抽出一把手槍，再從口袋裡摸出滅音器裝到槍上，然後低頭望著只會喘氣的狗。

「退後，」他說道，雪德妮依言退開。維克多瞄準後扣動扳機，很俐落的一槍射出。那隻狗不動了，維克多轉身走開，一面把槍收好，見雪德妮沒有跟過來，他回頭看到她又蹲在狗旁邊，雙手來回撫摩染血的毛皮與被撞斷的肋骨，動作細微輕柔。然後，就在他的注視之下，她停止動作，呼出來的氣在嘴前形成霧氣，她的臉痛苦得緊繃起來。

「雪德妮——」他說著，但剩下來的話哽在喉頭，只見那隻狗的尾巴動了，輕輕揮過骯髒的人行道，然後又揮一下，緊接著牠的身體緊繃起來，斷骨咯咯歸位，胸膛鼓起，肋骨恢復原形，腿也伸直了。然後那隻狗坐起身，雪德妮退開，狗兒撐起四隻腳站起來，看看他們，小心地搖搖尾巴。那隻狗……很大。而且很有生命力。

維克多看著牠，啞口無言。在此之前，對於如何找艾里，他只有一些念頭、零碎想法，但是現在看著那隻狗眨眼打呵欠，又在呼吸，一個計畫開始成形。雪德妮帶著戒心朝他看過來，他露出笑容。

「那，」他說道，「是一種天賦。」

她拍著狗的兩耳之間，那兩隻耳朵的高度差不多與她一樣高。

「我們能不能養牠？」

✦

維克多把外套扔在沙發上，雪德妮與那隻狗在後面跟進來。

「現在是發訊息的時候了，」他宣布著，一面誇張地把剛買的韋勒那本自助書重重放到吧檯桌上。「給艾里．艾偉。」

「那隻狗見鬼了從哪裡跑來的？」米契問道。

「我要養牠，」雪德妮說道。

「那是血嗎？」

「我用槍射牠，」維克多說道，一面翻著資料。

「你為什麼要那麼做？」米契闔起筆電問道。

「因為牠快死了。」

「那麼牠為什麼沒死？」

「因為雪德妮讓牠活過來了。」

米契轉頭打量站在旅館房間客廳中央的金髮小女孩。「你說什麼？」

她垂眼望著地板。「維克多叫牠『度兒』，」她說道。

「那是測量疼痛的單位，」維克多解釋道。

「好吧，那倒合適得有一點病態，」米契說道。「我們能不能再回去談雪德妮讓牠復活的那一部分？還有你說要傳訊給艾里是什麼意思？」

維克多找到自己要找的東西，轉頭看看落地窗外面的太陽，想估算在完全天黑之前還有多少時間。

「你想讓人注意的時候，」他說道，「你就招手，或者喊出聲，或者發射信號彈。這些事情都要靠距離與強度。如果太遠或者聲音太小，就不能保證對方會看見或者聽見你。我從前沒有夠亮的信號彈，沒有能保證讓他注意的方法，除了自己出面之外，而這本來也可行，但我就會失去優勢。現在，多虧雪德妮，我知道了一個完美的方法與訊息。」他舉起報紙上的報導文章，還有米契幫他整理的關於巴瑞・林區的筆記，就是那個搶銀行失敗的準搶匪。「現在我們需要鑵子。」

35

昨夜

梅瑞特公墓

嚓。

嚓。

嚓。

鏟子碰到木頭，挖不動了。

維克多與雪德妮把最後一點泥土清除掉，將鏟子扔到墳邊的草地上。維克多跪下去，掀開棺材蓋。裡面的屍體還很新鮮，保存得很好，是一個三十多歲的男人，光潔的黑髮往後梳平，鼻子細，眼距窄。

「哈囉，巴瑞，」維克多對屍體說道。

雪德妮無法將視線從屍體上移開。他看起來有一點……比較死……不是她喜歡的那樣，她心裡也猜想著他的眼睛睜開以後會是什麼顏色。

近乎致敬似的沉默片刻之後，維克多伸手碰她的肩膀。

「怎麼樣？」他指著屍體說道。「做妳的事吧。」

✦

那屍體顫動一下，睜開眼睛，坐起來。或者說，至少試著坐起來。

「哈囉，巴瑞，」維克多說道。

「搞……什麼……鬼……？」巴瑞說著，發現自己的下半身在棺材蓋下面，而維克多的靴子踏在棺材蓋上。

「你認識艾里．卡戴爾嗎？他現在也可能用艾偉這個姓。」

巴瑞顯然仍在消化自己的狀況細節。他的眼睛從棺材轉到旁邊的土壁與夜空，再看看問話的金髮男子，以及坐在墓穴邊的女孩，她穿著鮮藍色緊身褲的小腿輕輕晃著。雪德妮低頭看，發現巴瑞的眼睛是普通的褐色，她既驚訝也有一點失望。她原本希望是綠色。

「他媽的艾偉，」巴瑞吼道，揮拳打在棺材上，每次揮拳時人就閃一下，像是短路的投影片，空氣裡也發出輕輕的嘶嘶聲，像是遠處有東西爆裂。「他說只是試試看！像『英雄聯盟』或者什麼狗屎——」

「他要你去搶銀行，證明你是英雄？」維克多語帶懷疑。「然後怎樣呢？」

「你看這他媽的是怎樣，驢頭？」巴瑞比著自己的身體。「他殺了我！那個渾蛋告訴我怎麼做，在示範的時候就直直走過來對我開槍。」

所以維克多是對的。那是圈套。艾里設計好殺人與救人。他必須承認，那是殺人不償命的一種方法。

「我是說，我死了，對吧？這不是什麼狗屁惡作劇吧？」

「你本來是死了，」維克多說道。「現在，多謝我這位朋友雪德妮，你比較不像死了。」

巴瑞吐出一連串髒話，像連珠炮劈啪響。

「妳幹了什麼？」他怒斥雪德妮。「妳破壞了我。」雪德妮皺起眉頭，他繼續閃著，像怪異的閃光燈似地照亮墳墓。她從未救活過「EO」，不確定是否每一部分都會——都能——恢復。

「妳破壞了我的法力，妳這個小——」

「我們有一個工作要給你，」維克多打斷他的話。

「滾你的，我看起來像要找工作嗎？我要離開這個他媽的棺材。」

「我認為你想要接這個工作。」

「去你的。你是維克多．韋勒，對吧？艾偉想吸收我的時候說過你的事。」

「不錯，他還記得，」維克多說道，越來越沒有耐心了。

「是呀，自以為高高在上，能讓人痛到屁滾尿流？好吧，我可不怕你。」他又閃一下。「懂嗎？讓我出去，我讓你見識看看疼痛是什麼。」

雪德妮看見維克多握起拳頭，周遭空氣嗡嗡震動，但巴瑞似乎一點感覺都沒有。不太對勁。她已經做了該做的，給了他第二次機會，但是他復活的方式不像一般人那樣，不是一直那樣。空氣的嗡嗡震動停止，棺材裡的那個人笑起來。

「哈，看到了吧？你的小婊子搞砸了，對不對？我什麼感覺都沒有。你傷不了我！」

聽他這麼說，維克多站直身子。

「噢，我當然可以，」他愉快地說道。「我可以把蓋子蓋上，把土鋪回去然後走開。嘿，」他對雪德妮喊道，她仍坐在墳邊晃盪著腿。「把一個活死人再變成死人，要多久時間？」

雪德妮想跟維克多解釋，說她救活的人不是「活死人」，而是活人，而且目前就她所知，他們都還是會死——好吧，這個小小的神經問題除外——但是她知道他有什麼打算，以及想聽到什麼，所以她低頭看巴瑞．林區，誇張地聳聳肩。「我從來沒見過活死人自己再死去，所以我猜永遠都保持那樣。」

「那可是很久的時間，」維克多說道。巴瑞的咒罵與譏笑聲不見了。「我們何不讓你考慮看看？過幾天再回來？」雪德妮把鏟子拋給維克多，一鏟泥土如雨灑落在棺材蓋上。

「好吧，等一下，等一下，等一下，等一下，」巴瑞哀求道，他試著爬出棺材，卻發現兩隻腳被困住了。剛才在開始救活他之前，維克多已經先把他的褲子釘在木板上。事實上，那是雪德妮的主意，只是安全起見。這時候，巴瑞驚慌起來，身影忽隱忽現，並且開始嗚咽。維克多把鏟子抵著那個人的下巴，面露笑容。

「所以你要接這個工作嘍？」

36

昨夜
紳士旅館

「剛才那裡是怎麼一回事，雪德妮？」

維克多仍在設法把靴子上的泥巴踢掉。他們剛才爬樓梯回旅館房間——他不喜歡電梯——雪德妮一步跨兩級跟在旁邊。

「為什麼巴瑞復活的時候，沒有像本來應該的那樣？」

雪德妮咬著嘴唇。「我不知道，」她說道，由於爬樓梯而氣喘吁吁。「我也在猜想。說不定……說不定是因為『EO』已經有過第二次機會？」

「感覺起來不同嗎？」維克多追問著。「妳試著救活他的時候？」

她用雙臂抱著自己，點一點頭。「感覺不太對。通常，像是有一種線，有一種東西可以抓住，但是在他身上很難接觸到，而且一直滑脫。我沒有抓得很牢。」

維克多安靜下來，一直走到七樓。

「如果妳再試一次……」但是這個問題沒有說完，他們已經到了房間前方。門裡面有講話聲音，低而急切。維克多把插在背後的槍摸出來，轉動旅館套房的門鑰匙，門開了，電視機前面的沙發上只見到米契的刺青後腦勺露出來，講話聲音出自電視上的黑白螢光幕。維克多嘆一口氣，把槍收好，肩膀垮下來。他應該知道沒事的，應該感覺到沒有別人，他把這個失誤歸因於心不在焉。雪德妮從他身邊鑽進去，螢光幕上的人西裝筆挺，低聲說著話。米契喜歡經典老片，監獄活動區的電視通常播的都是體育節目或者老連續劇，維克多曾有多次設法安排播出黑白老片。他很欣賞米契這種表裡不一致的樣子，那顯得很有趣。

雪德妮在門邊脫掉鞋子，然後去把指甲底下的墳土與殘留的死人感覺刷乾淨。那隻大黑狗趴在沙發旁抬頭看她經過，尾巴拍著地板。在把狗救活到出門去救活巴瑞的這段時間裡，維克多把度兒毛皮上的血與汙垢洗去，這隻狗看起來幾乎完全正常。牠爬起身，懶洋洋地跟著雪德妮走出客廳。

「嘿，維克，」米契喊道，頭也不回地揮揮手，眼睛仍盯著螢光幕上穿西裝的人。筆電擺在他旁邊，上面接著一個很小的新列印機，他們剛才離開之前並沒有那個東西。

「我留著你不是要讓沙發保暖，米契，」維克多走進廚房時說道。

「你找到巴瑞了嗎？」

「找到了。」維克多倒了一杯水，癱靠在吧檯桌邊，看著杯子裡的氣泡往上漂。

「他答應幫你傳訊了嗎？」

「答應了。」

「那麼他在哪裡呢？我知道你沒有真的放他走吧？」

「當然沒有。」維克多微笑著。「我把他放回去過夜。」

「那裡很冷。」

維克多聳聳肩，喝一口水。「我明天早上會讓他出來辦事。你做了什麼呢？」他用杯子朝他比一下說道。「我不想打斷你看《北非諜影》，可是……」

米契站起來伸懶腰。「你準備好要聽世界上最大的好消息—壞消息了嗎？」

「繼續說。」

「搜尋矩陣還在篩選。」他舉起一個資料夾。「但我們目前已經有了這些，每個人都有足夠的特徵可以算是『EO』候選人。」維克多接過來，開始把一張張紙攤在桌面上。一共有八張。

「那是好消息，」米契說道。

維克多低頭瞪著簡介資料，每張紙上面都有一大堆文字，都是偷來的資訊——姓名、年齡與就醫摘要，還有簡短記錄相關的意外或創傷、心理醫師註記、安定劑與止痛藥處方。許多資料經過篩檢，亂七八糟的生活變得很精簡。每份簡介旁邊都有一張照片，一個將近六十歲的男人，一個黑髮的漂亮女孩，一個十幾歲的男孩。這些照片都是偷拍的，當事人眼睛看著照相機或者照相機旁邊，但是都沒有直接看著拍照者。而這些照片上都用馬克筆畫了一個粗黑的大叉。

「為什麼畫叉？」維克多問道。

「那就是壞消息。他們都死了。」

維克多猛然抬頭。「全部？」

米契看著那些紙，眼神悲傷，幾乎帶著敬意。「看來你對艾里的直覺是對的。這些人只是在梅瑞特一帶的，跟你所說的一樣。我開始找的時候，又打開一個新的搜尋方向，把範圍擴大到這十年以及國內大部分地區。我沒有把結果列印出來——太多了——但絕對有一種模式。」

維克多的視線再轉回資料上，盯著那裡，無法從照片上的粗黑叉叉上面轉開。或許他應該覺得自己有責任，是他讓怪物出籠，所到之處留下屍體——畢竟，是他讓艾里變成這樣，鼓勵艾里測試自己的理論，是他把艾里救活，害死安姬——但是看著那些死人的臉，他只感到一種平靜的喜悅，一種無罪證明。他對艾里的看法一直都是對的。艾里愛怎麼宣傳說維克多是披著人皮的魔鬼，但現在檯面上展示的是艾里自己就是魔鬼的證明。

「那傢伙在破壞，」米契說道，舉起印表機旁邊另一份小得多的資料，正面朝上地放在吧檯桌上。「但是這裡有一份比較正面的註記給你看。」三張照片，三個不知情的人望著，瞄著，或者瞪著維克多，第四張照片正在印表機上滋滋列印著，印出來之後，米契把電影弄成暫停，把那張紙拿到吧檯桌上。這些照片上面都沒有畫叉。

「他們都還活著？」

米契點點頭。「目前。」

這時候雪德妮出現，穿著毛衣與T恤，後面跟著度兒。維克多心不在焉地猜想著，被這個女孩救活的東西是否都會對她有感覺，還是度兒只是像大多數犬類一樣，天生就有一種無條件的感情，而且很高興自己夠高，能夠與雪德妮平視。她心不在焉地拍拍牠的頭，從冰箱裡拿一罐汽水，爬到吧檯桌前的高凳上，雙手握著罐子。

維克多把死者的資料收起來放在一邊。此刻沒有必要讓雪德妮看到。

「妳還好吧？」他問道。

她點點頭。「我在事後都會覺得很奇怪。很冷。」

「那麼妳不是應該喝一點熱的東西嗎？」米契說道。

「不要。我喜歡手裡拿著這個。我喜歡知道至少自己比罐子熱。」

米契聳聳肩。雪德妮趴向前看那四份簡介資料，背景的電影又開始播起來。

「他們都是『EO』嗎？」她低聲說道。

「不一定，」維克多說道，「如果我們運氣好的話，也許有一、兩個是。」

維克多的目光掠過照片旁邊的個人資訊。三個可能人選都很年輕，一個比較老。雪德妮伸手拿起一份，是一個叫貝絲．寇克的女孩，頭髮是淺藍色。

「我們怎麼知道他會先去找哪一個？我們要從哪裡開始？」

「矩陣只能做到這麼多，」米契說道。「我們得用猜的。挑一個，然後希望能趕在艾里之前找到人。」

維克多聳聳肩。「沒有必要。現在他們不重要。」目前他不在乎那個藍髮女孩或者任何一人，他比較感興趣的是死者可以證明艾里怎樣，而不是活人能給他什麼。反正他本來就認為他們是餌，挖出來以後拿來誘敵，但是雪德妮本人——她的能力，以及那樣所傳出去的訊息——使這些「EO」變得與他的計畫無關。

聽見他的回答，雪德妮一臉驚駭。「可是我們得警告他們。」

維克多把貝絲·寇克的資料從她手上拿過來，反蓋在吧檯桌上。

「妳寧願要我警告他們，」他柔聲問道，「還是救他們？」他看見她臉上的怒意消退。「去找受害者而不找凶手是白費工夫。等艾里收到我們的訊息之後，我們根本不需要再去追捕他。」

「為什麼？」她問道。

維克多的嘴角翹起。「因為他會來追我們。」

第二部

特異的一天

1

今早
特尼斯學院

艾里・艾偉坐在歷史研習課的教室後面，手摸著木製書桌的粗糙表面，等著課堂結束。這堂課是在特尼斯學院的演講廳講授，而特尼斯是一所高級的私人學校，離梅瑞特市界大約半個小時車程。在他前面三排的左邊過去兩個位子旁，坐著一個名叫貝絲的藍髮女孩。頭髮藍色並不算奇怪，但艾里碰巧知道她是在頭髮突然變成全白之後才開始染色。變白是由一次瀕死的創傷造成，嚴格說來她確實曾死了，死了四分半鐘。

然而，現在貝絲活生生在這裡，仔細做著獨立戰爭、美西戰爭或者二次大戰的筆記——艾里根本不確定這堂課的名稱，更不用說教授目前正在講哪一場戰事——藍色的髮絲由她的臉旁垂落，輕掃過紙面。

艾里受不了歷史課。他猜這十年來並沒有多大變化，當時洛克蘭大學有許多必修課，希望把知識填鴨式地塞給每個學生。他瞪著天花板，又看看教授部分手寫、部分列印的筆記空白處，轉回來看那藍色頭髮，再看看鐘。快下課了。他抽出書包裡的薄資料夾，脈搏加快。這是賽蕊娜幫他整理的，上面詳細說明這個藍髮女孩的背景與意外——真的很慘，嚴重車禍中唯一的生還者——以及後來的康復經過。他用指尖摸著貝絲的照片，不知道這張照片是哪裡來的。他相當喜歡她的頭髮。

時鐘滴答滴答走著，艾里把資料夾塞回書包裡，推一下鼻子上的粗框眼鏡——這是平光眼鏡，沒有經過醫師驗光，但是他注意到特尼斯校園的流行風格，於是也入境隨俗。當然，要做到年齡相仿不是問題，但是時尚的變化快得讓他幾乎追不上。貝絲想要特立獨行就隨她，但艾里可是下了很大的工夫來融入環境。

教授好心提早幾分鐘下課，然後祝大家週末愉快。椅子紛紛被推開，書包背了起來。艾里站起身，跟著藍髮女孩走出演講廳，夾在一波學生中間走在廊道上。到了外面那道門時，他幫她開門，她向他道謝，把一綹藍色髮絲塞到耳後，繼續穿過校園。

艾里跟在後面。

走的時候，他習慣性地摸摸放槍的外套口袋，但裡面是空的。資料夾上的內容要他小心可能受磁性影響的東西，所以他把武器留在車子的置物箱內。他必須用舊方式做這件事，那也無妨。他通常不會縱容自己，但無可否認用自己雙手既簡單又痛快。

特尼斯是一個小學校，舒適的空間裡分布著一些不搭調的建築與許多林蔭小徑。貝絲與他走在貫穿校園的一條較大的小徑上，周圍有足夠的學生讓艾里這樣跟蹤不致太明顯。他保持著一段安全距離穿過校園，享受著午後的天空與初長出來的綠葉。一片葉子飄下來，落到女孩的藍髮上，艾里欣賞著兩種似乎搭在一起變得更鮮豔的顏色，一面將手套戴上。

快到停車場的時候，艾里加快步伐拉近距離，直到伸臂就可觸及女孩。

「嘿！」他在女孩背後喊道，假裝氣喘吁吁的樣子。女孩放慢腳步轉頭看他，但仍繼續走著。他很快就來到她旁邊。

「妳叫貝絲，對吧？」

「是的，」她說道。「你也跟我一樣修菲利普的歷史課。」

只不過上了兩堂課而已，但他刻意兩次都讓她注意到他。

「完全沒錯，」艾里說道，露出最燦爛的大學生笑容。「我叫尼古拉斯。」艾里向來很喜歡這個名字。尼古拉斯、腓特列與彼得，他最愛用這幾個名字。它們是重要的名字，屬於統治者、征服者與國王。他與貝絲一起穿過停車場，經過一排排汽車，後方的學校漸漸落在遠處。

「對不起，我可以請妳幫一個忙嗎？」艾里問道。

「什麼事？」貝絲把一綹散出來的髮絲塞到耳後。

「上課的時候我不知道腦袋在想什麼，」他說道，「我沒有聽到有什麼功課。妳有沒有記下來？」

「當然，」她說道，這時候他們已經走到她的車子旁邊。

「謝啦，」他說道，然後咬一下嘴唇。「我想是因為有別的東西比黑板好看。」

她害羞地咯咯笑著，把書包放在車蓋上，拉開拉鍊往包包裡面摸。

「什麼都比黑板好看，」她說著取出筆記本。

貝絲剛拿著筆記本轉身面對他，他的手就握住她的脖子，把她用力頂到車身上。他的手握緊，她驚吸著氣，筆記本掉落，伸手抓他的臉，把黑框眼鏡打掉，在他的皮膚上留下深深的抓痕。他感到臉頰流血，但是懶得抹掉。她身後的車子開始震動，金屬板快要凹下去，但她是新手，車子也太重，而且她無法呼吸，無法反抗。

他一度會跟這些「EO」說話，想在他們死前告訴他們，他這麼做的道理與必要性，讓他們明白他們已經死了，已經成灰了，只是由某種陰暗但微弱的力量拼湊成形。但是他們不聽，到頭來他還是以行動表達言詞所講不清的意思。賽蕊娜的妹妹是例外，結果看看變得怎樣的下場。以後他都不再對他們白費口舌了。

因此，艾里把女孩按在車上，耐心等著掙扎變慢，變弱然後停止。他靜靜站著不動，享受隨後的寧靜片刻。他當時總會感到寧靜，看著他們眼裡的光——他想說是生命，但是不對，那不是生命，只是某種偽裝成生命的東西——消失。片刻的平靜，讓世界重新恢復平衡，不自然的事情變自然了。

然後那一刻過去，他戴著手套的手鬆開女孩的脖子，眼睛看著她的身體沿著凹陷的車門往下滑到水泥地上，藍色頭髮散覆在臉上。艾里彎身跪下去，撿起屍體旁邊的道具眼鏡，臉頰上的醜惡血痕已經癒合，乾血之下只有平滑的皮膚。這時候手機響起，他把眼鏡放回鼻子上，從外套口袋裡掏出電話。

「『英雄熱線』，」他語氣平滑地答道。「有什麼可以效勞之處？」

✦

艾里以為會聽到賽蕊娜緩緩的笑聲——「英雄」是他們兩人之間的笑話——但電話另一端的聲音卻很嚴肅，而且絕對是男性。

「艾偉先生？」那個人問道。

「你是誰？」

「我是梅瑞特警察局的丹恩警官。我們剛接到一通搶劫報告，在第五街與港口街的泰鼎．威爾銀行。」

艾里皺起眉頭。「我自己有工作，警官。別告訴我說警察也要我幫忙做事。而且你怎麼會有這個號碼的？我們沒有說好要這樣聯絡。」

「一個女孩，她給我這個號碼。」背景有爆裂聲，使得手機訊號一時充滿靜電雜音。

「最好是急事。」

「確實是的，」丹恩警官說道。「搶匪是一個『EO』。」

艾里揉揉額頭。「你們沒有特別對策嗎？他們一定教過你們。我不能就這樣走進去——」

「問題不在他是『EO』，艾偉先生。」

「那麼請告訴我，」艾里咬牙說道。「是什麼呢？」

「有人認出他是巴瑞．林區。你……這個，他……他應該已經死了。」

一陣很長的沉默。

「我現在過去，」艾里說道。「就這樣嗎？」

「不盡然。他在大吵大鬧，指名要你。我們要開槍射他嗎？」

艾里走到自己的車前，閉上眼睛。「不要，別殺他，等我到了再說。」艾里掛斷電話。他打開車門坐上車，按一下快速鍵。一個女孩接起，但是他把她的聲音打斷。

「我們有麻煩了。巴瑞回來了。」

「我在看新聞。我以為你——」

「對，我殺了他，賽蕊娜。他徹底死了。」

「那怎麼——」

「他怎麼會在第五街與港口街搶銀行？」艾里發怒道，一面發動車子。「他怎麼會突然不是死人了？那是好問題。有誰可能讓林區復活？」

電話另一端安靜許久，然後賽蕊娜才回答。「你告訴我說你殺了她。」

艾里抓住方向盤。「我以為我殺了。」無論如何，他那時候是這麼希望。

「就像你殺死巴瑞一樣？」

「我對林區比對雪德妮確定得多。巴瑞絕絕對對，無可否認地死了。」

「你說你跟著她追過去，你說你解決了——」

「我們以後再談這個，」他說道。「我得去殺死巴瑞．林區。再殺一次。」

✦

賽蕊娜讓電話從手指間滑落，啪地輕輕一聲掉在床上。她再轉回去看旅館的電視，上面仍在繼續報導搶案。即使案子是發生在銀行裡面，攝影機只能待在街上的一圈黃布條後面，那一幕仍然引起相當的騷動。畢竟，上個星期在史密斯與勞德銀行的搶案，所有報紙都登過，那個平民英雄出來時毫髮無傷，而搶匪則是裝在屍袋裡送出來。

大眾不安並不為奇，搶匪竟然還活得好好的，還能夠再搶銀行。螢光幕上以跑馬燈方式顯示他的名字，粗黑的字體宣告說**巴瑞．林區還活著巴瑞．林區還活著巴瑞．林區還活著……**

而那表示雪德妮還活著。賽蕊娜並不懷疑這個令人不安的怪異事件就是妹妹的傑作。

她啜一口太熱的咖啡，燙到喉頭的時候微微縮一下，但是仍繼續喝下去。她堅持相信沒有生命的東西不受她的能力影響，它們沒有思想與感覺。她不能叫咖啡不要燙傷她，不能叫刀子不割傷她。東西的主人是她的對象，但東西本身不是。她又喝一口，視線晃回電視上，螢光幕右半邊顯示出那個死過的「EO」照片。

但是，雪德妮為什麼要這麼做呢？

艾里曾向賽蕊娜保證她妹妹死了。她警告他不要說謊，他望著她的眼睛說他開槍射了雪德妮。那也不盡然是謊話，對吧？他扣扳機的時候，她就站在那裡。她繃緊下頷。艾里越來越會反抗，能找出她能力的漏洞。轉移話題，省略，迴避，延遲。她並不是不喜歡這種小小的反抗——她喜歡——但是想到雪德妮還活著，受了傷，在這個城裡，就會使她難以呼吸。

從來就不應該是這樣子的。

賽蕊娜閉上眼睛，見到的都是野地上的屍體與妹妹驚駭的臉孔。那天雪德妮盡可能表現得很勇敢，卻仍無法掩飾恐懼，瞞不過賽蕊娜，她知道妹妹臉上的每一條皺紋，有多少個晚上她就坐在妹妹的床緣，在黑暗中用拇指把皺紋一一撫平。賽蕊娜根本不應該回頭看，不應該喊妹妹的名字。那本來是反射動作，是生命的回應。她一再提醒自己，野地上的那個女孩並不是雪德妮，不是真的。賽蕊娜知道那個長得像雪德妮的女孩不是雪德寧，就像她知道自己不是賽蕊娜。但就在艾里扣動扳機之前的一瞬間，那似乎不重要了。雪德妮那時候看起來好小、好害怕，也好像活人，賽蕊納一時忘記她並不是的。

她幽幽睜開眼睛，卻只能盯著那仍在跑動的標題——**巴瑞．林區還活著巴瑞．林區還活著巴瑞．林區還活著**——然後她猛然把電視關掉。

艾里說得最好。他說「EO」是影子，形狀像造成影子的本人，裡面卻是灰色的。賽蕊娜也感覺如此。她在醫院醒來的那一刻，覺得彷彿某種多彩多姿、明亮又有生命力的東西不見了。艾里又說那是她的靈魂，他聲稱他自己不同，賽蕊娜也任由他那麼想，因為另一個選擇就是告訴他並非如此，而他就會相信。

但萬一他是對的呢？想到自己失去靈魂，就使賽蕊娜隱隱覺得悲哀。而想到可憐的小雪德內在空無則使她心痛，也因此比較容易相信艾里說讓「EO」回歸大地是慈悲行為。當初看見雪德妮站在門口，臉蛋凍得通紅，藍眼睛明亮得好像裡面仍有靈光。他們走向野地時，賽蕊娜曾經遲疑，思緒被腦子裡萬一如何的低語絆住。

艾里聲稱，雪德妮的罪是雙重的，不僅她是「EO」就是不自然的，是錯誤的，而她還有能力腐化別人，毒化別人，往他們的體內注入看似生命但其實不是的東西。說不定賽蕊娜在雪德妮眼裡看到的就是那個，是一種假的靈光，而她誤以為那就是妹妹的生命，妹妹的靈魂。

說不定。

不管是什麼讓她猶豫，事實是賽蕊娜曾經遲疑，而現在她的妹妹——形似她的影子——還活著，而且顯然就在這個城市裡。賽蕊娜穿上外套，出去找雪德妮了。

2

今天早上
紳士旅館

維克多把皮膚上的最後一點墳土沖掉，享受著旅館的熱水浴。今天早晨他再去墓地時，意外發現巴瑞．林區樂於接受條件。維克多在天快亮之前回到那裡，把覆在上面的土挖出來，讓路過的人以為墳墓是空的，然後撬開棺蓋，發現巴瑞一雙驚駭的眼睛瞪著他。疼痛與恐懼是不可分的——這是維克多在洛克蘭學到的教訓——但是疼痛有許多種形式。維克多也許不能讓巴瑞．林區的身體疼痛，但那不表示無法讓他受苦。就這方面而言，巴瑞似乎明白了這一點。維克多微笑著幫那個原來已死的人爬出棺材——儘管他很討厭碰到那個人沒有神經感應的奇怪皮膚——把訊息告訴巴瑞，然後把他打發走。維克多很有信心，認為巴瑞會遵囑而行，但為了保險起見，最後還告訴他一件事。他本來已經走開幾步，然後轉回身看巴瑞，像是後來又想到有話要說。

「那個女孩，雪德妮，把你救活的那個女孩，她隨時能改變心意。只要手指一彈，你就會倒地變成像石頭一樣，或者該說，像死屍一樣。你想見識一下嗎？」他問道，一面從口袋裡掏出手機開始撥號。「那真是很妙的一招。」

巴瑞臉色蒼白，猛搖著頭，維克多這才打發他上路。

「嘿，韋勒！」米契的聲音透過浴室牆壁傳進來。「出來。」

他把水龍頭關上。

「維克多！」

一分鐘後，他用毛巾擦著頭髮走到通道上，米契還在大聲喊著他的名字。陽光從落地窗照進來，亮得使他眨眨眼。至少早晨已經過了一大半。他的訊息應該要送到了。

「什麼事？」維克多問道，本來有點擔心，但後來見到密契臉上大大的笑容。不管這傢伙做了什麼，他都很引以為傲。這時候雪德妮出現，度兒緊跟在後，尾巴懶洋洋地搖著。

「來看這個。」米契指著廚房吧檯上攤開的簡介資料。維克多嘆一口氣。現在已經有十幾份了——而且大部分都是死胡同，他很確定。他們似乎沒有辦法找到夠精確的搜尋矩陣。他之前找了一個晚上，一直到大半夜，一頁一頁看，猜想著艾里是怎麼做的，是否追蹤每一個線索，還是知道某個維克多不知道的事情，看出維克多沒看出的東西。此刻，他看著米契開始把紙頁反過去蓋起來，資料一個一個淘汰，最後剩下三個。一個是那個藍髮女孩，第二個是一個年紀比較大的男人，他昨天晚上研究過資料，但第三個是新的，一定是剛印出來的。

「這個，」米契說道，「這是艾里目前的目標清單。」

維克多抬起冰寒的眼光，不斷換腳站，手指敲著節拍。「你怎麼想出來的？」

「經過很精采，站穩了聽好。」

維克多逼自己不要動。「說吧，」他說道，一面掃視那些名字與臉孔。

「話說，我看出一種模式，」米契說道。「我總是一直追到警方的資料，梅瑞特式的，所以我就想，如果是警方已經在建立自己的資料庫了呢？說不定我們可以拿我們的來比較。你從前說過，有一個警察知道『EO』的事，或者某個跟警察有關的人。然後我就想，嘿，說不定我乾脆就借用他們的資料，不要自己亂找——我是說，並不是我找不到，但是太花時間——如果他們已經幫我做了一部分工作了呢？所以我就開始瀏覽梅瑞特警察局的『關係人』資料庫，然後注意到一個東西。我從小就愛玩一種遊戲，找出圖中的不同之處，我超棒的。總之——」

「他們都有特定標記，」維克多說道，眼睛飛快瀏覽著簡介資料。

米契洩了氣。「這傢伙，你總是搶我的台詞。可是沒錯……現在我把它簡化一下，讓你看懂，」他噘著嘴說道。「我把頁面往下翻，全部擺在眼前，就很容易看出一種模式……」

「你是什麼意思，特定標記？」雪德妮問道，她踮起腳尖想看頁面。

「妳看，」維克多指著檔案說道。「這些人都有什麼共同點？」

「中間的名字，」維克多說道。

雪德妮瞇眼看著，但是搖搖頭。

雪德妮唸出來。「艾里斯，艾里頓，艾里沙……裡面都有『艾里』。」

「正是，」米契說道。「它們都有標記，特別為我們的朋友艾里做的。這表示——」

「他在跟警方合作，」維克多說道。「在梅瑞特這裡。」

雪德妮瞪著那個藍髮女孩的照片。「你怎麼能確定？」她問道。「萬一是巧合呢？」

米契面露狡色。「因為我做了功課。我挑出他們的一些舊資料，反覆查對這個理論，發現現在已死的『關係人』都落入數位垃圾桶。順便一提，這就是他們自己的示警標記，但我找到一些符合這四個月來艾里的殺人檔案。」他把已死的「EO」資料扔到桌上。「包括你們的巴瑞．林區，你們前夜裡挖出來的那個。」

維克多開始踱步。

「這越來越妙了，」米契說道。「有標記的簡介資料都是由兩個警察之一建立的。」他敲著一張紙的右上角。

「佛萊德瑞克．丹恩警員，或者馬克．史泰爾警探。」

維克多的胸口一緊。史泰爾。機率有多大？那個傢伙十年前逮捕了維克多，他在洛克蘭轄區負責「EO」的案子，後來維克多身中數槍復元之後，也是被他押送到萊騰監獄的隔離區。史泰爾插手，再加上艾里的證詞，就是維克多隔離監禁五年的原因（當然，在檔案紀錄上並沒有宣稱他是「EO」，只是對自己與別人都可能有危險，結果他花了五年刻意小心不傷人——至少不是以有意識或者可察覺的方式——才讓自己結束隔離）。

「你在聽嗎？」米契問道。

維克多心不在焉地點頭。「那些檔案中加標記的人，他們都是，或者曾經與艾里有直接接觸。」

「完全沒錯。」

維克多舉起水杯對空致意，思緒飛到遠方。

「真好，米契。」他轉頭對雪德妮說：「妳餓了嗎？」

但雪德妮似乎沒在聽，拿起已死「EO」的資料，近乎心不在焉地翻著，然後突然停下。維克多從她的肩膀上望過去，看到她看到什麼。金色短髮，水藍色眼睛瞪著她，旁邊是印得很清楚的名字：雪德妮．艾里諾．克拉克。

「我中間的名字是馬麗永，」她靜靜說道。「而且他認為我死了。」

維克多伸手把紙張拿走，摺起來塞到短外套的口袋裡，然後擠一下眼睛。

「不會太久，」他敲著手錶說道。「不會太久。」

3

今天早上

泰鼎．威爾銀行

艾里把車子停在犯罪現場黃布條的一個半街區外，調整一下鼻子上的道具眼鏡再下車。他從病態的圍觀群眾與攝影記者背後繞到銀行後面，看見搶案沒有進展。人群逗留不去，閃光燈此起彼落，但是相當安靜——沒有警笛聲，沒有槍聲，沒有喊叫聲——這已經告訴他夠多資訊了。

看見史泰爾警探時，他的身體一僵，儘管賽蕊娜曾跟他保證安全。然而，這名警探幾個月前來到梅瑞特調查這一帶的一連串殺人案——當然，是艾里的傑作——即使有賽蕊娜的保證，也無法完全抹消艾里對這名警探忠誠度的疑慮。頭髮花白，眉間皺紋長駐的史泰爾來到建築後面接他，舉起黃布條讓他通過。艾里又把鼻子上的道具眼鏡往上推一下，這副眼鏡有一點太大了。

「你真像克拉克．肯特[3]，」史泰爾嘲諷道。艾里沒有心情說笑。

「他在哪裡？」

[3] 超人掩飾身分的化名。

「死了。」這位警探帶路走進銀行。

「我說過要讓他活著。」

「沒有選擇。他開始開槍，或者隨便你怎麼說。瞄都瞄不準，好像他的電力故障了，不過還是造成混亂。」

「民眾呢？」

「沒有，他命令他們全部離開。」他們走到一塊黑布旁，下面隱約看出一個人形。史泰爾用靴子戳一下。「媒體想知道為什麼一個應該已死的瘋子會拿槍闖銀行卻又不搶錢，也不留人質。他只是把大家都趕出去，然後對空開槍，一直尖叫著要見一個名叫艾里．艾偉的人。」

「你根本不應該把上星期的事傳出去。」

「沒辦法讓記者自己觀察，艾里。想引人注目的是你。」

艾里不喜歡這個人的語氣，從來就不喜歡，從來不信任其中的好鬥意味。

「我那時候需要示範一下，」艾里怒道。他不想承認不只如此，其實他也想要有觀眾。他確定那是賽蕊娜的點子，後來才變成他的想法。

「示範是一回事，」史泰爾說道。「但你真的需要那麼大的場面嗎？」

「那掩蓋了謀殺案，」艾里說道，然後把黑布掀開。「我怎麼知道他不會一直死下去？」

巴瑞．林區的褐色眼睛往上瞪著他，黯淡無生命。他聽見附近走動的警察在交頭接耳，低聲猜著他是誰，在這裡做什麼。他努力擺出官方模樣，低頭瞪著死人。

「你把我拉到這裡來只是白費力氣，」他壓低聲音說道。「既然他已經死了。」

「恕我這麼說，可是他已經死過了，記得嗎？而且再說，」史泰爾又補上一句，「這次他留下了一張紙條。」

史泰爾遞給艾里一個塑膠袋，裡面是一張皺巴巴的紙。他取出紙，小心翼翼地把它打開。上面是一幅線條式人形畫。兩個人手牽手。一個穿黑衣的瘦男人與一個女孩，女孩身高只到他的一半，短髮大眼睛。女孩的頭微偏，一隻手臂上有一個小紅點。男人的胸部也有三個不到句點大的類似紅點。男人的嘴形只是一條細細的直線。

畫的下面有簡單的一句話：我交了一個朋友。

維克多。

「你還好吧？」

艾里眨一下眼，感到這個警察握著他的手臂。他將手移開，把紙摺起來放到口袋裡，以防有人看到或者說什麼。

「把屍體處理掉，」他對史泰爾說道。「這次用燒的。」

艾里從原路走出去，一直到安全坐上車前都沒有停下。在梅瑞特市區這條相對比較隱密的小街上，他用手按著口袋裡的那張畫，腹部彷彿有一陣幽靈似的疼痛。

維克多把桌上的刀拿起來。「你打電話報警，指控我是『EO』。你要知道，我並沒有出賣你，我本來可以的。你為什麼要告訴他們那種蠢話？你知道如果有『EO』涉嫌，他們會有專人負責嗎?一個叫史泰爾的傢伙。你知道嗎?」

「你昏頭了。」艾里往旁邊閃。「把刀子放下。你也傷不了我。」

這時候維克多微笑起來。他看起來像另外一個人。艾里想退後,但是碰到牆壁。刀子插入他的腹部,他感到刀尖刮到背部的皮膚。那種痛楚劇烈而持續,一直往外蔓延而不是往前戳然後消失。

「你知道我想通了什麼嗎?」維克多怒道。「那天晚上在街上,看見你把手上的玻璃渣挑出來?刀子不拔出來,你就不能自癒。」他扭轉著刀子,劇痛在艾里的眼底爆裂出十幾種色彩。他呻吟著沿牆壁往下滑,但是維克多抓住刀柄將他撐起。

「我根本還沒有使用我的新招數呢!」他說道。「不像你的那麼炫,但是效果相當好。想見識一下嗎?」

艾里用力嚥著喉頭,一面把車子換檔開回旅館,一面撥號給賽蕊娜。他沒有等她開口說話。

「我們有麻煩了。」

4

十年前

洛克蘭大學

早晨頗冷的，艾里坐在宿舍台階上，手指插過髮際，才發現上面都是血。周圍是一圈警用黃布條，顏色在昏暗的冬日黎明顯得格外鮮豔。結冰的地上閃著紅色與藍色的警車燈光，他每次看著燈，都得花好幾分鐘把眼底的顏色擠開。

「如果你能再告訴我們一次……」一名年輕警察說道。

艾里摸摸肚子，儘管皮膚已經癒合，疼痛仍在裡面蕩漾。他揉著雙手，看見乾血屑飄到人行道的積雪上。他的語氣帶著自己並不確定有的悲痛感，重述詳細經過，從前晚維克多驚慌地打電話來，承認自己殺了安姬，說到他突然持槍出現在客廳。艾里略過刀子的事，警察抵達以前，他已經把刀子擦乾淨，放回抽屜裡。很奇怪，在一片慌亂之際，他的腦子還能有空幫忙移動手腳做必要之事，一面還聽見心底漸弱的尖叫聲，而他最好的朋友滿身是洞地躺在客廳地板上。艾里的體內有一個東西不見了——懼怕，他對維克多是這麼說的——隨著澡盆裡的冰水從排水孔流出去了。

「所以你跟韋勒先生扭打，把槍搶過來。」扭打是艾里的說詞，不是警察說的。

「我去年暑假教過自衛研習營，」他扯著謊。「沒那麼難。」

然後顫巍巍地站起來，身上都是血，雙臂小心地彎起，以便遮住襯衫上被刀子刺破的洞。先前已經有兩個警察問過他，他說是自己運氣好，不知道那武器怎麼會沒傷到他。但顯然如此，看看，襯衫上有洞，艾里的身上沒有洞。幸好那兩個警察太注意躺在地板上流血的維克多，沒有多關心艾里的魔法。真是運氣，他們咕噥道，艾里不確定他們是指他還是維克多，因為後者暫時得免一死。

「然後你對他開了三槍。」

「我心裡很亂。他剛殺了我的女朋友。」艾里不知道自己是否太過震驚，是否因此而未讓安姬之死像那把刀一樣刺入體內。他想要在乎，非常想在乎，但是他的感覺與想要感覺之間有一道缺口，某個重要東西被挖空了，而且範圍越來越大。他曾告訴維克多說他失去的是恐懼，但那不盡是事實，因為他還是會害怕。他怕那道缺口。

「然後呢？」警察追問著。

艾里揉揉眼睛。「然後他朝我追過來。我慌了，不知道要怎麼辦。我盡可能不殺死他。」他乾嚥一下喉頭，很想喝水。「聽著，你想我能去清洗一下嗎？」他指著髒衣服問道。「我得去看看安姬……她的遺體。」警察隔著黃布條喊一聲，得到回答說沒事了，救護車早已離開。這名警察掀起黃布條讓他過去。

一道血跡穿過客廳，艾里停步瞪著。剛才的打鬥在他眼底重現，就像警車的閃燈一樣無情。他逼自己轉身走向浴室，看到鏡面上自己的模樣，強忍住笑，那種快要笑出眼淚的笑。血沾滿了他的襯衫、褲子、臉與頭髮。艾里盡可能把血跡洗掉，像手術室醫師那樣在臉盆裡搓著手臂。這件鮮紅色的襯衫是他最喜歡的一件，維克多總說他穿上就像一顆熟番茄，現在也毀掉了。

維克多。維克多錯了。什麼都錯了。

「如果我少了什麼東西，那麼你也一樣。生命就是一種妥協。不然你以為就因為你把自己交到上帝手中，祂就會把你完完整整還回來，還再加上別的東西？」

「祂確實如此，」艾里對著臉盆說道。他確實做了。他會的。不管這個缺口是什麼，一定有其存在的理由，讓他變得更堅強。他必須相信這一點。

艾里洗著臉，又捧起水洗頭髮，把紅色都沖乾淨。他換上乾淨衣服，正準備從前門口的黃布條底下鑽過去，聽見那個年輕警察在回答另一個警察。

「好，史泰爾警探在路上了。」

艾里停下來，往後退回宿舍內。

「你知道如果有『EO』涉嫌，他們會有專人負責？一個叫史泰爾的傢伙。我敢賭你不知道。」

艾里轉身直奔後門，卻發現一個大塊頭警察擋住去路。

「沒有問題吧？先生。」警察問道。艾里緩緩點一下頭。

「門都貼上布條了，」他說道。「我只是不想礙事。」

大塊頭警察點頭往旁邊讓開。等到大塊頭警察走到那個年輕警察前面時，艾里已經走出後門，到了公共小庭院內。他看起來不像罪犯，他告訴自己。還不像。

有罪的是維克多。他所認識的維克多死了，取代的是一個冷酷邪惡的東西，一個瘋狂而暴力的版本。維克多從來就不是親切好心的人——一直都有尖銳如利刃的一面，艾里是受到那種鋒利的金屬光采吸引——但他從來不是這樣。一個凶手，怪物。祕技，他*殺死了安姬*。怎麼殺的？發生了什麼事？痛苦嗎？可能嗎？艾里學醫的一部分腦子在試著分析。*心臟病發嗎？*疼痛會像電力一樣引起短路嗎？身體會關機嗎？功能會凍結嗎？他的指甲掐入掌心。這是*安姬*，不是科學實驗。是一個人。那個人讓他感覺比較好，比較理性，在他心情低沉的時候使他浮起來。那麼，是那樣嗎？安姬是他失去的東西？如果那個缺口是另外一個人而不是他自己的一部分，那不是很妙嗎？但是不對，不是那樣。安姬是有幫助，一直都有幫助，但是他在她死前就已經感覺到這個洞，即使在他自己死前就感覺到了。那種感覺——缺少感覺——從前只是偶而出現，像一朵雲從上方飄過，但是從他在浴室地板上甦醒過來的那一刻起，那片陰影就在他身上停駐，像一種有事情不對勁的跡象。

不是不對勁，他逼自己想著。*是不一樣了。*

艾里上車後換檔發動，很慶幸先前是把車停在兩條街外（比較不容易收到罰單）。他駛過工學院實驗室前，稍微放慢速度，看見那裡也圍了黃布條——標示出維克多的毀滅路線——以及一堆警車與救護車輛。他繼續開過去。他需要盡快趕到醫學院預科館那裡。他需要去找萊恩教授。

✦

艾里的一邊肩膀揹著一個空背包，大步穿過自動門，進入保留給醫學院三座建築的大廳。中央實驗室的大廳漆成難看的淡黃色，他不確定他們為什麼堅持要把實驗室漆成這麼噁心的顏色——或許是要讓醫學院預科生先準備好面對這種環境，因為他們嚮往工作的醫院多半都是同樣悲哀的色調，也或許是由於某種誤導的概念，以為淡色表示乾淨——但這種顏色使這個地方顯得沒有生氣，現在看起來更甚。艾里一直低著頭，走上兩段樓梯，來到一間辦公室前，他從寒假起大部分沒課的時候都在這裡。門上掛著萊恩教授的名牌，字母閃閃發亮。艾里試一下門把，上了鎖。他往口袋裡摸著，想找一個東西開鎖，結果摸到一個迴紋針。如果這個能用在電視節目上，那麼這裡也能用。他在門把前跪下。

在維克多返校前，艾里帶著自己的發現去見萊恩教授，由於他的理論越來越有分量，教授也從懷疑轉為著迷。秋天的時候，艾里就很高興能引起教授的注意，但是那跟現在能得到教授尊重而帶來的享受相較則微不足道。他的研究，現在變成他們的研究，在教授的指導下有了新的焦點，重新闡釋現有「EO」的假設特質——瀕死經驗以及之後對生理與心理的影響——建立一套尋找他們的可能機制，一種搜尋矩陣。至少，本來計畫的研究路線是如此，直到維克多回來，建議說他們可能自己製造「EO」。艾里從來沒把這個想法跟萊恩教授提過，因為沒有機會。後來維克多的嘗試失敗，艾里全副心思都在想自己的實驗，而他成功之後——失去的部分不談，那確實是成功——他又不想說出去。他已經看見萊恩的興趣升高，從好奇變成著迷，那種過程艾里非常清楚，非常足以讓人不可信任。

現在他很慶幸自己沒有把這個新方向告訴別人。在不到一個星期之內，艾里的研究終結了安姬的生命，毀掉了維克多（如果他活下去）的生活，也改變了他自己的生活。儘管這個論文變質轉暗以及隨後的破壞都是維克多造成的，他的行為也已顯示這項發現的陰暗面與無可避免的發展。而現在艾里很清楚自己必須做什麼。

「我能幫忙嗎？」

開鎖不太順利的艾里抬起頭，發現一名工友撐著掃帚，眼睛看看艾里又看看被他拉直的迴紋針。他擠出不經意地笑聲，站起身來。

「但願。老天，我真是白癡。我把一個資料夾忘在萊恩的辦公室裡了，他是我論文的指導教授。我需要找到它才能寫論文。」他講得很快，就像電視上演員希望觀眾知道他們在說謊時那樣。他的手冒汗濕滑，於是暫停下來逼自己呼吸一口氣。「順便問一下，你有沒有見到他？」吸氣，呼氣。「我可以再等一會兒。」吸氣，呼氣。「我好幾個星期沒休息了。」他閉嘴等著看工友會不會相信。

等了好久之後，對方從口袋裡摸出一套鑰匙，然後把門打開。

「我還沒見到他，但是他應該很快就來了。還有，以後呀，」他轉身走開時拋下一句，「要用兩根迴紋針。」

艾里露出真心寬慰的笑容，揮手道謝後走進去，把門喀答一下關起來。他低嘆一口氣，開始工作起來。

很多時候，神奇的科學發展能加速我們的進度，使生活比較輕鬆。現代科技做出來的機器能夠比人腦思考快五到七步，提供高明的解決之道與多套替代方案，萬一你不喜歡A計畫，還有B、C與D計畫可行。

然而，也有些時候，只需要一根螺絲起子與一點體力就能把工作完成。他們的研究儲存在兩個地方，一個是牆邊櫃子第三個抽屜裡的藍色資料夾，艾里取出來後就塞進背包裡。第二個地方是電腦。

他以自己所知最簡單且最萬無一失的方式把萊恩教授的電腦拆下來：使勁把硬碟抽出來後踩碎，再把碎片放進背包，打算連資料夾與背包一起丟進某處的焚化爐或者碎木機，一勞永逸。他不得不希望萊恩教授不曾想到要把研究資料拷貝一份存在別處。

艾里將背包的拉鍊拉上，盡可能把電腦擺好位置，乍看之下看不出來有一個硬碟不見了。他把背包掛到肩膀上，回到走廊上，正要把萊恩的辦公室門再鎖好時，就聽見一聲咳嗽，轉身發現教授擋住去路，一隻手拿著咖啡，另一隻手拿著公事包。他們互視著彼此，艾里的一隻手仍擱在門把上。

「早，卡戴爾先生。」

「我要收回我的論文，」艾里開門見山說道。

萊恩教授皺起眉頭。「可是你會被當。」

艾里把背包換一邊肩膀揹，從他旁邊擠過去。「我不管。」

「艾里，」萊恩教授跟在後面說道。「這是怎麼一回事？怎麼了？」

走廊上只有他們兩人。艾里說著話，但是沒有放慢腳步。「一定要住手，」他低聲說道。「就是現在。那是不對的。」

「可是我們才剛開始，」萊恩教授說道。艾里推開樓梯間的門，走到平台上，萊恩跟在後面。「你的那些發現，」萊恩說道，「我們將發現的東西……那會改變世界。」

艾里對他惱火了。「不會讓世界變好，」他說道。「我們不能繼續研究這個。這會通往何處？我們做到有辦法找到『EO』，然後呢？他們會被人帶走，檢查，解剖，說明，然後由某人決定停止研究，開始創造。」他的腹部抽搐著。會有那種事，就像那樣，不是嗎？他就是證明，受到那種前景的哄誘，想到發展潛力，想到有機會證明某件事而不是將之推翻。

你會不會覺得奇怪呢？

「那會有那麼糟嗎？」萊恩問道。「創造一種特異的東西？」

「那不是特異，」艾里反駁道。「那是錯誤的。」

艾里責怪自己。維克多說的對，他是在扮演上帝，即使他是在向祂求助。上帝或許出於慈悲救了艾里的命，卻摧毀其他相關的一切。「我不要把這個工具給誰拿去創造更多那種錯誤。這些路徑都會導致毀滅。」

「別誇張了。」

「結束了。我結束了。」艾里抓緊背包。萊恩瞇起眼睛。

「我沒有，」萊恩說道，一隻手伸過來按住艾里的肩膀，手指勾著背包的帶子。「我們對科學要盡責任，卡戴爾先生。這個研究必須繼續，而且有這樣規模的發現必須公開。別這麼自私。」

萊恩猛力一扯背包，但是艾里不肯讓步，然後他還沒搞清楚是怎麼一回事，兩個人就已經在互搶背包。艾里把萊恩推到欄杆上，在掙扎過程中，萊恩的手肘用力撞到艾里的嘴唇，破了一道口子。艾里把血抹去，將來恩手上的背包抓回來扔到旁邊，卻發現萊恩沒再要搶回。教授站在那裡，眼睛瞪大，艾里看見萊恩的眼神時才悟到是什麼。他嘴唇的皮膚已經乾乾淨淨地癒合起來。

「你……」艾里看到萊恩的表情從震驚變為欣喜。「你做到了。你跟他們一樣。」他已經想見到那些實驗、論文、媒體、瘋狂。「你是一個——」

萊恩沒有機會說完，因為這時候艾里猛力推他一把，往後面的樓下推去。他的話變成短促的喊叫聲，然後隨著萊恩翻滾下頭幾級樓梯就猛然切斷。他撞到樓梯最底下，發出一聲巨響。

艾里俯視著屍體，心裡想要自己感到害怕。可是沒有。又是一樣，他自己所知所應有的感覺與實際感覺之間有一道缺口，彷彿在嘲笑低頭看著萊恩的他。艾里不確定自己是否有意要把教授推下樓，還是只想把他推開，但是現在傷害已經造成。

「那是維克多的主意，要把理論測試看看，」他走下樓梯時發現自己在說著。「做法有一點曲折，但是成功了。所以我才知道必須罷手。」萊恩抽搐一下，張開嘴巴，發出介於呻吟與喘氣的聲音。「因為成功了，也因為那是錯誤的。」艾里走到樓梯底層，站在老師旁邊。「我死的時候祈求活下去的力量，結果得到了。但那是一種交易，教授，也許是上帝也許是魔鬼，我付出的代價是朋友的生命。每個『EO』都出賣了一部分的自己，永遠無法再要回來。你不明白嗎？」他跪在萊恩身邊，萊恩的手指抽動著。「我不能讓別人犯下這種違背自然的可怕罪行。」艾里知道自己必須做什麼，帶著一種奇怪又具安慰性的確定感。艾里把一隻手近乎溫柔地放在萊恩的下頷底下，另一隻手托著他的下巴。「這個研究要跟我們一起死去。」

說完，他的手猛力一扭。

「好吧，」艾里輕聲說道。「跟你一起。」

萊恩的眼神變得茫然，艾里把他的頭輕輕放回地上，抽回手指，站起身。這一刻是如此完美地安靜，就像他在教堂裡感覺到的那樣，一絲平和，感覺起來好……正確。從復活之後，他第一次感覺像自己，不僅僅是自己。

艾里在胸前畫一個十字架。

然後他走回樓梯上，中間暫停下來打量那具屍體，考慮到摔落的情景，彎曲斷頸的樣子看起來相當可信。那杯咖啡跟著教授一起滾落，在樓梯上灑落一道痕跡，破杯子掉在他的破身體旁邊。艾里剛才很小心，沒有踩到咖啡上。他把雙手在牛仔褲上抹一下，拿起平台上的背包，但是沒有離開，而是仍站在那裡等著，等著驚恐、噁心與愧疚感出現。但是什麼都沒有，只有一片安靜。

然後一陣鈴聲響遍整棟樓，把安靜驅走，只剩下艾里與一具屍體，以及突然冒出的快跑衝動。

✦

艾里穿過停車場，心裡拚命想著接下來要怎麼辦。剛才在樓梯間的那種平靜感，被蠢蠢欲動的精力取代，腦子裡的小聲音一直說著快走。不是愧疚，甚至不是驚慌，比較像是自我保留。他走到自己的車前，把鑰匙插入車門的鎖孔，這時候他聽見後面有腳步聲接近。

「卡戴爾先生。」

快走，他腦袋裡的聲音吼著，好清晰、好誘人，但是另一種原因讓他留在原地。他把鎖孔裡的鑰匙轉一下，輕輕喀答一聲把門鎖起來。

「有什麼需要幫忙嗎？」他轉身問道，對方肩膀寬闊、身材很高，有一頭黑色頭髮。

「我是史泰爾警探。你是來還是去？」

艾里抽出鑰匙。「來。我想我應該告訴萊恩教授。我是指關於維克多的事。他們關係很近。」

「我跟你一起去。」

艾里點點頭，走開一步又皺起眉頭。「我要把背包留在車上，」他說道，又打開車門將背包──裡面裝著資料夾與硬碟──扔到後座。「我今天不是覺得很好。」

「很遺憾你失去朋友，」史泰爾警探機械式地說道。

艾里心裡數著走回醫學院預科實驗室的腳步。數到三十四步的時候聽見警鈴聲，他猛然抬起頭，旁邊的史泰爾咒罵一聲，腳步加快起來。

那麼，他們發現萊恩的屍體了。

快跑跑跑，艾里腦子裡的東西嘶嘶說著，音調與速度就跟警鈴一樣。

他真的跑起來，但不是跑開。他跑到那棟樓的門口，進去後跟著緊急應變小組跑向樓梯底部。看見屍體的時候，艾里發出像脖子被掐住的聲音。史泰爾把他拉開，艾里雙腿軟下去，碰的一聲跪到地上。儘管褲管裡面的膝蓋撞出瘀血後又消失，仍讓他痛縮一下。

「來吧，孩子，」史泰爾說著把他往後拉，但艾里的目光直盯著現場。一切都按著應有的節奏演著，也需要如此，鬆脫的線頭要剪掉。直到他看見那名工友靠牆皺眉看著，就像每個猜謎的人一樣。

可惡，艾里想著，但是他一定從嘴巴說出來了，因為史泰爾把他拉起來，說道：「確實可惡。我們走吧。」

太快有太多人死了。他知道自己會成為嫌犯。一定會。跑，他腦子的東西說道，聲音從急切變成懇求，刺激著他的肌肉與神經。但是他不能跑。如果他現在跑，他們就會追。

於是他沒有跑。事實上，他把受害者的角色扮演得相當好。震驚，生氣，備受創傷，更重要的是，很合作。

史泰爾警探指出他周圍的人不是死了，就是快死了，艾里盡可能擺出心碎的樣子。他解釋說維克多在嫉妒，嫉妒他的女朋友，也嫉妒他在班上的排名。維克多總是落後一步。他一定是崩潰了。有的人會那樣。

史泰爾警探問到艾里的論文，他解釋說那本來是他的，後來被維克多盜用，背著他開始與萊恩合作。然後他逮住機會對史泰爾說，維克多這幾天變得不像他了，有什麼地方變了樣，不對勁，而如果他活下來——他仍在加護中心——他們應該非常小心。

顧慮到他的創傷，艾里的論文問題暫時擱置。創傷。這個詞一直纏著他，包括警察的訊問到學校會議，以及把他安置到單人宿舍。創傷。這個詞幫助他破解密碼，找出「EO」的精確起源。創傷變成一種通行證。要是他們知道他承受了多少創傷就好了。他們不知道。

他站在沒有開燈的新宿舍裡，讓背包——他們從未搜索車上——滑落到身邊的地板上。自從離開搜尋維克多的小組後，這是他第一次獨自一個人。一時間，他應該有的感覺與實際感覺之間的缺口突然關閉起來。艾里跌跪在地板上，淚水流下面頰。

「為什麼會有這種事？」他對著空蕩的房間低聲說道。他不確定自己是指這種突如其來的強烈悲痛，還是萊恩之死或者安姬之死或者維克多的改變或者自己經歷這些仍毫髮無傷。

毫髮無傷。正是如此。當初冰水在吸乾他的熱力與生命時，他想要力量，渴求力量，卻得到這個。復原力。刀槍不入。可是為什麼呢？

「EO」是錯誤的，而我是一個「EO」，所以我一定也是錯誤的。這是最簡單的等式，但這樣不對。從某方面而言，這是不對的。他心底有一種奇怪又單純的確定感，知道「EO」是錯誤的，不應該存在。但他也同等確定自己不是錯誤的，不是那樣。不同，對，無可否認地不同，但不是錯誤。他回想自己在樓梯間說的話，那些話是自己冒出來的。

但那是一種交易，教授，也許是上帝也許是魔鬼……

可能那就是不同之處嗎？他看見一個魔鬼披著他最好的朋友的皮膚，但艾里卻不覺得自己的體內有任何惡魔。如果說有什麼，就是他感覺到一雙強力又穩定的手，引導著他扣動扳機，扭斷萊恩的脖子，叫他不要逃避史泰爾。那片刻的寧靜，片刻的確定，感覺像是信仰。

但是他需要一個徵兆。過去這幾天，艾里的發現若算是太陽，上帝似乎只像旁邊的一根火柴，但此刻他又感覺像一個小男孩，需要讚許，認可。他從牛仔褲口袋裡抽出一把小摺刀，將它打開。

「祢要把它收回嗎？」他問著黑暗的宿舍房間。「如果我不再是祢創造的，祢會把這個力量收回，會吧？」他的眼睛閃著淚光。「祢會嗎？」

他從手肘到手腕割一道深深的口子，痛縮一下，看著鮮血立即湧出來滴到地板上。「祢會讓我死。」他換手拿刀子，在另一隻手臂上再劃一道，但是就在劃到手腕時，傷口已經癒合，留下光滑的皮膚，以及一小攤血。

「祢會嗎？」他割得更深，直見骨頭，一割再割，直到地板都紅了。直到他把生命獻給上帝一百次，然後又收回來一百次。直到恐懼與懷疑都流盡。然後他用發抖的手將刀子扔開。艾里用指尖沾一下紅色的血，畫一個十字，站了起來。

5

中午時分
紳士旅館

艾里把車子停在街上。

自從三年前碰到一個能製造地震的「EO」以後，他就不再信任旅館的停車庫。上次他足足花了兩個小時才癒合，而且是在好不容易從碎石堆裡爬出來之後。此外，進出還得登記，還有買票與收費以及柵欄……要從車庫快速離開是不可能的事。因此艾里停好車，過馬路，走進旅館的華麗大門，石材與水晶燈宣示著梅瑞特市的榮耀：「紳士旅館」。當初是賽蕊娜選擇這裡的，他也沒有心情反對。雪德妮的不幸事件過後，他們才來這裡兩天。他本來真希望那個女孩會在樹林裡流血致死，希望自己射出的子彈或許能有一、兩顆射中她，而不是射中樹木與空氣，但他口袋裡的畫──以及死了又活又死的巴瑞．林區顯示並非如此。

「午安，希爾先生。」

艾里慢半拍才想起自己就是希爾先生，於是對櫃檯後面的那個女人點頭微笑。賽蕊娜比假證件更好用，事實上，登記入住的時候，他根本不必出示任何證件，連信用卡都不用。她確實很管用。他不喜歡這麼倚賴別人，但還是勉強改變心意，自我安慰說賽蕊娜能使事情做起來比較輕鬆順利，必要的時候幫他省下很多工夫，不必做自己不擅長的事。就這方面而言，她並不是不可缺，只是非常方便。

往電梯走的半路上，艾里經過一個男人身邊，他心裡很快地留意一下那個人的相貌，半是出於習慣，半是直覺不對勁，這是十年來把人當成抓錯遊戲做研究而培養出的第六感。這家旅館昂貴高級，大部分客人都穿西裝。那個人穿的勉強可算是西裝，但他身形龐大，推高的袖口與領口間可以看到刺青。他邊走邊讀著東西，一直沒有抬頭，而櫃檯後面的那個女人似乎也沒在意，所以艾里把那個人臉在心裡歸檔，一面繼續上樓。

他搭電梯到九樓，進了房間。這間套房舒適簡樸，有一個開放式廚房，落地窗，陽台可以俯瞰梅瑞特市。但是賽蕊娜不在。艾里將背包扔到沙發上，坐在角落的書桌前，桌上擺的筆電下面壓著報紙。他打開筆電，一面開啟梅瑞特警方的資料庫，一面把口袋裡的畫取出來放在桌上，把四角撫平。資料庫發出吱的一聲，他就用丹恩警員與史泰爾警探幫他設定的後門進入。

然後他順著資料夾往下拉，找到要找的檔案。貝絲．寇克的照片瞪著她，藍髮襯著一張臉。他對她回望片刻，然後將檔案丟入垃圾桶。

6

十年前
洛克蘭大學

艾里坐在學校特別配給他的單人宿舍裡，吃著美食館買的外帶中國菜的時候，新聞報告出來，說洛克蘭大學的一名工友達爾・塞克斯，前晚下班走路回家時遭汽車撞死，肇事者逃逸。艾里再叉起一根花椰菜。他本來無意那麼做。那是說，艾里坐上車的時候並沒有要殺死那名工友的意圖，但是確實已經查出塞克斯的值班時間，也確實在塞克斯一週一次的夜班打卡下班的同時坐上車，確實見到他過馬路，也確實加快了車速。但那是一連串狀況連在一起，其中任何一環都在瞬間變化而讓那個人逃過一劫。艾里只能這麼想著要給那名工友一個機會，或者說，給上帝一個機會插手。塞克斯不是「EO」，不是的，但他是一個漏洞，而汽車砰砰輾過他後，那一刻的寧靜充溢艾里的內心，艾里就知道自己做對了。

現在，他跌坐到廚房桌台旁的椅子上，螢光幕上播著新聞報導，他的眼睛盯著中國菜與兩疊紙。一疊是他自己的論文筆記，主要是早期的案例研究──網站截圖、證詞之類的。第二疊是萊恩的藍色檔案夾裡的東西，包括艾里的「EO」因果理論，但萊恩針對用來辨識「EO」可能人選的情況與因素加了一些註記。在瀕死經驗部分，教授加了一個艾里聽他用過的詞「創傷後死亡失調」，亦即瀕死經驗導致的心理不穩定狀態。還有一個一定是新詞，「重生原則」，也就是病人渴望逃離以往的生活，或者根據自己的能力而重新定義自己。

艾里皺起鼻頭看著第二個詞。他不喜歡在這些註記中認出自己的影子，不過也有理由要看這些。因為他開車輾過達爾．塞克斯時的感覺，與他想要維克多性命時的感覺一樣。目的。而他開始理解這個目的是什麼了。

他知道，「EO」對自然，對上帝是一種侮蔑。他們是不自然的，而且力量很強，但是艾里一定會更強。他的力量是對付他們的一面盾牌，堅不可摧。他能做到一般人做不到的事。他能阻止他們。

但是他得先找到他們，所以他才要綜合研究，對照萊恩的方法與案例研究，希望從中找出著手之處。

維克多向來比較擅長解這種謎題，可以一眼就看出相關線索，不管有多細微。但是艾里堅持下去，把資料一筆一筆過濾，背景的電視新聞一條接一條播報，結果終於找到了。一個線索，是艾里一時動念留下的一篇剪報。一個男人的家人碰到一場怪異的意外，都被壓死了，而那個人自己幾個月前才在一棟建築倒塌時差一點死掉。剪報上只有名卻無姓——華萊士——說他是當地人，而那份報紙發行於離此地一小時車程的一個城市。艾里瞪著那個名字幾分鐘，然後從網路論壇上挖出一張截圖，那個論壇裡九十九．五％的人都是希望引人注意，但艾里看得很仔細，仍把它列印出來。他還找到那個網站的會員名單，其中一個叫「華萊士四七」的人曾有一段隱藏的貼文，日期是去年，在他自己的意外與家人的意外之間，上面只說誰靠近我都不安全。

所知不多，但也是一個開始。艾里把外帶餐盒扔進垃圾桶，關掉電視，他想走，想跑，但不是離開，而是走向某個東西。他有了一個目標，一個任務。

但他知道自己必須等一等。他倒數著畢業的日子，期間一直感覺到大家的注意，教授、心理諮商師以及警察，看他的目光就像夏天的太陽。起初是瞪視，但是隨著一個月一個月過去，目光變得比較少，最後等到考試時，大多數人根本都忘記要看他走進教室。等到學年終於結束，他輕鬆地收拾東西打包，懶洋洋地檢視一下整個地方，鎖上門，把鑰匙裝進學校給的白信封，塞進住宿服務辦公室外面的信箱裡。

然後，也直到這個時候，洛克蘭的校園被拋在遠方了，艾里擺脫「卡戴爾」這個姓氏，改為「艾偉」，開始去追求自己的目的。

✦

艾里不喜歡殺人。

但他挺喜歡之後的那一刻。那種美好的寧靜瀰漫空中，他的斷骨癒合，皮膚破口收起的片刻，他知道上帝認可了他。

但殺人這回事本身比他預期的麻煩。

而且他不喜歡這個詞，殺人。用移除如何？移除這個詞比較好。這使目標聽起來比較不像人類，而他們實際上也不是……語義上而言。無論如何，太麻煩了。電視上充斥的暴力讓艾里以為殺人是很乾淨俐落的事。一把槍輕輕咳嗽一聲，刀子快速戳一下。震撼的一瞬間。

攝影機轉開，生活又繼續下去。

輕而易舉。

平心而論，萊恩之死確實很容易。其實塞克斯也很容易，因為是用汽車完成工作。但是艾里摘下染血的乳膠手套後，發現自己希望攝影機能轉換到比較愉快的時刻。

華萊士就曾奮力抵抗。雖然他是坐五望六的年紀，但是強壯得像公牛。他甚至還把艾里最喜歡的一把刀弄彎後折斷。

艾里靠著磚牆等候肋骨接合歸位，然後把屍體丟到最近的一堆垃圾裡。那天晚上很熱，他先檢查看看自己有沒有留下血跡才離開巷子，那種寧靜感已經消退，只剩下一種奇怪的悲傷感。

他又覺得若有所失了。沒有目的。即使有了線索，他仍花了三個星期才找到那個「EO」。搜尋過程緩慢又笨拙。他想要確定，需要證明。畢竟，萬一他猜錯了呢？艾里不想殺死一堆人。萊恩與塞克斯是例外，是情境受害者，他們的死很不幸但是必要。而且，如果艾里要老實說，死得很草率。他知道自己可以做得比較好。華萊士之死有進步。就跟所有搜尋一樣，過程都是一種學習曲線，但他堅信一句俗話。

熟能生巧。

7

中午時分
紳士旅館

維克多與雪德妮坐在旅館房間內吃冷披薩，一面看著米契找出來的資料。米契自己去辦事了，而儘管維克多的眼睛看著一個名叫薩克瑞・福林奇的資料，心思卻不在這些紙頁上，多半時候都在想著手機——就放在旁邊吧檯桌上伸手可及之處——以及史泰爾這個名字，手指在腿上輕輕敲著無聲的節奏。他的電話旁邊還有一份名叫杜明尼・魯許的年輕人資料。

雪德妮高坐在附近一個凳子上，吃著第二塊披薩。維克多看見她偷瞄著剪報上艾里的照片，那張剪報塞在關於藍髮貝絲・寇克的第三疊資料下面一角。他看著她伸手把剪報抽出來，低頭用藍色大眼睛瞪著。

「別擔心，雪德，」維克多說道。「我會給他苦頭吃的。」

一時間她沒有出聲，面無表情。然後這片刻的沉默打破了。「他追趕我的時候，」她說道，「他告訴我說那是為大家好。」她輕蔑地吐出最後四個字。「他說我是非自然的，說我違反上帝旨意，說那就是他要殺我的理由。我不認為那是很好的理由。」她喉間乾嗤一下。「但那卻足以讓我姊姊出賣我。」

維克多皺起眉頭。雪德妮姊姊的問題仍然令他不解。為什麼艾里還沒有殺她？他似乎下定決心要殺死其他所有人。

「我相信情形很複雜，」他不再看手上的資料，抬起頭說道。「妳姊姊能做什麼？」

雪德妮遲疑著。「我不知道。她從來沒告訴我。她本來要的，可是那時候她的男朋友差一點就殺死我。為什麼？」

「因為，」他說道，「艾里留著她，一定有其原因。她對他一定有利用價值。」

雪德妮低頭聳聳肩。

「可是，」維克多又說道，「如果只看價值的話，他應該會讓妳留下。他讓我漁翁得利。」

雪德妮幽幽一笑，把披薩皮扔向地板上的一團黑影，沒落地就被度兒接住。然後那隻狗站起來，繞過吧檯桌走到維克多身邊，用期待的眼神看著他的披薩皮。維克多餵牠吃了，搔一下狗的耳朵。即使他是坐在凳子上，這隻大狗的高度仍到他的肚子。他看看狗又看看雪德妮。他真的是在蒐集流浪動物。

維克多的手機響起。

他放下資料拿起電話，全部一個動作就完成。「怎樣？」

「找到他了，」米契說道。

「丹恩還是史泰爾？」

「丹恩。而且我還給我們找了一個房間。」

「哪裡？」維克多問道，一面穿著外套。

「你往窗外看。」

維克多走到落地窗前望出去。馬路對面再過去兩棟建築旁有一座高樓的工地，鷹架外面圍著木板，前面掛的一塊橫幅招牌寫著「**獵鷹展值**」，但是沒有工人。那個建案不是暫停就是廢置了。

「非常理想，」維克多說道。「我這就過去。」

他掛上電話，看見雪德妮已經跳下凳子，抓起紅外套等著。他不禁想到她那表情還真像度兒，充滿期待與希望。

「不行，雪德妮，」他說道。「我需要妳留在這裡。」

「為什麼？」她問道。

「因為妳不認為我是壞人，」他說道。「而我不想證明妳錯了。」

✦

維克多穿過大樓工地一樓外面的塑膠帷幕，腳步聲在鋼筋水泥之間迴響。從大樓比較靠外面的房間積塵看來，這個建案是最近廢棄的，但建材品質與優越位置讓他相信這裡不會棄置太久。過渡期的建築是最適合這種情況的會面地點。

再穿過幾塊油布之後，他看到米契與一個坐在摺疊椅上的男人。米契是一副無聊樣子，坐在椅子上的那個人則神情憤慨，隱含著畏懼。維克多實際上可以感覺到那股懼怕感，像是較弱版的痛苦造成的雷達波。那個人身形精瘦，深色短髮，下頷稜角尖銳。他的雙手被膠帶綁在背後，身上仍穿著制服，領口有些地方被血染暗，血是來自他的臉頰或者鼻子，或者兩者皆有，維克多不太確定。他胸口的警徽上面也有幾滴血。

「我必須承認，」維克多說道，「我原本希望是史泰爾。」

「你說兩人誰都可以。史泰爾不在，我逮到這個在外面休息抽菸，」米契說道。

維克多開心一笑，注意力轉向椅子上的那個人。「抽菸對你不好，丹恩警員。」

丹恩說了一些話，但嘴上貼著膠帶，聽不清楚。

「你不認識我，」維克多繼續說道。他用靴子碰摺疊椅旁邊，把椅子掀倒。丹恩警員翻出去撞到地板，發出碰的一聲與含糊的叫喊聲。維克多在椅子倒地之前把它抓住，順手翻回來坐在上面。「我是一個朋友的朋友，而我會很感激你幫忙。」他身體前傾，雙肘撐著膝蓋。「我希望你告訴我，你的警方資料庫存取碼。」

丹恩警員皺起眉頭。米契也是。

「維克，」他俯身說著以免丹恩聽到。「你要那個做什麼？我可以幫你駭進去。」

維克多似乎不在乎讓警員聽到。「你讓我看到很多，我很感激。但是我想貼一個訊息，而如果要那麼做，我就需要識別碼。」是該再發送一個訊息的時候了，維克多希望每個細節都很完美。米契自己也指出一點，那些辨識檔案都有作者標籤，都屬於兩個人之一：史泰爾或者丹恩。

「此外，」維克多站起身說道，「這樣比較好玩。」

室內的空氣開始嗡嗡作響，大樓的骨架也回應這股能量，直到整個空間都震動起來。

「你應該到外面等，」他對米契說道。

維克多的功力已經大為進步，能夠從一群人中單挑發功讓目標倒下，但他還是不喜歡有旁觀者。只是以防萬一。他偶而會下手太急，疼痛就會外洩，進入別人體內。米契對他很了解，沒有多問，只是撩起一塊油布就離開了。維克多看著他走開，活動一下手指，彷彿需要讓手變靈活。

對於把米契捲進這檔事，他一時微感愧疚。那傢伙會落入那麼高層級警戒的監獄，駭客似乎不是唯一原因，但這還是不太好。綁架警察是重罪，當然，不像維克多即將做的事那麼嚴重，但是以米契的前科而言，這樣不會很好看。當初他曾考慮過，要在一逃出萊騰監獄後就把這位朋友打發走，但一個簡單的事實是，維克多沒有超人的力氣，因此必須有人幫忙處理屍體。此外，他也變得相當習慣有米契在旁邊。他嘆一口氣，再把注意力放到那個努力想說話的警察身上。維克多蹲下去，膝蓋抵著對方的胸部，把膠帶拉開。

「你不知道自己在做什麼，」丹恩警員怒道。「你會完蛋。」

維克多靜靜微笑。「有你幫忙就不會。」

「我為什麼應該幫你？」

維克多又把膠帶貼回他的嘴巴上，然後站起身。

「噢，你是不應該。」空氣裡的嗡嗡聲變尖銳，丹恩警員的身體一陣痙攣，尖叫聲被膠帶壓下去。「可是你會的。」

8

今天下午
紳士旅館

艾里瞪著警方資料庫的一格格顯示幕，聽見背後的門開了。他按鍵關上一個可疑的「EO」杜明尼．魯許簡介檔案，一雙細臂就環抱住他的肩膀，嘴唇摩娑著他的耳朵。

「妳去哪裡了？」他問道。

「去找雪德妮。」

他緊張起來。「結果呢？」

「還沒發現，但是我已經放話出去。至少會有更多人幫我們找。銀行那裡怎麼樣？」

「我不信任史泰爾，」這話艾里已經說了上百次。

賽蕊娜嘆一口氣。「巴瑞．林區呢？」

「我到的時候，他已經又死了。」他拿起桌上那張幼稚的畫，遞給背後的她。「但是他留下這個。」

他感到那張畫從指間被抽走，一會兒之後，賽蕊娜說：「我不知道維克多這麼瘦。」

「現在不是說笑的時候，」艾里怒斥道。

賽蕊娜把他的椅子轉過來面對她。她的目光有如寒冰。

「你說的對，」她說道。「你告訴我說，你殺死了雪德妮。」

「我以為我殺了。」

賽蕊娜俯身把艾里臉上的道具眼鏡摘下來，他都忘了自己還戴著。她把眼鏡戴在頭髮上當髮帶，然後親他一下，不是親嘴唇，而是兩眼之間，每次他抗拒她時就會皺起來的地方。

「真的嗎？」她貼著他的皮膚輕輕說道。

他努力讓被她親吻的皮膚不要皺起來。她沒有看著他眼睛的時候，他就比較容易思考。

「是的。」

這句話說出來，他心裡寬慰地吁一口氣。兩個簡單的字——頂多一半是事實——僅此而已。很難，幾乎用盡他的全力，但無疑他越來越會隱瞞了。

她略微退開一點，用冰藍的眼睛盯著他。艾里可以看見那雙眼睛裡的邪氣，能言善道又狡猾。他想著，而且不是第一次這麼想，自己早該一有機會就殺了她。

9

去年秋天

梅瑞特大學

音樂聲大得連牆上掛的畫都在晃動。一個天使與蜥蜴在樓梯上親熱。兩隻頑皮貓從兩邊揪扯著一個吸血鬼，一個戴黃色隱形眼鏡的傢伙在嘶吼，還有一個人把塑膠杯裝的廉價啤酒灑在艾里的腳邊。

在前門口，他把一個魔鬼的雙角扯下來放到自己的頭上。剛才他看到那個女孩走進來，兩旁一個是芭比娃娃，一個是做出無數違犯制服規範的天主教教會學校女生，但她卻只穿著牛仔褲與polo衫，金髮披覆肩上。他只是一會兒沒看到她，現在她就不見了，只剩下那兩個朋友將雙手握舉在頭上，穿行於人群間。在萬聖節派對上沒有化裝會很突兀，她應該很顯眼，如今卻不見蹤影。

他在屋子裡四處走動，避開了幾個試圖攔下他的大學美眉。這挺讓他開心的，畢竟，他看起來跟他們一樣——十年來他一直這樣——但他是來辦正事的。然後，他在一樓繞了幾遍都沒結果的時候，她找到了他。一隻手將他拉上樓梯，拉進暗影中。

「嗨！」女孩低聲說道。音樂聲加上喊叫聲，但不知怎麼他仍聽得見她。

「嗨！」他貼著她細聲說道。

她的手指與他交握，帶著他走上樓，離開震耳欲聾的派對，進入一個房間，從她先環視一下才走進去的動作判斷，這並不是她的房間。大學女生，艾里愉快地想著，你不得不愛她們。他把背後的門關上，整個世界變得寧靜滿足，音樂只是模糊的輕敲聲。燈沒有開，他們也就讓它關著，唯一的光源是窗口射進來的月光與路燈。

「來萬聖節派對卻不化裝？」艾里打趣說道。

女孩從後面口袋裡摸出一個放大鏡。

「福爾摩斯，」她解釋道。她的動作很慢，幾乎像沒睡醒似地。她的眼睛是冬日的水藍色，而他不知道她有什麼能力。他對她研究的時間還不夠久，沒有等到表現的機會，或者應該說，他研究過也等了好幾個星期，但不管是什麼能力，都無法看到她展示出來，所以他才決定要接近一點。這不合他的規則，他知道，但他還是跑來了。

「你呢？」她問道。艾里發現自己太高，她不容易看見，於是低頭指指頭上的角。角是紅色的，上面還有亮片，在黑暗的房間內閃閃發亮。

「梅菲斯托費勒斯[4]，」他說道。她笑起來。他知道她主修英文。而且他覺得這挺適合的，一個惡魔在引誘另外一個。

[4] Mephistopheles是浮士德故事裡的邪靈，代表惡魔。

「很有創意，」她無聊地一笑。賽蕊娜・克拉克，他的筆記裡寫的是這個名字。她的美是一種最輕鬆不經意的方式，彷彿最後才想到要化一點點妝，而艾里與她四目相接，很難把視線轉開。他習慣看漂亮女孩，但賽蕊娜不同，比較不同。她把他拉過去親吻時，他幾乎忘了自己後面口袋裡的哥羅芳麻醉劑。她的雙手順著他的背脊滑到牛仔褲上，就要碰到瓶子與摺起來的布之前，他把她的手移開，貼牆舉到她的頭上方按住，然後吻了起來。她的滋味宛如冰水。

他本來想把她推到窗外。

結果他讓她把他往後推倒在一張陌生的床上，哥羅芳瓶子抵著他的臀部，但是他轉開視線時，她又使他的視線與注意力轉回來，只憑一根手指與微笑，以及輕輕的一聲命令。一陣興奮竄過他全身，這是他許多年來都沒有感覺過的。一股渴望。

「吻我，」她說道，他就吻了。艾里拚了命也無法不吻她，而他的嘴唇碰到她時，她開玩笑地把他的雙手按住，金髮搔著他的臉。

「你是誰？」她問道。艾里本來決定今天晚上要用「吉爾」這個名字，但是他張開嘴巴卻脫口說出：「艾里・艾偉。」

搞什麼鬼？

「真押韻，」賽蕊娜說道。「你來這個派對要做什麼？」

「我來找妳。」這句話冒了出來，他根本還沒注意到自己在說什麼。他的身體在她下面僵住，心中某處知道情況不妙，知道他需要站起來。但是就在他想掙脫時，這個女孩哄道：「別走，躺著別動。」他的身體就不聽自己的思想，在她的手指底下放鬆下來，而他的心臟在胸口猛跳。

「你很特出，」她說道。「我見過你。上星期。」

事實上，艾里已經跟蹤她兩個星期了，希望找機會瞥見她的能力。運氣不太好。直到現在。他的意志要自己的身體移動，身體卻想躺在她底下。他想要躺在她底下。

「你在跟蹤我嗎？」她的語氣幾乎像在說笑，艾里卻答道：「是的。」

「為什麼？」她鬆開他的手問道，但仍跨坐在他身上。

艾里設法用手肘撐起身體，努力想把回答像苦汁一般吞下去。別說要殺妳。別說要殺妳。別說要殺妳。他感到這些字像爪子爬上喉頭。

「要殺妳。」

女孩毅然皺起眉頭，但是沒有動。「為什麼？」

回答直接湧出來。「妳是一個『EO』，」他說道。「妳有一種違背自然的能力，那很危險。妳很危險。」

她癟起嘴巴。「這個男孩想要殺我。」

「我不預期妳會明白——」

「我明白，但是你今天晚上不會殺我，艾里。」她說得好輕鬆。他一定皺眉頭了，因為她又說道：「別看起來這麼失望。你明天還是可以試試看。」

房間裡很暗，震耳的派對在牆外碰碰響。女孩趴上前，把他黑髮上鑲亮片的角摘下，放在自己的波狀金髮上。她好漂亮，他吃力地想理清思緒，回想著為什麼她必須死。

然後她說：「你說的對，你要知道。」

「關於什麼？」艾里問道。他的思想感覺好遲鈍。

「我很危險。我不應該存在。但是你憑什麼權利要殺我？」

「因為我能。」

「這個答案很遜，」她說道，手指撫著他的下頷，然後往下趴在他身上，牛仔褲貼著牛仔褲，臀部貼著臀部，肌膚相貼。

「再吻我，」她命令道。然後他就吻上去。

✦

有一半的時間，賽蕊娜．克拉克希望自己死掉，另一半時間則告訴身邊每個人要做什麼，又希望有人不會去做。

當初她要求出院，然後現場就像紅海真的分開那樣讓她通過，一瓶點滴還沒打完，他們就讓她走了。一開始她很高興這麼容易就能夠遂心，如果不是有一點點罕見的話。賽蕊娜想要什麼向來都得努力爭取，但突然之間竟然無此必要，因為努力的事都讓別人做了。全世界癱倒在她的腳底。每次她見到別人，跟對方說話的時候，他們的眼中都充滿了滿足感。那種毫無反對，毫無張力的情況，變得快讓她發瘋。她說想回學校時，父母只是點著頭。老師對她不再是挑戰，朋友對她的每一個念頭都同意。男孩子失去了火氣，她想要什麼就給她什麼，不想要的也給，但她無聊得都不想問了。

從前賽蕊娜的世界是屈服於她的意志力之下，現在則是直接屈服。她不必爭辯，不必嘗試。她覺得自己像一個幽魂。

最糟的是，賽蕊娜很討厭承認事事如意有多麼容易上癮，即使那又會讓她痛苦。每次她厭倦了而想讓別人反對時，就會又潛入掌握控制力的舒適窩裡。她不能把它關掉。即使她沒有命令，即使她只是建議，只是問一聲，他們都會照做。

她感覺自己像一個神。

她夢見有人能夠反抗，有夠強的意志力抗拒她。

然後有一天晚上，她好生氣——真正的生氣——跟她約會的一個男孩眼神蠢蠢地發光，她對那再熟悉不過，而他拒絕反抗，拒絕否定她，某個可惱的理由讓她不能命令他那麼做，他自己的渴望凌越過任何暴力嘗試，於是她叫他從橋上跳下去。

結果他跳了。

賽蕊娜記得，自己聽到這個消息時，她盤腿坐在床上，朋友圍過來安慰她，但是沒有接觸到她，他們之間似乎有一道薄牆隔開，是懼怕，或者是敬畏——那時候她才領悟到自己不是幽魂，也不是神。

她是一個怪物。

✦

艾里檢視著前晚那個女孩塞進他口袋的藍色小卡片。她在一面寫上圖書館總館旁的咖啡館名字——叫做「燈柱」——以及時間，下午兩點。她在另一面寫著「雪赫拉莎德」——她甚至還把字都寫對了。艾里當然知道那是什麼。《天方夜譚》，那個女人每天晚上給蘇丹講故事，但一直都講不完，以防他殺了她。她的每個故事都會跨夜才結束。

他走過梅瑞特大學校園的時候，十年來第一次有宿醉的感覺，腦袋沉重，思路緩慢。他花了大半個早上才完全擺脫那個女孩的強制影響，把她想成一個目標。只是目標。

他把卡片塞回口袋裡。他知道賽蕊娜不會露面，經過昨晚的事，他承認自己的意圖之後，她要是傻瓜才會靠近他。然而，她就在那裡，坐在「燈柱」的庭園內，戴著太陽眼鏡，身穿深藍色毛衣，金色髮絲在臉旁輕飄。

「妳是想死嗎？」艾里站在桌旁問道。

她聳聳肩。「我死過一次，一定沒有新鮮感了。」她比著對面的空椅子。艾里衡量著自己的選項，但他也不能在校園中央殺她，所以就坐下了。

「我叫賽蕊娜，」她說著，把太陽眼鏡推到頭頂上。在陽光下，她的眼睛顏色更淡。「但你已經知道我的名字了。」她喝一口咖啡。艾里沒有說話。「為什麼你想殺我？」她問道。「別說只因為你能。」

艾里的念頭剛成形，就從舌頭上滑過，他皺眉聽見自己說出來。「『EO』是非自然的。」

「你已經說過了。」

「我最好的朋友變成一個『EO』，我看到了變化，像是惡魔鑽進他的皮膚裡。他殺死了我的女朋友，然後又想殺我。」他咬住舌頭，設法阻攔字句流出。是她的眼睛，還是她的聲音在逼迫他？

「所以你就到處找其他的『EO』，每碰到一個就怪罪他，」賽蕊娜說道。「以他的立場處罰他們？」

「妳不明白，」他說道。「我是想要保護人。」

她在咖啡杯後面笑著，並不是快樂的笑。「什麼人？」

「正常人。」

賽蕊娜哼一聲。

「自然的人，」艾里繼續說道。「『特異人』不應該存在，他們不只是得到第二次機會，還得到一件武器卻沒有使用說明。沒有規矩。他們的存在就是罪行。他們不是完整的人。」

賽蕊娜紅唇上的笑容消失。「你是什麼意思？」

「我是說一個人復活變成『EO』後，並不是他整個人都回來，有東西不見了。」即使是艾里，即使受到上帝恩賜，卻仍知道自己缺少了一些部分。「一些重要東西，像是同理心、平衡感、恐懼與自大。這些東西可以調和他們的能力，可是它們不見了。告訴我說我錯了。告訴我，妳還像從前一樣有這些東西。」

賽蕊娜向前俯身，把咖啡放在一疊書上。她沒有反駁，而是說：「你的能力是什麼呢？艾里．艾偉。」

「妳怎麼知道我有？」他盡快說出這句話，他需要說話。能夠這樣反駁她，這只是小小的勝利，但他知道她聽進去了。然後她的笑容帶著銳氣。

「告訴我，你的能力是什麼，」她說道。

這次他回答了。「我會自癒。」

她笑起來，聲音大得使庭園另一桌的兩個學生望過來。「難怪你有一種邪惡的自以為是感覺。」

「你是指什麼？」

「好吧，你的能力不影響別人，只是你自身的，所以你心裡認為自己不是威脅，但我們其他人都是。」賽蕊娜的手指輕敲著書堆，艾里看見那些英文書裡面夾有心理學的書。「我說的很接近了嗎？」

艾里不確定他是否很喜歡賽蕊娜。他想把自己的誓約告訴她，結果只是問道：「妳怎麼知道我是『EO』？」

「你這整個人，」她說著又把太陽眼鏡移下來，「充滿自我嫌惡。我不是在評判。我知道這種感覺。」她的手錶發出嗶嗶聲，她就站起身，即使是那麼簡單的動作都像水一樣流暢漂亮。「你要知道，或許我應該讓你殺死我，因為你是對的。即使我們復活了，仍有某個東西還是死的，失去了。我們忘了自己本來是誰。那是很嚇人、很棒又很醜陋的事情。」

在午後的陽光中，她一時看起來好悲傷，艾里好不容易忍住想走到她身邊的衝動。他心底有一陣激動。她讓他想起安姬，或者應該說，想起在一切改變之前在安姬身邊的感覺。在他改變之前。隔著十年的深谷遙望自己失去的一切，如今，看著這個女孩的時候，那片深谷彷彿在縮小，缺口收起，他的手指幾乎——幾乎——可以觸到另一邊。他想靠近她，想讓她快樂，想跨越裂縫去回憶——他再度咬住嘴唇忍住，直到嘗到血的味道，讓腦子變清楚。他知道那些感覺不是他的，不盡然是，不是自然而生的。已經沒有回頭路。他現在這樣是有理由的，有一個目的。而這個女孩，這個怪物，有一種危險又複雜的能力。不是單純的強制力，而是吸引力，對取悅的渴望，對取悅的需要。那些是她的感覺滲入他的心，不是他自己的。

「我們都是怪物，」她拿起書說道。「但你也是。」

艾里只是心不在焉地聽著，但她的話仍開始滲透進來，他用力把那些話推開，不讓它們在心裡安頓下來。他站起身，但她已經轉身走開。

「你今天不能殺我，」她回頭喊道。「我上課要來不及了。」

✦

艾里坐在心理學系館外面的長椅上，頭往後仰靠著。天氣很好，多雲但不陰暗，有點冷又不是太冷，微風吹動他的衣領，穿過他的髮際，使他保持清醒。此刻賽蕊娜不在旁邊，他的思路又清晰起來，知道自己碰到麻煩。他需要在不看她、不聽她的情況下，殺死這個女孩。他想著，如果她失去意識，說不定他就能——

「你這樣子可真美。」這個聲音同時既冰冷又溫暖。賽蕊娜胸前抱著書，低頭看著他。「你在想什麼？」她問道。

「殺死妳，」他說道。不能說謊幾乎讓他感覺好自由。

賽蕊娜緩緩搖頭，嘆一口氣。「陪我走去上下一節課。」

他站起身。

「告訴我，」她挽著他的手臂說道。「在昨天晚上的派對上，你要怎樣殺我？」

艾里望著雲。「給妳下藥，然後把妳推到窗外。」

「好冷酷，」她說道。

艾里聳聳肩。「但是很可信。年輕人在派對上常常喝醉，考慮到這一點，他們第一個失去的就是平衡感。他們會摔倒，有時候會摔出窗外。」

「所以呢？」她說道，身體偎著他，頭髮搔著他的臉頰。「你有披風嗎？」

「妳在挖苦我嗎？」

「那麼，比較像面具之類的東西呢？」

「妳在打什麼主意？」他們走道她要去的下一棟建築時他問道。

「你是英雄……」她說道，盯住他的眼睛，「……無論如何，是你自己故事裡的英雄。」她開始走上台階。「我會再見到你嗎？你會把我記下來，這個星期再做一遍嗎？我只是想知道，就可以帶著防狼噴霧器。至少要反抗一下，會比較像真的。」

賽蕊娜是艾里所見過最奇怪的女孩。他這麼告訴她。

她微笑一下，然後走進建築內。

✦

第二天看到他的時候，賽蕊娜的眼睛亮起來。

下午稍晚，艾里在館外的台階上等她，兩手各拿一杯咖啡。暮色充滿枯葉與遠處火燒的煙味，他呼出來的氣變成一小團霧。他遞給她一杯咖啡，她接過來，然後再度挽起他的手臂。

「我的英雄，」她說道，這個只有他們知道的笑話，讓艾里微笑起來。這十年來，他都未曾讓任何人接近，當然更不會是一個「EO」。然而，現在他卻跟一個「EO」一起走在暮色中，而且他喜歡這樣。他試著提醒自己，這種感覺是虛假的，是投射出來的，試著讓自己相信這是在做研究，他只是試圖了解她的能力，研究怎樣除去她，儘管自己一面讓她帶著走下台階，離開校園。

「所以你要保護無辜的世界，不讓他們受到『EO』大惡狼的傷害，」她說道，兩人手挽手走著。「你怎麼找到他們？」

「我有一套系統。」他們走著，他一面解釋自己的方法，怎樣根據萊恩的三個步驟仔細縮小目標範圍，還要經過觀察期。

「聽起來很無聊，」她說道。

「是的。」

「等你找到他們以後，你就把他們殺掉嗎？」她放慢腳步。「沒有質問？沒有審判？沒有評估他們是否構成危險或威脅？」

「我從前會跟他們談，後來就不談了。」

「你憑什麼有權扮演裁判與法官兼劊子手？」

「上帝。」他本來不想說出這個詞，不想讓這個奇怪的女孩知道他的信仰，讓她因而把這扭曲成她自己的力量。

她癟起嘴，這個詞彷彿懸在他們倆之間，但是她沒有嘲笑他。

「你怎麼殺他們？」她終於問道。

「要看他們的能力而定，」他說道。「基本上是用槍，但是如果牽涉到金屬或者爆裂物或者圈套，我就得另謀對策。好比對妳，妳很年輕，而且大概會有人關心妳，那就會很麻煩，因此就不能像罪行，我需要讓它看起來像意外。」

他們轉到一條小街上，兩旁都是小公寓與房子。

「你用過最奇怪的殺人方式是什麼？」

艾里想了想。「抓熊的陷阱。」

賽蕊娜臉上神情一縮。「不必說細節了。」

他們默默走了幾分鐘。

「你做這個有多久了？」賽蕊娜問道。

「十年。」

「不可能，」她斜眼瞄他。「你幾歲了？」

艾里微笑著。「我看起來像幾歲？」

他們走到她的宿舍前停下來。

「二十歲。也許二十一歲。」

「好吧，我猜理論上而言我是三十二歲，但十年來我都是這個樣子。」

「也是自癒能力的一部分吧？」

艾里點點頭。「再生。」

「做給我看，」賽蕊娜說道。

「怎麼做？」艾里問道。

她的目光一閃。「你帶著武器嗎？」

艾里遲疑一下，然後從外套裡掏出一把「格洛克」手槍。

「給我，」賽蕊娜說道。艾里遞給她，但仍習慣性地皺起眉頭。賽蕊娜退開一步朝他瞄準。

「等一下，」艾里說道。他環視一下四周。「也許不要在外面，在街上？我們進去吧。」

賽蕊娜打量他良久，然後微微一笑，讓他進屋去了。

10

今天下午
紳士旅館

「維克多傳給你一個訊息，」賽蕊娜說道，手指輕觸畫中的雪德妮線條像。紙上一角有一個紅褐色斑點，她很好奇那是誰的血。「你要回覆嗎？」

她看著艾里的喉頭動著，準備作答。「我不知道，」他低聲說道。

「他在這個城市裡，」她說道。

「其他幾百萬人也是，賽蕊娜，」艾里吼道。

「而他們都跟你在同一邊，」她說道。「或者能夠這樣。」她抓起艾里的手，把他從椅子上拉起來，雙手滑到他的背後把他拉近，讓他的額頭與她相貼。「讓我幫助你。」

她看著他繃緊下頷。艾里無法抗拒她，不能真的抗拒，但他在嘗試。他在對抗這種強制力時，她看得出他眼底與眉頭之間的張力。每次她問一個問題，提出一個小小的命令，都會有片刻停頓，彷彿艾里在重新處理這個命令，把它扭曲成自己的意思。彷彿他能夠再度掌有自己的意志。他不能，但是她喜歡見到他在嘗試。這給她一個著力點，她接受這份努力，享受他的抗拒。

然後，為了他好之故，她還是逼他就範。

「艾里，」她說道，語氣平穩，不可動搖。「讓我幫你。」

「怎麼幫？」他問道。

她的手指移到他的前口袋裡，把他的電話摸出來。「打給史泰爾警探，說我們需要跟梅瑞特警方開會，全員到齊。」不是只有維克多一個人在這座城市裡，雪德妮也在這裡。找到一個，他們就會找到另一個——這張畫告訴他們這一點。艾里低頭瞪著手機。

「太公開了，」他說道，即使心裡在掙扎著要思考，手指仍開始按鍵。「那會讓我們太公開。我一直到現在都沒有曝光。」

「只有這個辦法才能把他們激出來。此外，你也不應該擔心。你現在是英雄，記得嗎？」

他乾笑著，但還是沒有說不是。

「你要面具嗎？」她取笑道，然後將頭髮上的太陽眼鏡取下來放到他的臉上。「還是這樣就行了？」

艾里用拇指撫摩著手機，最後猶豫片刻。

然後他撥出電話。

11

去年秋天
梅瑞特大學

賽蕊娜．克拉克一個人住。他們一走進去，艾里就看出這一點。她在門口把鞋子脫掉，整個地方很乾淨，很平靜，很一致，品味協調，而且賽蕊娜沒有轉頭四顧就舉槍瞄準他。

「等一下，」艾里說著把外套脫下。「這是我最喜歡的一件。我可不希望上面有洞。」他從口袋裡掏出一個小圓筒拋給她。

「妳真的知道怎麼用槍？」他問道。

賽蕊娜點點頭，一面把滅音器裝上。「看了那麼多年犯罪電影。而且有一次我找到父親的柯特左輪槍，自己學會了。在樹林裡用罐頭練習，諸如此類。」

「妳射得很準嗎？」艾里解開襯衫釦子把它脫掉，跟外套一起放在門口的桌子上。賽蕊娜上下打量他一下，然後扣動扳機。他猛抽一口氣，踉蹌退後，肩膀冒出一塊紅色。疼痛很短暫、很明確，子彈直射過去，擊到他後面的牆上。他看見賽蕊娜睜大眼睛，他的傷口立即開始收縮，皮膚又合在一起。她緩緩鼓掌，手上仍抓著槍。艾里揉著肩膀，與她四目相接。

「高興了嗎？」他咕噥道。

「別這麼哀怨，」她說著把槍放到桌上。

「就算我能自己癒合，」他說道，一面伸手去拿襯衫，「並不表示不會痛。」

賽蕊娜一手抓住他的手臂，另一手抓住他的臉，盯著他的眼睛。艾里感覺自己被她吸進去。

「要我親一下嗎？」她問道，嘴唇輕輕擦過他的嘴。「那樣會舒服一點嗎？」

又來了，他的胸口有一種奇怪的激動，像是渴望，已經過十年都生鏽了，但是還在那裡。說不定這是一種花招，說不定這種感覺——這種像凡人似的單純渴望——並不是發自他自己，但也說不定是，說不定有可能。他點一下頭，剛好讓他們的嘴唇相觸，然後她轉身帶他走向臥房。

「今天晚上不要殺我，」她領著他進入黑暗的房間時又說道。而他根本沒有這個念頭。

✦

賽蕊娜與艾里躺在糾結的床單上，面對著面，她順著他的臉頰往下摸到喉間與胸部。她的手似乎很喜歡她開槍射中的地方，現在那裡只是一片光滑的皮膚，在近乎黑暗的房間裡微微泛光。然後她的手繼續游移，從胸腔摸到背後，再回來停在一片舊疤上面。她輕吸一口氣。

「那是從前的，」他輕聲說道。「現在什麼都不會留下痕印了。」她張開嘴唇，還沒有問是怎麼弄的，他又說道：「拜託，不要問。」

結果她沒有問，手再回到沒有疤痕的胸部，擱在他的心口。

「你要去哪裡，殺了我之後？」

「我不知道，」他老實說道。「我得再重新開始。」

「你也會跟那個人上床嗎？」她問道，艾里笑出來。

「誘惑根本不在我的作法之內。」

「好吧，那麼我覺得自己很特別。」

「妳是很特別。」這是一聲低語，也是實話。特別，不同，迷人，危險。她的手滑落到床上，他以為她大概睡著了。他喜歡這樣看她，知道自己可以殺她卻不想殺，這使他覺得自己好像又恢復掌控，或者是接近恢復。跟賽蕊娜在一起感覺像一場夢，一段插曲。讓艾里覺得自己又像一個人了，讓他忘記。

「一定有比較容易的方法，」她帶著睡意猜想著。「找到他們……要是你能進入正確的網路……」

「要是，」他細聲說道。然後他們睡著了。

✦

陽光照進來，但房間裡涼涼的。艾里打一個顫坐起來，身邊的床上是空的。他找到自己的褲子，又花幾分鐘找襯衫，然後才想起來是被他丟在前門那裡，於是啪搭啪搭走到外面。賽蕊娜不在，他的槍仍在桌上，他把它塞到褲腰後面，再去廚房找咖啡。

艾里很喜歡廚房，喜歡看別人怎樣安排生活，用什麼樣的櫥櫃，食物放在哪裡，以及收藏什麼樣的食物。這十年來，他都在研究別人，而很神奇的是從他們的家居可以蒐集到多少資料。他們的臥室、浴室、衣櫥，那是當然，但他們的廚房也一樣。賽蕊娜的咖啡放在流理台上方最下一層的櫥櫃裡，就在水槽旁邊，表示她喝很多。防濺水的瓷磚壁旁，放著一個黑色的二至四杯份小型咖啡機，也是她獨居的證明。對低年級學生而言，這間宿舍太好了，要分配到就像抽中樂透一樣，艾里拿出濾紙，一面心不在焉地猜想著，她是否也是利用超能力得到它的。

他在水槽左邊找到咖啡杯，然後打開咖啡機，急著等它煮好。好了之後，他就倒一杯，慢慢喝一大口。既然只有他一個人在，他的心思又忠心地回到要怎樣除去賽蕊娜的主題上，而這時候前門開了，她走進來，旁邊跟著兩個人，一個是警察，一個是史泰爾警探。艾里的心臟猛然跳著，但仍端著咖啡杯小心擠出笑容，身體靠著流理台，以藏住塞在褲子後面的槍。

「早，」他說道。

「早……，」史泰爾說道，艾里看見他臉上冷靜的表層下漾起困惑之色，艾里立刻明白是賽蕊娜動了手腳。過了十年，這期間洛克蘭的案子已經塵埃落定，艾里經常想到史泰爾，總會回頭看他有沒有跟蹤在後。史泰爾沒有跟蹤，但此刻顯然認出了他。（怎麼可能認不出來？艾里就像一張照片，一點都沒有變。）然而，他與那個警察都沒有伸手掏槍，所以這倒挺讓人寬慰。艾里看看賽蕊娜，她粲然一笑。

「我有禮物給你，」她說道比著，同時朝那兩個人比著手勢。

「你其實不必，」艾里緩緩說道。

「這位是佛萊德瑞克・丹恩警員，還有他的上司史泰爾警探。」

「卡戴爾先生，」史泰爾說道。

「我現在姓艾偉。」

「你們兩個認識？」賽蕊娜問道。

「史泰爾警探負責維克多的案子，」艾里主動說道。「在洛克蘭的時候。」

賽蕊娜睜大眼睛表示理解。艾里跟她說過那天的事，不過省略了大部分細節。現在，瞪著那個唯一有理由懷疑他犯罪，懷疑他可能犯下「特異人」罪行的人，他真希望先前已經把全部事實告訴她。

「有一段時間了，」史泰爾說道。「然而你都沒有改變，卡戴……艾偉先生。一點都沒有變——」

「你怎麼會到梅瑞特來？」艾里打斷他的話。

「我在幾個月前調過來。」

「換換環境？」

「追蹤多宗殺人案。」

艾里知道他應該已經破解出一道途徑，一個模式，但他運氣一直不錯。梅瑞特吸引了相當多「EO」，因為這裡的人口眾多，有許多陰暗角落。他們到這個城市來，是以為比較容易躲藏，但是躲不過他。

「艾里，」賽蕊娜說道。「你破壞了我的驚喜感。史泰爾、丹恩與我，我們聊了好久，而且都安排好了，他們要幫助我們。」

「我們？」艾里問道。

賽蕊娜轉頭對那兩個人一笑。「請坐。」那兩個人在廚房的桌上乖乖坐下。

「艾里，你能不能給他們倒一點咖啡？」

艾里不確定要怎樣轉身而不讓警察看到槍，所以改而伸手把賽蕊娜拉過來。這又是一個抗拒的小舉動，動作輕鬆得像戀人相擁，但他抓得很緊。「妳在做什麼？」他在她的耳邊怒道。

「我是在想，」她仰頭靠著他的胸口說道，「要把每個『EO』找出來一定很麻煩。」她根本懶得放低音量。「然後我又想，一定有比較容易的方法。結果原來梅瑞特警察局就有一個疑犯資料庫。當然，那不是專為『EO』而設，但是有一個搜尋矩陣，是這麼說嗎？」丹恩警員點點頭。「對，好吧，搜尋範圍很廣，足夠我們派上用場。」賽蕊娜似乎非常自以為傲。「所以我就去警察局，要求跟負責『EO』的人談話——記得嗎？你告訴過我說，有人受過這方面的訓練——於是櫃檯的人就帶我去見這兩位好好先生。丹恩是史泰爾的門生，他們答應讓我們用他們的搜尋引擎。」

「又說我們了，」艾里說道，賽蕊娜不理他。

「我想我們都研究出來了。對吧，丹恩警員？」

那個理平頭、身形瘦長的人點點頭，把一份薄檔案夾放到桌上。「這是第一批，」他說道。

「謝謝你，警察先生，」賽蕊娜拿起檔案說道。「這會讓我們忙一陣子。」

*我們。我們。我們。這是怎麼一回事？*但即使腦子紛亂，艾里仍設法不伸手去摸背後的槍，專心想著賽蕊娜此刻對警察下的指示。

「艾偉先生在這裡要保障這座城市的安全，」她對他們說道，藍眼睛神采奕奕。「他是一個英雄，不是嗎？兩位警察先生。」

丹恩警員點點頭。史泰爾起初只是看著艾里，但最後也點點頭。

「英雄，」他們同聲說道。

12

今天下午
獵鷹大樓工地

丹恩在地上輕輕呻吟。

維克多往摺椅的椅背上一靠，手指交握地托著後腦勺。一把摺疊刀鬆鬆地掛在手上晃蕩，刀面摩著淡色頭髮。這並非絕對必要，但他的功力非常有效率，可以擴大既有的痛源。丹恩警員蜷縮在水泥地上，制服破損，鮮血流過地面。維克多很高興米契先鋪了一張塑膠布。他先前有一點過頭了，但他已經繃緊太久，太久沒有放開。這使他腦筋變清晰，使他冷靜下來。

丹恩的雙手仍緊緊綁在背後，但嘴巴上的膠帶已經脫落，被汗與血染濕的襯衫貼在胸口。當然，他已經交出資料庫的存取密碼，而且是很快就給了——維克多已經用他的手機測試過以求確認。然後，再受到一點點鼓勵，他又告訴維克多，他所知所有關於史泰爾的事：他先前在洛克蘭的時期，然後在一連串殺人事件——毫無疑問是艾里所為——以及丹恩自己受過的訓練。原來，現在所有的警察，不管懷疑還是相信，都知道一種「EO」程序，每個分局至少都有一人知道基本原則，研究過相關指標，負責可能有「EO」涉嫌的調查。

十年前在洛克蘭，史泰爾就是那個負責人，現在又跑到這裡來，調教丹恩準備接班。不僅如此，艾里不知怎麼竟說服這位本來負責調查他的警探，反過來幫助他。

維克多納悶地搖著頭，繼續拷問丹恩更多細節。艾里一直都令他驚異。如果他與史泰爾從洛克蘭之後就一直在合作，那是一回事，但現在這是一個新的安排——史泰爾與丹恩從去年秋天才開始協助艾里。艾里是怎樣唬過梅瑞特的警方，讓他們幫助他的？

「丹恩警員，」維克多說道。聽見他的語氣，這個警察驚縮一下。「你介不介意告訴我，你們與艾里．艾偉的互動情形？」

見丹恩沒有回答，維克多站起來，用鞋尖把對方翻成仰躺。「怎麼樣？」他冷靜地問道，同時傾身壓著這位警員已斷的肋骨。

丹恩尖叫起來，但是等尖叫變成喘氣後，他說道：「艾里．艾偉……是……一個英雄。」

維克多擠出一聲乾笑，然後加重力道壓在丹恩胸口。「誰告訴你們的？」

警員的表情一變，很嚴肅，而且很了不起地直視著他，答道：「賽蕊娜。」

「你們就相信了？」

丹恩警員看著維克多，彷彿不太明白問題的意思。

維克多懂了。「賽蕊娜還說什麼？」

「要幫助艾偉先生。」

「你們就幫了。」

丹恩警員神情困惑。「當然。」

維克多陰鬱地微笑著。

「當然，」他重複著，然後把腰帶上的槍拔出來，揉揉眼睛，暗咒一聲，對著丹恩警員的胸口快速連發兩槍。自從安姬死後，這是他第一次殺人（如果不算在牢裡的那個人，當時他正在磨練技巧，而維克多並沒有把那個人算進去），當然這也是第一次蓄意殺人。並不是他刻意避免殺人，只是死人對他沒有什麼用。畢竟，疼痛用在死屍上也沒有效果。至於殺死丹恩，這是很不幸的事（儘管有必要），而維克多對此有一點遺憾的感覺，那本來會讓他比較擔心，或者至少稍微反省一下，若非他本來一直在想著要讓死人復活的話。

聽見模糊的槍聲，米契從塑膠帷幕之間鑽進來。他已經戴上手套，而且一邊腋下還夾著一塊備用塑膠布。他低頭看看警員的屍體，嘆一口氣，開始要把地上鋪的塑膠布連著屍體收起來，維克多伸出一隻手阻止他。

「不要動他，」他說道。「去把雪德妮找來。」

米契遲疑著。「我不覺得……」

維克多轉身看他。「我說，去找她。」

米契看起來非常不高興，但仍聽命走開，留下維克多一個人看著警員的屍體。

13

去年秋天
梅瑞特大學

賽蕊娜送兩位警察出去，再回到廚房，發現艾里撐著水槽，面色蒼白。他整個人緊繃著，臉上帶著她從沒有見過的張力，是她出意外之後就沒有見過的，令她全身竄起一陣興奮。他看起來很生氣，對她生氣。她看著他把背後的槍拿出來放在廚房的流理台上，但手仍按在上面。

「我應該殺妳，」他吼道。「我真的，真的應該。」

「但是你不會。」

「妳瘋了。那些人是我殺的。史泰爾在調查，而妳就這樣讓他進來。」

「我不知道你跟史泰爾的事，」賽蕊娜輕描淡寫地說道。「事實上，那樣還更好。」

「怎麼說？」

「因為整個用意就是要讓你知道。」

「知道我輸掉了？」

她噘起嘴巴。「不對。知道我活著對你比較有用。」

「我以為妳希望死，」艾里說道。「把我躲避了十年的人帶來，並不會對我有好處，賽蕊娜。難道妳沒想到，在妳對史泰爾施咒的同時，他的腦子深處不會在動嗎？」

「冷靜一點，」她只是這麼說道，而當然這就夠了，她可以看見他的怒氣消退，他想抓也抓不著。她很好奇，受她的控制的感覺究竟是怎樣的。

艾里的肩膀垮下來，他的手鬆開流理台，賽蕊娜翻看著丹恩警員留給他們的檔案。她抽出一張紙，把其他部分放回桌上，眼睛心不在焉地掃視紙頁。一個二十多歲的男人，很英俊，但一隻眼睛上有一道疤斜劃至喉部。

「妳妹妹呢？」艾里問道，手已不再發抖，便又倒一些咖啡。

賽蕊娜蹙眉抬頭看。「她怎麼樣？」

「妳說她是『EO』。」

她說過嗎？是她在半睡半醒之際含糊招認，讓思想的低語、夢境與恐懼洩漏出來了嗎？

「你再說說看，」她說道，一面點頭看著資料，一面努力掩飾自己的緊張。她不喜歡想到雪德妮，現在不想。妹妹的能力讓賽蕊娜難過，不是因為那個能力本身，而是因為那表示她已經不完整，就像賽蕊娜和艾里一樣，失去了一些部分。出院之後，她一直都沒有再見過雪德妮，想到看見妹妹就會無法忍受。

「她能做什麼？」艾里逼問著。

「我不知道，」賽蕊娜扯著謊。「她只是小孩子。」

「她叫什麼名字？」

「不要談她，」她斷然說道，然後將手上的資料遞給艾里，笑容重現，「我們來試試看這個。他看起來像是一個挑戰。」

艾里瞪著她好久，然後才伸手接過資料。

14

今天下午
紳士旅館

艾里坐在套房裡等電話接通，同時看著賽蕊娜走進廚房。鈴聲終於停止，一個粗氣的聲音回答著。

「我是史泰爾。什麼事？」

「我是艾偉，」艾里說著，一面把那副蠢道具眼鏡摘下來。賽蕊娜在忙著弄咖啡，但是從她偏著頭、動作安靜、踮腳尖的樣子，他看得出她在注意聽。

「先生，」警探說道。艾里不喜歡他說這個詞的尾音微微上揚。「有什麼要我協助的？」

艾里不知道，他撥號的時候好像打給史泰爾真是好主意，或者聽起來像是好主意，因為是賽蕊娜說的。現在真的在跟警探說話的時候，他發現其實這個主意糟透了。過去十年中，有九年半的時間他都是幽魂，設法避開雷達偵測，儘管他「移除」的人數越來越多，面貌一成不變（要讓無名氏與長生不老湊成對，可不容易）。他一直都能避開史泰爾，直到賽蕊娜介入，而且即使那時候，艾里什麼事都是自己動手。他不信任別人，即使那個人有知識或者有能力都不行，當然兩者皆有就更不行。這樣的風險很高，或許太高了。

而報酬呢？藉著指導整個警力，他能確保獲得他們的支持，不只是針對維克多與其他目標，也有助於自己繼續行刑，也就是「移除」行動。但這表示要跟一個他知道不能信任也不能抗拒的人拴在一起。警方不會只聽他的話，不是真的聽，他們聽的是賽蕊娜。她在房間另一頭與他的目光相接，舉起咖啡杯微笑。他搖搖頭，不要，這個小小動作使她微笑。她還是把咖啡拿給他，塞到他的另一隻手上，讓他的手指彎起以握住杯子。

「艾偉先生？」史泰爾催道。

艾偉乾嚥一下喉頭。不管是不是好主意，他知道一件事：他承擔不起讓維克多溜走。

「我需要安排一次會議，」他對警探說道，「跟你們整個警力。盡快。」

「我會召集他們，但是他們到齊需要時間。」

艾里看看手錶，快四點了。「我六點鐘到。也請傳話給丹恩警員。」

「我會的，如果我找到他的話。」

艾里眉頭蹙起。「你是什麼意思？」

「我剛從銀行現場帶著你的林區小子回來，沒有看到丹恩。他一定是到外面抽菸去了。」

「一定是，」艾里應道。「隨時通知我。」他掛上電話，猶豫片刻，電話在手上轉呀轉的。

「怎麼了？」賽蕊娜問道。

艾里沒有回答。他能夠抗拒回答她，但只是因為他不知道。或許沒問題，或許那個警察只是去休息一下，或者提早下班。也或者……他的感覺微微蠢動，就像聽見史泰爾的尾音抬起時。就像他知道自己跟他們一樣是在聽賽蕊娜的話，而不是自己的意志。就像有事情沒反應時，他們那樣做。他並不懷疑這種感覺，對它信任的程度一如殺人之後出現的寧靜。

這也是為什麼艾里又開始撥丹恩警員的號碼。

鈴響一聲。

又響一聲。

再響一聲。

✦

維克多在未完工的大樓房間裡踱步，思索著賽蕊娜・克拉克的問題，她似乎是相當有影響力的一個人。難怪艾里把她留在身邊。維克多知道自己得盡快、非常快把她殺死。他環視周遭，考慮著各種可能與選項，注意力卻總是飄回地板中央塑膠布上的丹恩屍體。為了雪德妮的緣故，維克多決定要盡量減少拷打的跡象。

他跪在屍體旁邊開始整理，擺好四肢，盡可能讓屍體外觀比較自然。他注意到丹恩的手指上有一個銀婚戒，就把它摘下來塞進丹恩的口袋，然後讓死者的雙臂平貼身側。他沒有辦法讓屍體看起來不像死人，那得靠雪德妮了。

幾分鐘後，米契回來，掀開塑膠簾讓雪德妮進去，維克多這時很以自己的成果為傲。丹恩實際上看起來相當祥和（破制服與血跡除外）。但雪德妮一看到屍體就停步，發出細小的呼聲。

「這很糟，不是嗎？」她指著屍體胸口的警徽問道。「殺警察太糟了。」

「如果是好警察的話，」維克多說道。「而他不是的。這個警察在幫艾里追蹤『EO』。如果賽蕊娜沒有出賣妳，這個人也會找到妳的。」只要他一直受到賽蕊娜的魔咒控制的話，他心裡想著但是沒有說出來。

「所以你殺了他嗎？」雪德妮靜靜問道。

維克多皺起眉頭。「我為什麼殺他並不重要，重要的是妳要把他救活。」

雪德妮訝然眨眼。「為什麼我要那麼做？」

「因為這很重要，」他說道，然後改變重心換腳站著，「而且我保證會馬上再殺死他。我只是需要看一件事情。」

雪德妮皺著眉頭。「我不想把他救活。」

「我不管，」維克多突然怒斥道，他們周圍的空氣開始嗡嗡震動。米契猛然衝上前用龐大身軀擋住雪德妮，維克多在失控前及時自制。

三個人似乎都對這個突發的衝動感到驚訝，愧疚——或者至少是淡淡的版本——使得維克多胸口發緊，他打量著那兩個人，一個忠實的保鑣與一個有非凡能力的女孩。他承擔不起失去他們——他們的幫助，他在心裡自我更正著，他們的合作——當然今天不行，所以他斂起功力，收入自己體內時不禁痛縮一下。

「對不起，」他低低吁一口氣，然後說道。米契往旁邊讓開一小步，但仍沒有放開雪德妮不管。

「太過分了，維克，」他吼道，很少表現得這麼大膽。

「我知道，」維克多說道，同時活動一下肩膀。即使功力已經收斂，想要傷人的渴望仍然在他體內某處，但他用意志力控制住，只要再多一點時間，等到他能找到艾里為止。「對不起，」他又說一遍，把注意力轉回半身藏在米契背後的金髮小女孩。「我知道妳不想做這個，雪德妮，但是我需要妳幫忙才能阻止艾里。我是想保護妳，還有米契，以及我自己。我在試著保護我們大家，但是我自己一個人做不來。我們必須一起合作。所以妳願意幫我做這個嗎？」他舉起槍給她看。「我不會讓那個警察傷害妳。」

她猶豫著，但終於過去蹲在屍體旁邊，小心地避開血跡。

「他值得有第二次機會嗎？」她輕輕問道。

「不要那麼想，」維克多說道。「他只有一會兒的時間，夠回答一個問題就好。」

雪德妮吸一口氣，手指按著警察襯衫上的乾淨部位。轉眼之間，丹恩就猛吸一口氣坐起來，雪德妮慌忙跑回米契身邊，抓住他的手臂。

維克多低頭看丹恩警員。

「再告訴我艾偉的事，」他說道。

那個警員直視他的眼睛。「艾里．艾偉是一個英雄。」

「好吧，這可真讓人洩氣，」維克多吐氣說道，對著警員的胸部又開三槍。雪德妮轉頭把臉藏在米契的襯衫前，丹恩又碰然倒回鋪著塑膠布的水泥地上，跟剛才一樣徹底死了。

「可是現在我們知道了，」維克多說著，並用鞋尖碰一下屍體。

米契從雪德妮的金髮上方望過來，臉上再度露出驚駭與怒氣。

「這是在搞什麼鬼，韋勒？」

「賽蕊娜．克拉克的能力，」維克多說道。「她可以命令人做什麼。」他把槍塞回腰帶上。「說什麼，想什麼。」他揮手朝屍體比一下。「而且看來即使死亡也不能切斷連結。」好吧，是這個警察的死亡，維克多在心裡修正著說法。「我們這裡完事了。」

雪德妮僵立在那裡。她已經鬆開米契的手，雙臂抱胸彷彿在取暖。維克多走過來，可是他伸手要碰她的肩膀時，她縮開了。他單膝跪在她面前，眼睛得微微抬一點，才能與她目光相接。

「妳的姊姊與艾里，他們自認是搭檔，但他們跟我們沒得比。走吧，」他站起身說道。「妳看起來很冷。我幫妳買一杯熱巧克力。」

她冰藍色的眼睛看著他，彷彿有話要說，但是沒有機會，因為這時候維克多聽見電話響起。不是他的手機，而從米契的表情也看得出不是米契的。雪德妮一定把自己的手機留在旅館裡，因為她根本沒有伸手摸口袋。米契摸摸警察的屍體，找到了手機，把它取出來。

「不要理它，」維克多說道。

「我想你會要接這個，」米契說道，同時把手機拋給他。螢幕上面的來電者名字只有兩個字。

英雄。

維克多閃現一絲邪氣的笑容，轉一下脖子後接聽電話。

「丹恩，你在哪裡？」電話另一端的人怒道。

這個聲音讓維克多全身每一部分都緊張起來，但是他沒有答話。他十年沒聽過這個聲音了，但是沒有關係，因為就跟艾里．艾偉的其他方面一樣，一點都沒有改變。

「丹恩警員？」對方又說道。

「恐怕你剛剛錯過他了，」維克多終於說道。他說話的時候閉上眼睛，享受著另一端的片刻沉默。如果專心聽，他幾乎可以想見艾里一聽見他的聲音就緊張起來。

「維克多，」艾里說道，像是把話咳出來，彷彿這幾個字本來哽在胸口。

「我承認，這很聰明，」維克多說道，「利用梅瑞特警方資料庫搜尋你的目標。我覺得有一點受辱，上面竟然還沒有我，但是終究會有的。我才剛到。」

「你在這個城市。」

「當然。」

「你跑不掉的，」艾里說道，他的聲音擠出一點聲勢，把震驚感減少了幾分。

「我沒打算跑，」維克多說道。「半夜再見。」他掛斷電話，然後將手機折成兩半，扔在丹恩的屍體上。室內一片安靜，他打量著屍體，然後抬起頭。

「很抱歉。你現在可以清理了，」他對米契說道，米契張嘴瞪著他。

「半夜？」米契大聲說道。「半夜？是指今天晚上？」

維克多看看手錶，已經四點了。「今日事今日畢。」

「我覺得湯瑪斯．傑佛遜❺的意思不是這樣，」米契咕噥道。

但維克多沒有聽，他的腦子已經忙了一個早上，但是現在安定下來，只剩下幾小時等在前面，暴力的能量平息，鎮靜終於降臨。他轉頭看雪德妮。

「熱巧克力如何？」

✦

米契雙臂抱胸地看著他們走開，雪德妮跟在維克多後面，金色短髮輕輕擺動。剛才她抓住他的手臂時，她的手指冰冷，而在那股寒意之下，她的身體在發抖，是一種深入骨髓的顫抖，與寒

❺美國第三任總統。

冷不太相關，更比較像是害怕。他想說話，想知道維克多在想什麼鬼，想告訴維克多說他在玩弄的不只是他自己，而是更多人的性命。但是等他想到自己應該說什麼，只是一個簡單強力的詞——住手——卻已經太遲了。他們已經離開，米契獨自站在有塑膠布裹屍的房間裡，於是他努力把這句話以及隨之而來的下墜感覺吞回去，走到那個警察的屍體旁邊開始工作。

15

許久以前

各個不同城市

米契爾．透納受到詛咒。

一向如此。

麻煩總是如影隨形，不管他怎麼努力往光亮的地方站，都還是跟著他。好東西碰到他的手就壞掉，壞東西卻不斷增生。雪上加霜的是他的母親死了，父親跑了，阿姨看他一眼就擺手把他打發走了，米契落得只能把住家當旅館不斷進進出出，從來沒有落地生根。

他的麻煩主要源於大家似乎都認為體型與智力成反比。他們看見他的龐大身軀，就認定他很愚蠢。但米契並不蠢，事實上，他很聰明，非常聰明。而如果你那麼大隻，又那麼聰明，就很容易惹上麻煩。尤其是你受到詛咒的時候。

到了十六歲，米契已經涉獵過所有事情，從地下拳賽到管帳到幫金主修理欠債的暴徒都有。然而，讓他第一次坐牢的都不是因為那些事情。事實上，他是無辜的。

關於米契的詛咒，他的一個寄養媽媽用西班牙文說是「楣星」，就是他身邊總會有壞事情。

那個女人根本不知道這會到多陰暗的程度（她比較常用這個詞指打破盤子、棒球打破窗戶、車子開單之類），但米契總是天不時地不利的受害者，再加上各種多半不法的活動紀錄，他想要辯解更是難上加難。

所以，如果兩條街外有打鬥，然後有人死了，米契的指節還因為前晚的地下拳賽帶傷，情勢就對他很不利。那次他躲過了，但兩個星期之後又讓他碰上。又有一個人死了。這實在很不尋常，也令人不安，而且，雖然米契不喜歡承認，但感覺還挺刺激的。或者本來可能很刺激，要是米契不這樣一直被逮到的話。後來事情變成很麻煩，屍體一個一個出現，因為即使他沒有做，在警方看來卻很像，到了第三個死人出現時，市警局似乎認為把他關起來會比較容易一點。只是以防萬一。一個混混、社會渣滓，遲早會出問題。他這一輩子揮不去這種話。

於是就這樣，由於詛咒加上莫須有的前科，米契爾．透納被打入大牢。

◆

四年。

他並不太在乎坐牢的事。至少他不會格格不入。現實世界中的人一看到他就會抓緊皮包，加快腳步。警察看到他就會想有罪或者即將犯罪。但是在牢裡，別人看到他就會想，我要攏絡他，或者我可不想惹他，或者他會一拳就打扁我的腦袋，或者各種各樣很有用的念頭。他的體型變成地位象徵，儘管那也讓米契無法加入一般的聊天場面，他在圖書館借書時，員工也會懷疑地打量他，或者訝然聽見他講話時用到兩個音節以上的字。他大部分時間都在嘗試駭入監獄電腦的各種安全系統與防火牆，主要是由於無聊，倒不是真想惹麻煩。但至少那種詛咒不再來煩他了。

米契出獄後，看起來更像裡面的人。大塊頭青少年變成了魁梧高聳的成人，身上滿是刺青。出來之後，他撐了一個半月，然後詛咒又回來找他。他找了一個食品配送的工作，主要是因為卡車卸貨的時候，他搬的東西比別人重四倍，也因為他喜歡體力工作。或許他的腦子適合坐辦公桌，但他懷疑有多少辦公桌他坐得下。一切都很順利——破公寓與爛薪水，但是都很合法——直到他們員工搬卸桃子之處的四條街外有一個人被打死。警察看一眼米契，就把他收押了。沒有受傷的指節，還有兩個同事發誓他懷裡一直抱著桃子，但那都不重要。米契又直接回到牢裡。

行為良好再加上缺乏明顯證據，他在幾個星期後就出獄了，但米契表現出罕有的憤世心態，決定如果自己還會再次坐牢（以他所受的詛咒而言，那不是假設而是時間問題），他乾脆真正犯一個罪，畢竟代人受過對他的生活而言並不算善用人生。於是，米契就開始計畫自己一直想做的一件罪行，最好的理由就是因為那與書籍和電影相關，正是典型的需要腦力多於勞力的工作。

米契爾．透納要搶銀行。

✦

對於搶銀行，米契知道三件事。

第一是，因為他的外表太容易辨識，所以他不能真的跑進銀行。即使他破壞了保全攝影機，銀行裡的人大概也會從一百個人裡面把他挑出來（以他的運氣而言，即使他不在其中也一樣）。第二是，雖然保全科技進步——他在監獄裡經由觀察而學到很多，也知道私人企業的更為先進——搶劫成功的最大因素，在於駭入銀行系統與密碼以破解金庫功能，那用遙控就可以了。第三是，他需要幫手。多虧他進過兩次監獄，已經建立相當長的熟人清單，其中許多都蠢得、絕望得，或者另有原因，甘願拿槍進銀行。

米契沒有算進去的是，雖然他能夠毫無失誤就駭入，但是帶槍的同夥卻大敗，當場被捕，瞬間供出他的名字。不知怎麼的，警方一看見米契爾．透納的駭人體型，就把持槍搶劫的罪名冠在他的頭上，而把駭客罪名冠在那三個體型較小的人頭上，儘管那三人是在實際搶劫現場被捕，而且在保全錄影的影像中，雖然他們戴著面具卻仍明顯易識。所以呢，由於這是米契的「三振」罪行[6]，不能關進逃漏稅與洩密者坐的監獄，而是關到萊騰，警備嚴密，裡面大部分囚犯是真正犯過罪，而且他的體型儘管駭人卻也不保證絕對安全。

在那裡，三年後，他認識了一個叫維克多．韋勒的人。

[6] 三次重罪要加重量刑。

16

午夜前六小時

梅瑞特城中分局

艾里背靠警察局會議室的灰色牆壁站著，又調整一下臉上的面具，形式很簡單，半副，黑色，從太陽穴遮到顴骨，賽蕊娜曾經嘲笑他這樣，但是梅瑞特市大半警力都聚集在這裡看他（另外小半則會聽他說話），他很慶幸自己戴了偽裝面具。他沒辦法改變自己的面孔，而雖然這是壞主意，但如果全部警察都有機會記住他的相貌，那將會更糟。賽蕊娜站在講台上緩緩露出慣有的笑容，對著來開會的男男女女講話。

「今天半夜要做什麼？」剛才他們開車來警局的路上她問道。

艾里抓緊方向盤，指節發白。「我不知道。」他討厭說這句話，不僅因為這是事實，或者這樣承認就表示維克多領先一步，也因為他沒辦法不說；他還沒想到要把這幾個招認的字吞回去，它們就已經從喉嚨裡爬出來。維克多先前掛電話前只說半夜，艾里當時憤怒得直想把手機砸到牆上。

「我後面這個人是一個英雄，」賽蕊娜說著。艾里看見室內的眾人聽見她的話，眼睛就微微一亮。「他的名字是艾里．艾偉。他已經保護你們這座城市好幾個月，獵捕你們所不知道的罪犯，那種你們無法阻止的罪犯。他一直在努力保障你們市民的安全。但是現在他需要你們幫忙。我希望你們聽他講，照他說的做。」

她微笑著從講台上的麥克風前退開，對艾里點頭，懶懶一笑地鼓勵他上前。艾里輕吐一口氣，跨步走向前。

「一個多星期以前，一個叫維克多．韋勒的人逃出萊騰監獄，同行的還有一個牢友米契爾．透納。如果你們奇怪為什麼沒有聽到新聞報導，那是因為新聞沒有報導。」艾里自己也是後來才知道，在見到維克多的紙條，聽到他的聲音，與萊騰聯繫過之後。他們拒絕再透露什麼，但是他把電話交給賽蕊娜之後，他們就很樂意告訴她說，他們下令封鎖逃獄消息，因為他們懷疑一名逃犯的特徵，而且後來那種懷疑也獲得證實，因為那個犯人韋勒先生沒有動一根手指就把萊騰的多名員工擺平。

「你們沒有聽說逃獄的事，」艾里繼續說道，「是因為維克多．韋勒已被證實是一個『EO』。」有幾個人聽見這個詞就歪起頭，掙扎著是否要聽賽蕊娜的命令去相信他，一面產生各種程度的不信反應。艾里知道所有分局的人都曾被規定參加關於「EO」問題的一日講習訓練，但大多數人都沒有當真。他們不可能當真。「EO」這個詞出現幾十年後，仍然多半像是神話與網路謠言，而這也跟萊騰那類的隱瞞情形有關。這樣對艾里也比較好，把「EO」的案子壓著不要公開——讓他可以直行無礙——但他經常很驚訝相關的人多麼急著想忘記。當然，總是會有人相信，但對艾里有益的是，大部分「EO」不希望別人相信，而希望人相信的呢，好吧，那也省了艾里追查到他們的許多麻煩。

但是誰知道，說不定有另外一個世界，那裡的「EO」都已經曝光，而眼前這些警察聽了完全不會不信，但艾里做得太好，用十年的時間剔除警察的工作，把人數縮減，使得大部分怪物只是傳說故事。因此在這群人中，只有站在後面的史泰爾緊盯著艾里，聽到他的話卻毫無驚訝之色。

「可是現在，」他繼續說道，「維克多．韋勒與他的從犯米契爾．透納來到梅瑞特，在你們的城市裡。我們一定不能讓他們逃脫，一定要找到他們。這兩個人拐走了一個名叫雪德妮．克拉克的女孩，而今天稍早，他們殺死了你們的同事，佛萊德瑞克．丹恩警員。」

聽眾一陣騷動，臉上突然充滿震驚與憤怒。他們還沒有聽說——史泰爾早就知道了，但也是臉色震驚得發白——現在可是引起他們的注意了。賽蕊娜可以強制他們，但這種報告會有不同的效果，可以使他們激動，激勵他們。

「有訊息讓我相信，這兩個人計畫今天晚上行動。半夜。我們一定要盡快找到這兩名罪犯。但是，」他又補充道，「為保人質安全，我們必須留他們活口。」

十年前，艾里曾經遲疑而讓一個怪物活下來。但是今天晚上，他要補正自己的錯誤，親手終結維克多的性命。

「我們沒有照片紀錄給你們看，」他又說著，「但你們的手機上會收到外型特徵說明。我希望你們搜索全市，攔查道路，盡可能在再有人傷亡之前找到這兩個人。」

艾里退離講台一步，賽蕊娜走上前，一手按著他的肩膀，開始對全場說話。

「艾里．艾偉是英雄，」她又說一遍，這次梅瑞特警局全員點頭起立重複著。

「艾里．艾偉是英雄。英雄。英雄。」

這句話迴盪著，他們出去時仍在後面響起。艾里與賽蕊娜穿過警局，這句話聽在他心裡。英雄，不是嗎？

英雄拯救世界，消除惡人，不讓大家受到邪惡之害。英雄願意犧牲自己去做這件事。為了拯救世界，他的雙手與靈魂難道沒有染血嗎？每次他奪走一個「EO」偷竊的生命時，難道沒有犧牲自己嗎？

「現在去哪裡？」賽蕊娜問道。

艾里把思緒拉回來。他們穿過分局的車庫，來到自己停車的小街上。他從背包裡抽出一份薄檔案遞給她，裡面是梅瑞特區剩下的兩個「EO」資料，或者該說是可疑的「EO」資料。一個叫薩克瑞．福林奇，是一個中年礦工，前年坑道坍方時曾因窒息而死。他復活了……只是肉體上。第二個是一個年輕的士兵，叫做杜明尼．魯許，兩年前一顆地雷爆炸時距離他太近，陷入重度昏迷。後來他醒過來，就離開了醫院。只是這麼說，並沒有人看到他離開。他曾在三個不同城市出現——沒有行跡可循，只是忽來忽去——兩個月之前出現在梅瑞特。就艾里所知，他沒有再消失，還沒有。

「維克多在電話上提到資料庫，」他們走到車前的時候艾里說道，「那表示他也可以存取這些資料。不管他計畫如何，我可不希望他再收容流浪動物。」

「這次我也要去，」賽蕊娜說道。

戴著面具的艾里皺起眉頭。這一部分他向來自己動手。他殺死那些人，「移除」他們，並不像打高爾夫球或者玩牌，而是一種典型的男性嗜好，他不想與別人共享。這是一種儀式，神聖不可侵犯的，是他自己的一種聖約。不僅如此，這些殺人工作需要好幾天或者有時候好幾個星期的研究、辨識與耐性，全都屬於他自己。計畫與執行以及隨後的寧靜，都是他的。賽蕊娜知道這一點。她在逼迫他。他氣得皮膚癢癢的。

他心裡試著移轉命令，想收回自己的控制力。他知道自己沒有時間享受這些殺人過程。可能他根本不會有時間等候對方展現能力。反正今天這些儀式將受到破壞，受到汙染。

他可以感到賽蕊娜在看著他掙扎，而且她似乎很喜歡看。但是她不會退讓。她接過檔案，舉起薩克瑞·福林奇的資料。

「就一次，」她說道，這幾個字讓天平顛覆了。

艾里看看手錶。六點已過，而她無疑將加速執行過程。

「就這一次，」他說道，然後坐上車。

賽蕊娜粲然一笑，坐上了乘客座。

17

午夜前五小時

紳士旅館

米契進門時，雪德妮坐在沙發上，度兒在她腳邊，被害的「EO」資料放在她的腿上，落地窗外的太陽已經落下。她抬起頭看他把一盒巧克力牛奶放進冰箱。他看起來很累，撐著花崗石吧檯桌的雙肘上面，有一些粉筆灰似的東西。

「你還好吧？」她問道。

「維克多在哪裡？」

「他出去了。」

米契低低咒罵一聲。「他瘋了。剛才的噱頭過後，這一帶都是警察。」

「什麼噱頭？」雪德妮問著，一面翻著檔案夾裡的紙頁。「殺死警察還是接艾里的電話？」

米契冷笑。「兩者皆是。」

雪德妮低頭看腿上一個女性死者的臉。

「他不可能是說真的，」她靜靜說道。「半夜要見艾里的事。他不是當真的吧？」

「維克多說話都是當真的，」米契說道。「但是如果他沒有計畫，就不會說出口。」

米契撐直身子離開吧檯桌，消失在通道盡頭，一會兒之後，雪德妮聽見浴室門關上，蓮蓬頭打開。她繼續看資料，告訴自己這只是因為沒有好的電視節目。事實是，她不希望去想半夜會發生什麼事，或者之後會發生什麼。她討厭自己一分神就鑽進腦子裡的萬一。萬一艾里贏了，萬一賽蕊娜……她根本不知道要怎麼想姊姊的問題，要希望什麼，要害怕什麼。她心裡有一方面不肯聽話，仍希望感覺賽蕊娜的雙臂摟著她，但是她知道現在必須避開——不是接近——她的姊姊。

雪德妮逼自己的眼睛看著檔案夾裡的簡介資料，努力去看那些「EO」的生與死——盡量不去想見維克多的照片出現其中，冷靜清明的臉上被畫一個黑色大叉——並且猜想他們有什麼能力，儘管她知道什麼都有可能。維克多曾解釋說，那要看各人而定，要看他們想要什麼，願意做什麼，以及最後想著什麼。

最後一份資料是她自己。維克多拿了一份資料後，她又列印了一份。現在，她的眼睛掃視著自己的臉部照片，跟檔案夾裡其他候選人的照片不同，她的照片是安排好的：抬頭挺胸，眼睛直視照相機。那是去年的紀念冊照片，大約在意外之前一個星期拍攝的，雪德妮很喜歡這張，因為那個照相機不知怎麼竟很神奇地捕捉到她微笑前的那一刻，下巴得意地上揚，嘴角微現皺紋，使她看起來就像賽蕊娜。

這張照片與原版唯一的不同是這張上面沒有畫叉。艾里現在知道她在這裡，還活著，她希望他聽說巴瑞活屍走進銀行時會覺得噁心，希望他把所有事情拼湊起來，就明白是她所為，明白朝樹林裡開幾槍並不表示會有一個死女孩。或許她應該會心煩意亂，看見自己的簡介出現在已死的「EO」資料上，而一開始是會的，但現在震驚已經消退，數位資料已經丟進垃圾桶，事實上他們低估了她，以為她死了，而最重要的是她並沒有死，這使她笑了出來。

「妳在笑什麼？」

雪德妮抬起頭，看見米契剛洗完澡，脖子上圍著毛巾。她沒發現時間過了多久，而她常常如此，她都不想承認這一點。她只是一眨眼，太陽就已經換了位置，或者電視節目已經結束，或者某人已經談話結束，而她根本沒聽見他們開始談。

「我希望維克多會讓他痛死，」她愉快地說道。「痛到不行。」

「老天。才三天，妳就已經跟他一樣了。」米契跌坐到椅子上，一隻手抹著刮乾淨的大光頭。「聽著，雪德妮，維克多有一件事妳需要知道——」

「他不是壞人，」她說道。

「這場比賽裡沒有好人，」米契說道。

但雪德妮不在乎好不好。她不確定自己相信善良。「我不怕維克多。」

「我知道。」他聽起來語氣悲傷。

18

五年前
萊騰監獄

米契第三度入獄時，詛咒也跟著他進去了。

不管他去哪裡或者做什麼（或者沒做什麼），總是會有人死掉。他的兩個牢友死於他人之手，一個自殺，還有一個朋友在院子裡做操期間倒地死掉。所以一天下午，又瘦又光滑無肌的維克多．韋勒出現在他的牢房門口，穿著深灰色囚服更顯得蒼白，他就猜這個傢伙沒救了，大概是因為洗錢或者老鼠會詐騙，嚴重得讓正義人士一怒判他重刑，但是關在這裡又顯得完全不搭調。米契本來應該不必管他，但是由於上一個牢友之死仍使他心煩，所以他決心要讓維克多活著。

他以為這份工作會很吃力。

頭三天，維克多都沒有對米契說話。而無可否認，米契也沒有對他說話。這個人有一點特別，米契說不出來是什麼，但他不喜歡，出於一種基本的心底感覺，他發覺對方接近時自己會微微斜身避開。第一個星期，維克多偶然走進其他獄友群監時，他們的反應也一樣。但儘管這讓米契不安，米契還是會跟著他，走在旁邊，隨時留意有沒有人要攻擊或者威脅他。就米契所知，似乎自己接近別人，詛咒就會出現，而他一靠近，別人就會受到傷害。但他好像也猜不出究竟要多接近才會傷人性命，而且他也想，說不定，說不定這次他接近反而會救人一命而不是害人……說不定這次他可以破解詛咒。

維克多沒有問他為什麼離這麼近，他也沒有告訴維克多原因。

米契知道一定會有人攻擊。向來如此。老鳥測試菜鳥。有時候不太糟，只是打幾拳，粗暴一下。但有時候運氣不好就會失控，流血或者肋骨斷一根。

他跟著維克多到公共休息區、院子裡、食堂裡。米契坐在桌子一邊，維克多坐在對面挑挑揀揀吃著午餐，米契則一直掃視室內。維克多的視線從來不抬起來，也沒看餐盤，不完全在看。他的目光極度失焦，彷彿心思在別處，不在乎周圍的鐵牢與牢內的怪物。

就像一個獵食者，有一天米契悟到這一點。他在休息區見識過夠多的特殊人物，知道獵物的眼睛都生在兩邊，經常提防戒備，獵食者的眼睛卻往前緊盯著，毫無懼意。儘管維克多的體型比大多數囚犯小一半，彷彿從來沒打過架，更不用說打贏過了，但各方面都顯示他是一個獵食者。

這是米契第一次懷疑維克多是否真正需要保護。

19

午夜前四小時半

梅瑞特市郊

薩克瑞．福林奇一個人住。

賽蕊娜還沒有見到他就可以看出來。前院雜草叢生，碎石車道上的車子有兩個備胎，紗門破損，一棵半死的樹上綁著一圈繩子，而繩子也已經腐蝕得面貌全非。如果他真是「EO」，不管有什麼特殊能力，都沒有辦法幫他賺錢。賽蕊娜皺起眉頭，重新整理記憶中關於他的簡介。整張都是無害的資料，除了轉死為生之外——艾里稱之為「再生原則」，一種自我再造。不一定是積極主動甚或自主的，但都會有標記，而福林奇的檔案上打了一個紅色大勾。他昏睡醒來之後，生活中所有事情都改變，不是微妙改變，而是整個大翻轉。已經結婚且有三個孩子的他離婚又失業，還收到禁制令。他活下來——或者該說復活——應該是可喜可賀的事，卻反而身邊所有事物、所有人都跑開了。或者是他自己趕走的。他看過一票精神科醫師，醫師也開給他抗精神病藥物，但是從他的院子判斷，他的狀況並不好。

賽蕊娜敲敲門，很好奇一個好不容易保住一條命的人，究竟為什麼又會嚇得不要命了。

沒有人應門。太陽已經落到地平線下，她的呼吸在昏黃暮色中形成一小團霧氣。她又敲敲門，可以聽見裡面的電視聲音。艾里嘆一口氣，背靠著斑駁的門框。

「哈囉，」她喊道。「福林奇先生？可不可以請你開門？」

她確信自己聽到腳步移動聲，一會兒之後，薩克瑞・福林奇出現在門口，身上穿著舊polo衫與牛仔褲。衣褲都嫌太大，彷彿他穿上以後人又縮小了。她從他肩頭看到後面的小咖啡桌上空罐散落，外帶食物盒子堆在旁邊的地板上。

「妳是誰？」他問道，眼底一道黑圈，聲音粗啞發顫。

賽蕊娜把他的資料夾抱在胸前。「一個朋友。我只想問幾個問題。」

福林奇哼一聲，但是沒有當她的面把門關上。她盯住他的眼睛，不讓他看見仍戴著黑色英雄面具的艾里就站在右邊兩步。

「你叫薩克瑞・福林奇？」她問道。

他點點頭。

「你去年真的碰到礦場意外？坑道坍方？」

他點點頭。

她感覺到艾里有點不耐煩，但是她還沒有問完。她想要知道。

「你出意外之後，有沒有什麼變化？你有沒有改變？」

福林奇訝然睜大眼睛，但即使如此，他還是點頭作答，神情既困惑又滿足。

賽蕊娜微微一笑。「我明白了。」

「妳怎麼找到我的？妳是誰？」

「我說過，我是朋友。」

福林奇往前走一步，跨過門檻，鞋子與快要入侵到門廊上的綠褐色雜草纏在一起。「我不想孤獨地死，」他咕噥道。「如此而已。在那片黑暗中，我不想一個人死去，但是我也不想要這樣。妳能阻止它們嗎？」

「阻止什麼，福林奇先生？」

「拜託把它們趕走。我讓珠兒看，她也看不見，但它們無所不在。我只是不想孤單地死。但是我受不了，我不想看到它們，不想聽見它們。拜託阻止它們。」

賽蕊娜伸出一隻手。「你何不讓我看看是什——」

剩下來的話被槍聲打斷，艾里舉槍對準薩克瑞．福林奇的太陽穴扣動扳機，鮮血濺到門側，也弄得賽蕊娜的頭髮與臉上點點血跡有如雀斑。艾里放下武器，在胸前畫一個十字。

「為什麼你要這麼做？」她怒聲斥道。

「他希望阻止它們，」艾里說道。

「可是我還沒說完——」

「我只是很慈悲。他病了，而且，他已經證實自己是『EO』，」艾里說道，已經開始轉身朝車子走去。「不需要再示範。」

「你有很嚴重的情結，」她怒聲道。「你總是想要主控。」

艾里低聲冷笑。「聽聽看，誘人的海妖竟然這麼說。」

「我只是想幫忙。」

「不對，」他說道。「妳想要玩。」他氣沖沖地走開。

「艾里・艾偉，別動。」

他的鞋子在碎石路面絆住，手仍握著槍。一時之間，賽蕊娜幾乎要大發脾氣，她好不容易咬舌忍住，沒有叫他自己舉槍瞄準太陽穴。衝動感消退，她跨過福林奇的屍體，走下台階來到艾里的背後，張臂環抱住艾里的腰，吻著他的後頸。

「你知道我不想要這種控制力，」她低聲說道。「現在把槍收起來。」艾里將武器放回槍套內。「你今天不會殺我。」

他轉身面對她，手上已經沒有武器，然後攬住她的背把她拉近，嘴唇輕觸她的耳朵。

「總有一天，賽蕊娜，」他細聲說道，「妳會忘記說這句話。」

她在他的懷裡身體繃緊，知道他也可以感覺到，但她回答的時候語氣平穩輕快。

「今天不會。」

他垂下手，轉身走向車子，幫她開門。

「妳要跟我去嗎？」他們駛出碎石車道時他問道。「去找杜明尼？」

賽蕊娜咬著嘴唇搖搖頭。「不要。你去好好玩吧。我要回旅館洗頭髮，以免上面的血染色。

你在路上把我放下車。」

艾里點點頭，臉上露出寬慰之色。他發動引擎，留下福林奇倒在門廊上，一隻沒有生命的手橫在雜草間。

20

午夜前四小時

梅瑞特市區

維克多往旅館走回去，腋下夾著一袋外帶食物。其實這是偽裝，跑這一趟是想藉機擺脫旅館房間的拘束，呼吸一下新鮮空氣，好好思考與計畫。他緩步走在人行道上，盡量讓步履輕鬆，表情平靜。經過丹恩警員事件，與艾里講過電話以及午夜的最後通牒之後，街頭的警察數目急遽增加。當然，不是都穿著制服，但都全副戒備模樣。米契已經刪除了系統上的所有照片證據，包括洛克蘭大學的檔案照片與萊騰的大頭照。梅瑞特警方只能仰賴一張線條畫、艾里自己的記憶（十年前的，而且不像艾里沒變，維克多變老了），以及監獄員工的描述。然而，還是不能不考慮警方。米契的體型太過突兀，雪德妮的小孩子模樣也很明顯。只有維克多，儘管是警方最想抓到的通緝犯，卻有很好的防衛力。他心底暗笑著接近一個警察，對方根本沒有抬頭看。

維克多發現疼痛是一種差異極細微的感覺。當然，突發的劇痛可能使人無法走路，但也有比拷問更實際的用途。維克多發覺，如果對特定範圍內的人引發微量疼痛，就能使對方下意識迴避他。對方不會注意到那種疼痛，但身體卻會微微往旁傾斜。他們的注意力似乎也會繞過他，使得維克多有一點像隱形一樣。這一套在監獄很管用，現在也是。

維克多經過廢棄的獵鷹大樓工地時又看看手錶，心裡驚嘆這個復仇的架構，多年的等待、計畫與渴望，如今已經縮減至幾小時——甚至幾分鐘——就要執行。他走回紳士旅館時，脈搏興奮得變得好快。

✦

艾里讓賽蕊娜在紳士旅館前的人行道邊下車，只交代說要注意，如果發現什麼不尋常的就要告訴他。維克多會再發訊息，那只是時間問題，而現在正一秒一秒接近午夜。艾里知道自己的控制程度幾乎完全仰賴他能多快收到訊息。越晚收到，他計畫與準備的時間就越少，而他確信維克多的意圖就是要盡可能讓他一無所知。

此刻，他把車暫停在旅館前面的廣場邊，摘下面具扔到旁邊的座位上，然後取出杜明尼・魯許的資料。呂許幾個月前才來到這個城市，但是梅瑞特警方已經有他的紀錄，幾乎都是醉酒妨害治安的輕罪，多半不是發生於杜明尼在南區一棟公寓裡的狗窩，而是一家酒吧，一家特別的酒吧，叫做「三鴉」。艾里知道地址，於是駛離旅館，剛好錯過拿著外帶食物的維克多。

✦

兩名警察站在紳士旅館的大廳內，全神貫注地看著背對著旋轉門的一個金髮女郎，根本沒有注意到維克多朝樓梯晃過去。進了房間，他發現雪德妮在沙發上看資料，度兒趴在她腳邊，米契在吧檯桌前直接拿著一盒牛奶喝，一隻手敲著腿上的筆電。

「有沒有碰到麻煩？」維克多問道，一面將食物放下。

「那個屍體？沒有。」米契放下牛奶盒。「可是離警察太近。老天，韋勒，到處都是警察。我不太能不引人注意。」

「所以停車庫的入口就是有這個用處。而且，我們只要再撐幾個小時就好，」維克多說道。

「那個嘛……，」米契說著，但維克多忙著在紙上寫一個東西後遞給他。

「這是什麼？」

「丹恩的身分與通行碼，資料庫用的。我需要你準備一份新的有標記檔案。」

「我們要標記什麼呢？」

維克多微笑著指指自己。米契呻吟出來。「我想這跟半夜的事有關係。」

維克多點點頭。「獵鷹大樓，一樓。」

「那個地方像籠子，你會困在裡面。」

「我有一套計畫，」維克多簡單說道。

「你願意讓我知道嗎？」維克多沒有說話。米契咕噥著。「我不要用你的照片，我花了好大工夫才把它從系統裡刪掉。」

維克多環視周遭，最後視線落在他正在刪改的韋勒自助書上。他拿起書，讓米契看書背，上面印著發亮的「韋勒」大字。

「這個可以。」

米契繼續咕噥著，即使他已經接過書開始工作。

維克多把注意力轉回雪德妮身上。他拿著一碗麵，跌坐到皮沙發上遞給她，雪德妮放下已死的「EO」資料，接過食物，手指捧著仍然很熱的碗。她沒有吃，他也沒有吃。維克多瞪著窗外，耳朵聽著米契製作檔案。他的手指發癢，很想繼續刪改文句，但是米契在用那本書，所以他只好閉上眼睛，試著找回一點寧靜。他腦子裡看見的不是綠野藍天或者水滴，而是自己在扣動扳機三次，艾里的胸口鮮血如花綻放，圖案就像當初他自己的胸口一樣，或者看見自己用刀劃破艾里的皮膚，刀痕消退就再劃，一而再再而三。你害怕了嗎？他問道，滿地都是艾里的血。你害怕嗎？

21

午夜前三個半小時
紳士旅館

「你真的有計畫？」一會兒之後雪德妮問道。

維克多勉強睜開眼睛，說出先前在墓地說的同樣的話，那時候她問是不是萊騰放他出來的。現在他說著同樣的字，用著同樣的語氣與神情。「當然，」他說道。

「是好計畫嗎？」雪德妮追問著，雙腿滑下沙發，靴子擦過度兒的耳朵，狗兒似乎並不介意。

「不是，」維克多說道。「大概不是。」

雪德妮發出又像咳嗽又像嘆氣的聲音。維克多還不太懂她的語言，但也猜得出其中哀怨的接受意味，一個十幾歲出頭的少女版「知道了」或者「好吧」。牆上的鐘顯示現在快到晚上九點。維克多又閉上眼睛。

「我不懂，」幾分鐘後雪德妮說道。她在用鞋子搔著度兒的耳朵，狗的頭隨著她的動作輕輕晃動。

「妳有什麼不懂？」維克多問道，眼睛仍然閉著。

「如果你想找艾里，艾里也想找你，為什麼你們要這樣繞大圈子？為什麼不乾脆直接找上門就好？」

維克多眨眨眼，打量著旁邊沙發上的金髮小姑娘。她睜大眼睛等著，但眼神已經失去了純真。當初在雨中碰到的她還帶著一點純真，然後在維克多的務實手法、他的承諾與威脅之下漸漸失去。她曾遭到出賣、槍傷、獲救、痊癒、受傷、再度痊癒，受迫救活兩個人，卻又目睹其中一人再次被殺。她困在這件事之中，先是因為艾里，然後是維克多。她的樣子像小孩，但已經不是小孩了，而維克多不禁懷疑，是否變成「EO」使她心靈變空，就像他一樣，像所有「EO」一樣——切斷了與某種具人性的重要東西之間的聯繫。他不是在保護她，不能把她當正常小孩那樣保護。她並不正常。

「妳問我有沒有計畫，」他身子前傾說道。「我沒有，一開始沒有。我有選項，是的，有點子與因素，但沒有計畫。」

「可是你現在有了。」

「對，但是因為艾里與妳姊姊的關係，我只有一次成功機會。先動手的人就會犧牲出奇不意的條件，而我此刻承擔不起那樣。艾里有一個女妖在身邊，那表示他能夠策動全市。說不定他已經有了那種力量。我有一個駭客，一隻半死的狗，以及一個小孩，這可不算是兵器。」

雪德妮皺眉拿起還活著的「EO」資料遞給他。「那就製造一個，或者至少讓你強大一點。試試看。艾里把『EO』——我們——當成怪物，但你不會，對吧？」

維克多不確定自己對「EO」的看法究竟如何。在從路邊找到雪德妮以前，除了他自己與艾里之外，他根本連一個「EO」都不認識。如果要以他們兩人作評判，那麼他會認為「特異人」是殘缺的，至少如此。但大家所用的稱呼——人類、怪物、英雄、惡棍——在維克多看來都只是語義學的詞彙。有的人自稱英雄，卻到處殺死幾十個人。有的人因為想阻止他而被貼上惡棍標籤。很多人兇殘如怪物，也有很多人知道怎樣表現得如常人。至於維克多與艾里之間的差別，他懷疑並不是對「EO」的看法，而是他們的反應。艾里似乎一心要屠殺他們，維克多卻不明白為什麼一種有用的技能，只由於起源問題就應該摧毀。「EO」是武器，沒錯，但也是有思想、有意志與有身體的武器，可以修改打造成為有用之物。

但是還有那麼多未知數。不知道那些「EO」是否還活著，不知道他們有什麼能力，不知道他們願不願意接納別人。雖然維克多有一個令人信服的理由，就是另一方要他們死，而他要他們活著才有用，但招募「EO」仍有一個問題存在，因為那表示他自己的均衡算式中加入了不可測與不可靠的因素。還要考慮的是艾里大概在忙著消除維克多的選項，而且那似乎會得不償失。

「拜託，維克多，」雪德妮說道，仍將資料夾舉在手上。於是，為了安撫她，為了打發時間，他接過來翻開封面。那個藍髮女孩已經移除了，只剩下兩份檔案。

第一個檔案是薩克瑞．福林奇的。今天稍早在等候米契電話時，維克多曾經看過這個人的資料，所以知道這是一條死胡同。關於可疑「EO」的一切都野心太大——一個「EO」的能力似乎至少與死亡性質以及當時的心理狀態相關，但這仍只是一種猜測遊戲——而且每個人在意外之後都好像麻煩纏身，比維克多還多。

他翻到第二份檔案，他還沒有看過，於是目光掃視一下頁面，然後突然停下來。

杜明尼．魯許二十多歲，本來是軍人，某次在海外站得離一顆地雷太近，許多骨頭都被炸碎，昏睡兩個星期，但引起維克多注意的不是他的昏睡或者後來搞失蹤的習慣，而是軍醫院的病歷上面記錄了曾開給魯許三十五毫克的止痛劑。

那是劑量很高的罕見合成鴉片類藥物，維克多曾在牢裡用了一個漫長的夏天，記住各種目前可取得的處方藥止痛劑清單，包括目的、劑量、學名以及醫用名稱，所以他一看就認出那種藥。不僅如此，維克多也相當確信艾里認不出來，除非他也曾花那麼大工夫研究。

看來，命運又在向維克多微笑。

現在離午夜的會面僅有幾小時，他知道沒有時間也沒有適合地方建立信任或者忠誠感，但或許可以用需要來代替。維克多已經知道，「需要」可以像任何情感關係一樣有力。後者很神經質，很複雜，「需要」卻可以很簡單，像恐懼或疼痛一樣原始。「需要」可以做為忠誠的基礎，而維克多正好有杜明尼所需要的東西。他能夠供應，如果杜明尼的能力值得的話。只有一個辦法可以查出來。

維克多摺起檔案，收到口袋裡。

「拿外套，米契。我們要出去。」

「開車還是走路？」

「開車。」

「絕對不行。你沒看到警方的紀錄嗎?上次我查看的時候，那輛車已經列為失竊車輛。」

「嗯，那麼我們只好確定不要引起注意。」

米契伸手去拿外套，一面咕噥著不太好聽的話。

雪德妮跑去拿她扔在臥房裡的外套。

「不行，雪德，」她再出來時已經在穿著那件特大的紅外套，但維克多這麼說著。「妳得留在這裡。」

「但這是我的主意，」她說道。

「也是好主意，但妳還是得留下來。」

「為什麼？」她抱怨著。「別跟我說太危險。那個警察的事你也這麼說，可是後來還是把我拖去。」

維克多哼一聲。「是很危險，但那不是妳得留下的原因。我們就算沒有帶著一個失蹤的孩子，也已經夠突兀了，而且我需要妳幫我做一件事。」

雪德妮雙臂抱胸，眼神懷疑地打量他。

「如果我十點半沒有回來，」他說道，「我需要妳按一下米契電腦上的寄送鍵，把我的檔案上傳到資料庫。他已經把窗口叫出來了。」

「為什麼是十點半？」米契一面問，一面把外套釦子扣好。

「那時間足夠讓某人看到，但希望不夠讓他們作準備。這是在冒險，我知道。」

「不是你最大的冒險，」米契說道。

「就這樣？」雪德妮問道。

「不是，」維克多說道。他摸著外套口袋，掏出一個藍色打火機。他不抽菸，但似乎總是手頭有一個。「十一點的時候，我需要妳開始把資料夾燒掉。全部燒掉。用水槽。」他把打火機遞過去。「一次一張，明白嗎？」

雪德妮接過小小的藍色東西，在手上翻轉著。

「這真的很重要，」他說道。「我們不能留下證據，好嗎？妳明白為什麼我需要妳留在這裡嗎？」她終於點點頭。度兒輕輕呻吟一聲。

「你會回來吧？」他們走到門口時她問道。

維克多回頭看她。「當然會，」他說道。「那是我最喜歡的打火機。」

門關上時雪德妮幾乎笑出來。

「把資料燒掉我明白，可是為什麼一次一張？」米契問道，一面與維克多走下樓梯。

「讓她忙著。」

米契把雙手插入外套口袋。「那麼我們不會回來了，是吧？」

「今天晚上不會。」

22

午夜前三小時

三鴉酒館

艾里坐在三鴉酒館後端靠牆的一個雅座上，等著杜明尼．魯許出現。他一到就問過酒保，得到保證說魯許每天晚上差不多九點鐘來。艾里到得比較早，但除了等著看半夜會怎樣之外，也沒別的事情好做，就叫了一杯啤酒，窩在角落的座位上，享受著沒有賽蕊娜在旁的時光，而不是享受酒。

反正喝酒主要也只是外表做做看而已，因為再生能力也否定了酒精的影響，喝酒而不能醉就不太有吸引力（他本來也玩牌，而新鮮感早就沒了）。但避開賽蕊娜卻很重要——他發覺這是極其重要——能夠讓自己維持僅有的一點控制力。跟她在一起越久，就有越多事情變得似乎很模糊，那種中毒感覺讓艾里很不容易克服。他早該一有機會就殺了她，現在把警方也扯進來，問題就更亂了。他們是對她忠誠而不是對他，而且他們兩人都知道這一點。

一個新的城市，那是他所需要的。

等到半夜，維克多與這整個亂局釐清之後，他就要找一個新城市，重新開始。離開史泰爾警探。也離開賽蕊娜，如果能夠的話。他並不介意用老方法，花時間與心力也無妨，用幾個星期搜尋，追求片刻的報償。近來事情變得太容易了，而容易就表示危險，容易就會出錯。賽蕊娜就是一個錯誤。艾里啜一口啤酒，看看手機有沒有訊息。什麼都沒有。

艾里曾經在這裡獵捕過，那是幾年前，碰到賽蕊娜之前，那時候他還是幽魂一般，只是路過。這個地方很吵很擠，專為喜歡熱鬧而非安靜環境的人所設，充滿杯觥交錯與喊叫聲，以及根本聽不清歌詞的音樂。一個人在這個地方很容易隱形，消失，被幽暗的光線、醉酒怒罵的人聲吞噬。但即使知道是這樣，艾里還是很理性，不會莽撞或愚蠢地公開行刑。就算賽蕊娜可以讓警察幫忙，但「三鴉」裡的人不太喜歡警察，也不會乖乖聽話。在這種地方，一個麻煩可能升高變成災難，尤其是如果沒有賽蕊娜在場安撫群眾的話。

艾里再次提醒自己，他很高興擺脫她的影響，包括她對別人以及他自己的影響。現在他可以按自己想要與需要，依自己的方式去做。

他看看時間。還有不滿三小時就到……到什麼？維克多設下這個期限讓他不安，讓他煩躁。他打擾了艾里的平靜，像小孩把石頭丟進水塘激起漣漪，艾里明白但仍然感到波動，這使他的心緒更為煩亂。好吧，艾里要收回控制力，控制自己的心思與生活以及這一晚。他用手指劃過啤酒杯在舊木頭桌上留下的一圈水印，然後藉著水寫出一個詞。

艾偉。❼

❼ ever，永遠。

23

十年前
洛克蘭大學

「為什麼用『艾偉』？」

維克多隔桌問道。艾里剛死過，維克多把他救回來，現在兩人坐在宿舍幾條街外的酒館內，喝了幾回合（或者至少維克多是如此），再加上兩人都愚蠢病發作還能幸運活過來，有一點暈陶陶的。但是艾里的感覺有點奇怪，不是不舒服，只是……不一樣了，有疏離感。他還說不上來究竟是什麼。不過，有什麼東西不見了，他可以感覺到那份空缺，儘管無法說出形狀。不過生理上——就各方面而言，他想那是最重要的——他覺得很好，一直很好，好得很可疑，如果考慮到今天晚上他一度是一個沒有生命的東西，不是活生生的人。

「你是指什麼？」他啜一口啤酒問道。

「我是說，」維克多說道，「你愛姓什麼都可以，但為什麼挑『艾偉』？」

「有何不可？」

「不對，」維克多晃著酒杯說道。「不對，艾里。你不會那樣。」

「怎樣？」

「不經思考。你一定有理由。」

「你怎麼知道？」

「因為我認識你，我明白你。」

艾里用手指劃過桌上的一圈水痕。「我不想被人遺忘。」

他說得很輕，還怕維克多沒有聽到，因為酒館內人聲吵雜，但維克多伸一隻手抓住艾里的肩膀，一時之間神情嚴肅，然後又鬆開手，往椅背上一靠。

「告訴你，」維克多說道。「你會記得我，我也會記得你，那樣我們就不會被人遺忘了。」

「那是狗屁邏輯，維克。」

「非常完美。」

「我們死了呢？」

「那我們不會死的。」

「你把欺騙死神講得好簡單。」

「我們似乎很擅長，」維克多愉快地說道，然後舉起杯子。「祝永遠不死。」

艾里舉起杯子。「祝被人記住。」

他們的杯子相碰時，艾里又加上一句：「永遠。」

24

午夜前兩小時半

三鴉酒館

杜明尼．魯許是一個殘破之人。貨真價實。

他左側身體的大部分骨頭，最靠近地雷的那一邊，都打滿釘子、上滿螺絲或者是合成材料，衣服底下的皮膚坑坑疤疤。他的頭髮——理了三年的阿兵哥頭——已經長出來，蓬亂地垂覆在眼睛周圍，而有一顆眼睛還是假的。他的皮膚黝黑，肩膀強壯，儘管整個人顯然已經殘破，姿態仍然挺直，不太像酒館常客。

艾里不需要資料告訴他一切就看得出來，那個人走向吧檯前，滑坐到高凳上，叫了第一杯酒。時間滴答滴答過去，艾里握緊自己的杯子，看著那個傷退的前軍人點一杯威士忌加可樂展開今晚。他強忍住離開座位與杯中啤酒的衝動，沒有走過去朝杜明尼的後腦勺射一槍就一了百了，盡力按下不耐。他保持一套儀式是有原因的，有時候會——而且必須——妥協，但不會隨便拋棄，即使是現在。無故殺人是濫用權力，也是對上帝的侮辱。皮膚沾上「EO」的血可以洗掉，無辜者的血就洗不掉。他必須把杜明尼弄到酒館外，不是讓他示範就是招認，然後再處決他。此外，杜明尼也是很好的誘餌。只要他待在酒館灌酒，保持在艾里的視線內，活著也一樣有用，因為如果維克多在午夜前來找這個廢人，艾里就會準備好等著。

✦

維克多開著車，米契躺在後座，盡可能隱藏他的龐大身軀。花花綠綠的市區與辦公室的白窗從旁邊晃過去，維克多開車駛過一條條街道，離開市區，進入舊城區。他們不走直穿梅瑞特市的大道，而是走彎彎曲曲的小街，避開通往收費站、橋梁或者任何可能有檢查哨的道路，留心車速，配合車流，因為太快與太慢都會引起注意。維克多駕駛著偷來的車穿過梅瑞特，以數字與字母為名的大路很快就變成有名字的街道，真正的名字，樹名、人名與地名。一簇簇的建築，有些是黑黑的，用木板封起的廢棄建築，有些則生氣盎然。

「左轉，」米契說道，一面查詢手機上不斷移動的地圖。維克多看看手錶，估計到酒館要多少時間，將它從午夜前倒扣回來，算算他們實際上有多少時間。他不能遲到，今天晚上不行。他努力讓自己冷靜平和，內心卻激動得像零錢匡噹作響。他一隻手拍著大腿，把心裡說著這是壞主意的低語吞回去。這總比呆坐著好。而且，他們有時間。很多時間。

「再左轉，」米契說道。維克多轉一個彎。

他們先在路上花了半小時複習一下計畫，計畫好之後，剩下的就是執行的部分。車子靜靜駛著，偶而聽到米契的指路聲以及維克多不安的拍腿聲，底下的道路一段段退去。

✦

維克多開車的時候，米契心裡猜想著。

猜想自己是否能活過今晚。

猜想維克多是否也能。

猜想如果他們兩人都能，明天將會怎樣。

猜想艾里死後，維克多會做什麼來填補心思。如果艾里死了。

米契猜想著他接下來會做什麼。他與維克多從未談論過他們的合作關係、條件與終止問題，但向來都只有這個：只要找到艾里。從來沒有提到接下來要怎樣。他很好奇維克多的心裡是否有「接下來」這回事。

他手機上移動的綠點碰到了標示「三鴉酒館」的靜止紅點，米契坐起身。

「我們到了。」

✦

維克多把車子停在酒館對面的停車場上，儘管那裡又窄又擠，有礙快速離開，尤其是在遭到追逐時。但這是偷來的車子，警察又高度戒備，他不敢做任何太明顯引人注意的事。他可不打算因為偷來的車違停而被捕，今天晚上不行。他將引擎熄火，下了車，打量對街名為「三鴉酒館」的磚造建築，三隻金屬雕塑的鳥棲息在前門的招牌上方。酒館左邊是一條巷子，兩人過街的時候，維克多看見酒館的側門是嵌在一面髒汙的磚牆上。到了人行道上，他朝巷子裡走去，米契則走向酒館。維克多眼底想見著自己以城市為棋盤的棋局，棋子、戰艦與風險。該他出手了。

「嘿，」他喊道，米契的手抓著前門。「小心。」

米契歪嘴一笑，然後走了進去。

25

五年前
萊騰監獄

「你還要牛奶嗎？」

這是維克多．韋勒對米契爾．透納說的第一句話。

他們坐在餐廳內。米契花了三天的時間心不在焉地猜想著，如果維克多決定開口說話，他的聲音會是怎樣的，或者他是否能夠說話。整個吃午飯的過程中，米契真的在想像他不能說話，想像他那監獄發的囚服領口有一道可怕的疤痕橫劃過喉頭，或者那抿緊的嘴唇後面根本沒有舌頭。這聽起來很不可思議，但牢裡實在太無聊了，米契常發覺自己的想像力會飄到很奇怪的地方。所以，當維克多張開嘴巴很清晰地問米契是否還要一盒牛奶的時候，米契感覺既驚訝又失望。

他好不容易擠出幾個字。「呃，呀，要。」他很討厭自己聽起來好愚蠢，好遲鈍，但維克多咯咯笑一下，就在桌前站起身。

「身體要保持健康，」他說道，然後穿過餐廳，走向擺放食物的櫃檯。他一走開，米契就知道自己應該跟過去。這三天，米契一直都如影隨形地跟著這位新牢友，但剛才的問話使他意外得未及提防，然後就心裡一沉，覺得自己可能失去了打破詛咒的機會。他拉長脖子搜尋維克多的蹤影，卻突然被人用力一推，撲倒在桌上，一隻手臂抱住他的肩膀。在別人看來，這個姿勢似乎很友善，但米契見到益安．派克手上有一塊削尖的金屬，尖端指著他的臉頰。米契的塊頭是這傢伙的兩倍大，但他知道在自己把益安甩開之前，對方能夠造成什麼傷害。此外，儘管派克的體型不怎麼樣，在這裡卻很有影響力，是這個小地方裡不容忽視的人。

「嘿，嘿，」派克說道，嘴巴好臭。「你在當小狗嗎？」

「你想怎樣？」米契吼道，眼睛盯著面前的托盤。

「我想要你當我這一夥的看門狗一年了，一直很好心又有耐心地忍受你這個狗屎和平主義者」——米契很驚訝（而且還有一點佩服）派克竟然知道和平主義者——「結果這個小屌兒突然冒出來，你就一心當他的小狗了。」他對著米契的耳邊嘖嘖出聲。「像你這樣浪費時間與天分，我實在應該好好搞他一下，透納。」

一小盒牛奶落到他的托盤上，米契抬頭看見維克多站在那裡，微感興趣的打量這一幕。派克抓緊尖刀，目光轉向剛出現的這個人。米契的心一沉，他又要失去一個牢友了。

但維克多只是好奇地偏著頭看派克。

「那是手工刀嗎？」他問道，一隻腳踏上長凳，手擱在膝蓋上。「隔離牢房沒有這種東西。」

隔離？米契想著。「我一直想看看。」

「噢，我會讓你就近看看，你這小屎蛋。」派克鬆開米契的肩膀，朝維克多撲過去，而維克多只是收腳站好，雙手握拳。派克還沒衝到他面前就半路縮倒在地，尖聲叫起來。米契訝然眨眼，搞不清楚發生了什麼事……或者沒發生什麼事。維克多根本沒碰那個傢伙。

聽見尖叫聲，整個餐廳騷動起來，囚犯站起身，獄警趕過來，米契坐在那裡看，維克多站在那裡看，派克倒在地上打滾嚎叫，一隻手因為抓緊尖刀而流血。有那麼一瞬間，在別人趕來之前，米契看到維克多在笑。笑容如狼，淡淡的，帶著狡猾感。

「怎麼一回事？」一名警衛與同伴走到桌前問道。米契看看維克多，他只是聳聳肩，笑意不見了，眉眼之間露出微微關切之色。

「不知道，」他說道。「那傢伙要過來說話，前一刻還很好，下一刻就」——維克多彈一下手指，米契的眼睛眨一下——「開始抽搐。最好替他檢查看看，以免他傷到自己。」

警衛把扭動的派克按在地板上，扳開他割破的手，將刀子取走，他的尖叫變成呻吟，然後完全沒有聲音，犯人已經昏了過去。在派克攻擊維克多——維克多看他一眼讓他倒地，到獄警來到現場這個期間——米契已經離開長凳，站在牢友後面幾步，一面喝牛奶，一面觀看事情發展，為這情景感到好奇，也很驚奇這次竟然沒有人怪罪於他。

但這究竟是怎麼一回事？

米契一定是把這個問題小聲說出來了，因為維克多揚起淡色眉毛看他一眼，然後轉身走回牢房區。米契跟過去。

「怎麼樣？」他們順著水泥廊道走下去時，維克多問道。「你覺得我在浪費你的時間與天分嗎？」

米契打量著身邊這個不可思議的人。某件事情改變了。連著三天來他所感覺的不安與反感都已消退。旁邊其他人在他們經過的時候，似乎都會退讓開，但米契只感到驚奇，而且無可否認有一絲害怕。到了牢房，他還沒有回答，維克多停下來，背靠著欄杆看他，不是看他碩大的肩膀，或者指節滿是疤痕的肉實拳頭，或者一直露到脖子上的刺青，而是看著他的臉。他直視著米契的眼睛，儘管他必須稍微抬起頭才行。

「我不需要保鑣，」維克多說道。

「我注意到了，」米契說道。

維克多咳出笑聲。「是呀，好吧，」他說道，「我不想要其他人也注意到。」

米契沒想錯。維克多・韋勒是羊群中的一隻狼。而要讓四百六十三名難纏囚犯看起來都像獵物，需要很大的能耐。

「那麼你想要什麼呢？」他問道。

維克多的嘴角翹起，露出剛才那樣危險的笑容。「一個朋友。」

「就這樣？」他難以置信地問道。

「好朋友，透納先生，是很難找到的。」

米契看著維克多站直身子離開鐵欄杆，走進牢房，拿起小床上一本從圖書館借來的書，然後躺下去。

米契不知道剛才在餐廳究竟是怎麼一回事，但是十年來在監獄進進出出，他學到了這一點：有些人你必須避開，碰到他們就會中毒。還有些人你會希望跟他們在一起，他們既有口才又能點石成金。然後還有些人你會站在他們旁邊，因為那表示你不會礙事。而不管維克多．韋勒是誰，是什麼樣的人以及打算做什麼，米契只知道一件事，就是不希望自己礙著他的事。

26

午夜前二小時
三鴉酒館

艾里敲敲待機的手機，看見時間不禁一陣緊張。仍未見到維克多，而杜明尼似乎成為酒館的一件裝置物。艾里皺著眉頭撥電話給賽蕊娜，但是她沒有接。轉到她的語音信箱時，他掛斷電話，急著按下「結束」鍵，不想聽到她悅耳的聲音慢慢說出任何指示。他想起維克多的威脅。

這很聰明，利用梅瑞特警方資料庫搜尋你的目標。我覺得有一點受辱，上面竟然還沒有我，但是終究會的。我才剛到。

艾里登入資料庫，希望找到一些線索，但現在十點已過，唯一有標記的檔案就屬於目前坐在吧檯前喝第三杯威士忌加可樂的那個人。艾里皺起眉頭，把電話推開。他的誘餌似乎沒有吸引到任何魚，杜明尼旁邊的座位是空的——過去一小時內已經三度有人坐上去又離開。艾里等煩了，把啤酒喝光，移到雅座邊緣，正要朝目標走過去時，一個人出現，走到吧檯前的凳子上坐下。

艾里頓時愣住，身體懸在座位的邊緣。

他見過這個人，在紳士旅館的大廳。儘管他在這裡比較不會那麼讓人驚訝——他比較像是三鴉酒館的顧客，而不像是四星級旅館西裝筆挺的客人——但他的出現仍讓艾里心頭一震。這個人有一種特別之處。從前見到時他沒想過，但是在這裡，在跟梅瑞特市警局簡報過後，事實就很明顯了。維克多的犯罪搭檔米契爾．透納，沒有他的照片，但仍有匪徒大致的描述：高壯，光頭，有刺青。符合描述的可能有幾十個人，但是其中有多少人會在幾天內與艾里錯身兩次呢？

艾里早已放棄巧合的想法。

如果這個人是透納，那麼維克多也不會離太遠。

他掃視酒館，搜尋維克多的金髮、帶著銳氣的笑容，卻沒看見任何相符之人，而等他再把注意力轉回吧檯那裡，米契爾正在和杜明尼．魯許說話，壯碩的身軀如黑影壓覆在那個前軍人身上。酒館內的吵雜聲蓋過了他們的談話內容，但艾里可以看見他的嘴唇快速動著，也看見杜明尼的反應是身體僵住。然後，才坐下不久的米契爾又站起來，沒有叫酒，沒有再說什麼話。艾里看見他掃視酒館內，掃過他時並無反應，然後停在閃爍黃色霓虹燈的「洗手間」牌子上。米契爾．透納離開杜明尼身邊，穿過室內，龐大的身體一時間——只是一轉眼——遮住了杜明尼。等他跨出步子——從那個前軍人的一側走到另一側之後——杜明尼不見了。

艾里站起來。

那張吧檯椅上有大半個鐘頭都坐著他的目標，現在突然空了，旁邊毫無杜明尼．魯許的蹤影。不可能，艾里的腦子本來可能這麼想，只不過艾里知道完全有可能，太可能了。艾里的思緒中，那個人到哪裡去了變成為什麼他要離開，而這個問題只有一個答案。他被嚇到了，收到警告了。艾里的視線再轉到旁邊，看見男用洗手間的門在米契爾・透納的身後關上。

他把一張鈔票扔到桌上空杯子旁邊，然後跟了過去。

27

午夜前九十分鐘

紳士旅館

雪德妮蹲坐在書桌前的椅子上，雙臂環抱著兩膝，來回看著牆上的鐘與電腦上的時間（牆上的鐘足足快了九十秒鐘），以及米契已開啟的螢幕上閃爍綠光的傳送鍵。鍵的上方是他們建立的檔案，橫寫著維克多・韋勒的字樣，還夾著艾里當中間名字。本來應為出生日期的地方，寫的是當前的日期，而保留給上一次出現地點的欄位，填上了「獵鷹大樓」工地。其他的每個欄位——背景資料、由來、警方註記部分——都只有兩個字重複出現：午夜。

檔案的左邊是照片，或者該說，本來應該有一張照片，但上面只顯示著直排的書背印刷大寫字「**韋勒**」。

他們用來當照片的書，是他們前一天散步時維克多買的，此刻放在雪德妮待會兒要燒的一堆紙下，最上面的藍色打火機是其中唯一的色彩。她把那堆資料夾底下的書抽出來，用拇指撫摩著封面。她見過這本書，或者是類似的書。她的父母書房裡擺了一套（當然，書背並無摺痕）。雪德妮打開書，翻到第一頁，上面是一片黑。她繼續翻下去，看到前三十頁都很有系統地塗黑了。

馬克筆夾在第三十三頁與三十四頁，表示其餘的書頁逃過一劫只是因為維克多還沒有畫到那裡。雪德妮再倒翻回前面時，才注意到有兩個字沒有塗黑。

永遠。

這兩個字相隔幾頁，其間一片黑茫茫。不僅如此，「遠」這個字是修改過的，原屬於一個比較長的詞，而「永」也是很小心地空出來，表示維克多是刻意將這兩個字拼湊出來。

他顯然希望這是兩個分開的字。有所區隔。

永。

遠。

她用手指劃過頁面，以為指頭會染黑，但是沒有。度兒在椅子底下哼哼呻吟，牠不知怎麼擠了進去——或者至少把大部分上半身擠進去——雪德妮闔上書，再看看時間，牆上與電腦上的鐘都顯示已經過了十點半。她的食指舉在螢幕上。

她知道這個鍵按下去表示什麼。

即使不知道維克多的計畫，她也知道如果按下「傳送」鍵就沒有回頭路，艾里會找到維克多，至少一人會死，明天所有事情都會變得很可怕。

她會變得孤單一人。

不管怎樣，都是孤零零的。傷了一隻手臂的「EO」，姊姊要她死，具有一種噁心的怪異天賦，父母不在，而她也許會逃命，也許被殺——聽起來都非常不美妙。

她考慮著不要傳送。她可以假裝電腦壞了，給他們再偷一天的時間。為什麼維克多一定要這麼做？為什麼他與艾里都拚命要找到對方？但即使她想問，心裡也知道答案。她知道，因為自己想到賽蕊娜時脈搏仍會加快，因為即使理性告訴她要離姊姊越遠越好，渴望仍如地心引力把雪德妮拉回來。她無法掙脫軌道。

但是她能夠不讓自己墜落。維克多不能嗎？即使是一會兒？他們不能都留在空中嗎？都活著？但米契的警告在她的腦海中迴響——這場比賽裡沒有好人——她閉上眼睛不去想，卻看見維克多．韋勒，不是第一天在雨中的樣子，甚至也不是她不小心把他吵醒時的樣子，而是今天下午的他，站在那個警察的屍體旁，命令她讓死者復活，周遭的空氣劈啪作響。

雪德妮睜開眼睛，按下「傳送」鍵。

28

午夜前七十五分鐘

三鴉酒館

維克多背靠著酒館後巷冰涼的磚牆，研究著杜明尼．魯許的資料，這時，跟照片一樣的一個人突然冒出來，晃悠悠地走在兩棟建築之間的這條窄巷中。維克多頗為訝異，尤其是酒館的門根本沒有打開過，但他盡量掩飾自己的興趣以維持上風優勢。

杜明尼則看維克多一眼——他的眼睛一隻黑色、一隻藍色，而根據檔案資料的說法，那隻藍眼睛是假的——然後痛苦地往前一趴，抓著身側癱倒下去，一邊膝蓋跪在水泥地上。這不是維克多弄的。這個人的身體非常糟，不管剛才玩的是什麼消失特技，對自己的狀況都沒有幫助。

「你要知道，魯許先生，」維克多說道，一面把資料夾闔起來，「你真不應該把止痛藥與酒精混在一起。而且如果你已經糟到要用三十五毫克這麼多，喝酒絕對不會有幫助。」

「你是誰？」杜明尼喘著氣說道。

「我的朋友在哪裡？」維克多問道。「警告你的那個人？」

「還在裡面。他剛說有一個人——」

「我知道他說什麼。是我叫他說的。有一個人想殺你。」

「可是為什麼？」

維克多不喜歡說服人，也同樣不喜歡強迫人。太花時間了。

「因為你是『EO』，」他說道。「因為你是非自然的，差不多接近那個程度。而且我應該說清楚一點，那個人不只是想殺你，他會殺死你。」

杜明尼掙扎著站直身子，直視著維克多的眼睛。「好像我怕死似的。」他的眼神倔強。

「嗯，」維克多說道，「那能有多難呢？對吧？你已經死過一次了。但是害怕與不甘願是不同的兩回事。我不認為你希望死。」

「你怎麼知道？」他吼道。

維克多把資料扔到一個垃圾桶上。「若非如此，你早就死了。你整個人一蹋糊塗，總是痛到不行，我猜每天無時無刻都痛吧，但你並沒有自我了結，這表示不是你很有韌性就是很愚蠢，但也表示你希望活下去。而且因為你到這裡來。」他朝這條巷子揮手比一下。「米契告訴你說，如果你想活就來這裡。你可以賭一下，離開這裡，不過誰知道以你的情況而言能走多遠。問題是，你並沒有離開。你來到這裡。所以我不懷疑你會再像軍人一樣光榮地面對死亡，但我不認為你會急著想死。」即使說著話，他的腦子裡仍同時在構想著棋盤，移動著棋子來配合剛才只是驚鴻一瞥看見的能力，但是他已經知道自己想要什麼了。「我要給你一個選擇，」他又說道。「回到裡面去等死，或者回家等死。不然就留在我這裡繼續活下去。」

「你為什麼要在乎？」

「我不在乎，」維克多簡單說道。「這是說，不是在乎你。但是想殺你的那個人呢？我要他死。而你可以幫我。」

「我為什麼要幫你？」

維克多嘆一口氣。「除了很顯然的要保命之外？」他舉起空空的一隻手，手心向上，面露微笑。「我會讓你做得值得。」

見杜明尼沒有伸手與他相握，維克多便將手搭在這個人的肩膀上。他可以感覺到也可以看出痛苦離開杜明尼的身體，見到疼痛溜出他的四肢、下頷、額頭與眼睛，然後那雙眼睛驚訝地睜得大大的。

「你……你怎麼……？」

「魯許先生，我的名字是維克多．韋勒。我是一個『EO』，能夠消除你的痛苦，全部，永遠消除。或者……」他的手從這個年輕人的肩膀上滑下來，轉眼間疼痛恢復，杜明尼又垮著臉彎下腰。「我可以讓疼痛恢復，然後把你丟在這裡，讓你痛苦地活著，或者死於一個陌生人之手。以一個軍人而言，那可不是很好的死法。」

「不要，」杜明尼咬牙說道。「拜託。我得做什麼？」

維克多笑著。「一個晚上的工作，換來一輩子沒有痛苦。你願意做什麼呢？」杜明尼沒有回答，維克多在心裡估算著時間，看著這個人痛得彎腰擠眼。

「任何事情，」杜明尼終於喘著氣說道。「任何事情。」

✦

米契站在廁所的臉盆前，推高外套的袖子準備洗手。他打開水龍頭，聽見水流聲外又響起開門的聲音。他的身影占滿整面鏡子，所以看不見背後的來人，但是也不必看見。他可以聽見艾里．艾偉跨過門檻，將廁所的門栓上，把世界鎖在外面，把他們鎖在裡面。

「你跟他說了什麼？」艾里的聲音從背後傳來。

米契關上水龍頭，但仍站在水盆邊。「跟誰說？」

「酒館裡的那個人，你在跟他說話，然後他就消失了。」

紙巾無法伸手觸及，米契也知道自己不該輕舉妄動，於是將兩隻手在外套上面擦擦，然後轉身面對對方。

「這是酒館，」他聳肩說道。「大家來來去去的。」

「不是，」艾里反駁道。「他是真的消失了，不見了。」

米契擠出笑。「聽著，傢伙，」他從艾里旁邊往門口走過去，彷彿沒有注意到門已經栓上。

「我想你喝太多了——」

聽見艾里從外套裡抽出槍，他的語聲中斷，腳步放慢，然後停了下來。艾里豎起扳機，米契從金屬滑磨與後移的聲音可以聽出那是一支自動槍。他緩緩轉身面對聲音來源，艾里的手上握著槍，滅音器已經裝上，但是並沒有瞄準米契，而是垂在艾里的身側。這使米契比較緊張，他那樣輕鬆拿著槍，手指幾乎沒有用力握，表示他不僅對槍很熟練而且完全掌控。他看起來也是一副自覺充分掌控局面的樣子。

「我見過你，」艾里說道。「在市區的紳士旅館。」

米契偏著頭，一邊嘴角翹起。「我看起來像是會去那種地方的人嗎？」

「不像，那正是我會注意到你的原因。」米契的笑容消失。艾里把槍舉高，打量著他。「有人把監獄檔案與警方紀錄裡的圖像都刪除了，但我願意賭你的名字是米契爾．透納。現在，維克多在哪裡？」

米契想假裝天真，但最後決定還是不要冒險。反正他向來不擅長說謊，也知道謊話在必要時才派得上用場。

「你一定是艾里，」他說道。「維克多跟我說過你的事，說你喜歡殺死無辜的人。」

「他們不是無辜的，」艾里吼道。「維克多在哪裡？」

「我們來到這個城市之後就分手，然後就沒再見過他。」

「我不相信。」

「我管你信不信。」

艾里乾嚥一下喉頭，手指移向扳機。「杜明尼．魯許呢？」

米契聳聳肩，但是往後移一步。「小鬼就會搞失蹤。」

艾里往前跨一步，手指停在扳機上。「你跟他說了什麼？」

米契的嘴角扭出笑意。「我叫他跑。」

艾里瞇起眼睛，轉動手上的槍，槍管貼在手掌上，然後用槍柄重擊米契的頭部。他的側臉破裂，眼睛上方出現一道口子，湧出來的血遮住他的視線。艾里抬腳把他踢倒在廁所地板上，再次轉槍對準米契的胸部。「維克多在哪裡？」他問道。

米契瞇起染血的眼睛。「你很快就會見到他，」他說道。「就快半夜了。」

艾里咧嘴露齒低下頭，米契彷彿看到他的嘴唇在說原諒我，然後他抬起頭，扣動了扳機。

✦

維克多看一下手表。快十一點了，米契還沒有出來。

杜明尼站在旁邊伸懶腰，來回晃動頭部與肩膀，雙臂也前後左右轉動，彷彿剛卸下重擔。維克多猜想從許多方面而言確實如此。畢竟，維克多對疼痛所知夠多，知道杜明尼曾有多痛苦，也真心佩服這個人的疼痛閾值有多高。但即使他在疼痛中還能夠發功，卻顯然沒有完全發揮出來。所以維克多把疼痛移除了，完全移除了，但還是盡可能留下感覺部分，這頗難處理的，因為要考慮到兩者關係糾結難分，但也不能讓他由於沒有注意到自己不小心割傷而流血致死。

維克多看看手錶，又看看這位正忙著檢視自己的前軍人。一般人常把身體健康視為理所當然，但杜明尼．魯許似乎在享受每一個無痛的伸縮手指與跨步動作。他顯然明白自己得到了什麼樣的禮物。很好，維克多心裡想著。

「杜明尼，」他說道。「我能給也能收回，而且你要知道，我不需要碰你就做得到。你明白嗎？我給你的東西能夠在瞬間收回，即使隔著一座城市，或者一個世界。所以不要惹火我。」

杜明尼嚴肅地點點頭。

事實上，維克多只有在視力所及的範圍內，才能影響別人的疼痛閾值。在牢裡，他最遠的紀錄是隔著大小如足球場的院子，以手指比槍的姿勢擺平一個人。有一次，他曾讓牢房區另一頭的囚犯倒地，只是將手伸出鐵欄杆，但還是足夠。眼睛看不到的時候，他的準頭就會迅速消失。不過，反正杜明尼不需要知道這個。

「你的能力，」維克多問道。「是怎麼樣的？」

「我不知道究竟要怎樣解釋。」杜明尼低頭看自己的雙手，不斷伸縮著，彷彿要擺脫久纏的僵硬感。「對，不過我行過死蔭的幽谷——」

「請不要用聖經裡的典故。」

「地雷爆炸後，情況非常糟，我不能……那種痛苦，不是常人所能忍受，既殘酷又無所不在。而我不想死，老天，我不想死，可是我希望平靜與黑暗，然後……很難解釋。」

他不必解釋。維克多知道。

「我覺得整個人裂開了，也真的如此。總之，他們把我救回來，但似乎沒有讓我恢復，沒有徹底。我昏睡了好幾個星期，這段期間我一直都能感覺到外在的世界，聽得見，看得見，但又彷彿一切都好遙遠，好昏暗。我無法伸手，什麼都碰不到。然後我醒了，所有東西都好刺眼、好亮，而且再度充滿疼痛，我只想找到那個地方，那個陰暗而安靜的地方。我找到了，我稱之為行走於陰影中，因為我不知道別種說法。我走進陰影，就能夠來去自如而不讓人看到，沒有時間流逝，什麼都沒有。我想有點像心靈傳送吧，但我身體必須移動。在你一眨眼之間，我就可以跨越城市，但在我的體驗中卻需要好幾個小時，我得一直走。那很難，就像在水裡走路。你違反規則的時候，全世界都在抗拒。」

「你可以帶別人一起走嗎？」

杜明尼聳聳肩。「我從來沒有試過。」

「那麼好吧，」維克多說著就抓住杜明尼的手臂，也不管這個傢伙驚縮身子想要避開。「就把這當成你的面試。」

「我們要去哪裡？」

「我的朋友還在裡面，」維克多朝酒館點點頭。「他應該跟著你出來，可是沒有。」

「那個大塊頭？他說他會掩護我。」

維克多皺起眉頭。「躲開誰？」

「那個想殺我的人，」杜明尼皺眉說道。「我本來就要告訴你，那個傢伙在我旁邊坐下，對我說有一個人想殺我，而且他就在酒館裡面。」

維克多抓緊杜明尼的衣袖。艾里。「帶我進去。快。」

杜明尼吸一口氣讓心思穩下來，然後握住維克多的手。「根本不知道這樣是否行得——」話沒有說完，不是聽不見而是陷入寂靜，他們周遭的空氣一陣顫動，然後裂開來讓他們兩個人穿過去。杜明尼與維克多跨過裂縫，一切都變得鴉雀無聲，陰暗又靜止。維克多可以看見被自己握住手臂的這個人，也可以看見周邊的巷子，但整個蒙上一種陰影，不像黑夜而比較像老舊發灰的黑白照片中的世界。他們走動的時候，周圍的世界呈波狀晃動，空氣變黏稠，壓迫著他們，把他們重重往下壓。他們來到酒館門口，那扇門抗拒著杜明尼的拉力，然後終於——慢慢地——讓開了。

進到裡面，依舊像是照片中的世界，有的人正在舉杯喝酒，有的在撞球而桿子拉了一半，十幾種事情進行中，都定在這一口氣與下一口氣之間。所有的聲音也都凝住，整個空間充滿一種可怕而凝重的沉寂。維克多像盲人一樣抓著杜明尼的手臂，眼睛卻無法不看室內。他掃視著，搜尋著人群中凍結的臉孔。

然後看到了他。

維克多猛然停步，把杜明尼也往後一帶。杜明尼回頭看，問有什麼問題，嘴巴在動，但是沒有話說出來，不過也沒有關係，因為維克多沒有看到他的嘴唇動。他什麼都沒看見，只看見那個黑髮的男人正在舉步穿過人群朝前門走去，手伸出去要抓門把。維克多不知道自己怎麼能沒看到臉就知道是誰。是那種態勢，那副寬闊的肩膀，挺肩的傲然樣子，以及轉頭時仍可瞥見的尖銳下頜輪廓。

艾里。

維克多的手開始從杜明尼的手臂上滑開。艾里．艾偉就在那裡，相距半個房間，背對著他，注意力轉開，身體僵結在瞬間。維克多可以做到。酒館裡很擠，但是如果他一次把每個人都擺平，就有成功機會——不行。維克多好不容易回神抓緊杜明尼的衣袖。他已經等了，等了那麼久。不能放棄計畫，失去先機，失去掌控。行不通的，不能在這裡，不是一定要這樣。他硬把目光從艾里的背後轉回來，搜尋室內其他地方，但是都不見米契的蹤影。他的視線橫掃過去，最後落在洗手間那裡。男用洗手間的門上掛了一個牌子，大寫的「**故障停用**」，下面還畫一條橫線表示強調。他催杜明尼往前走，穿行過凝重的空氣到門口，然後走了進去。

米契爾．透納躺在油布地板上，臉龐貼著一小攤血，血是從太陽穴的一道口子裡流出來的。

維克多鬆開杜明尼的手臂，酒館周遭頓時出現活力，充滿色彩、聲音與時間，使他心頭驚縮一下。杜明尼也跟著現身，雙臂抱胸，低頭看著地上的軀體。

「大塊頭，」他靜靜說道。

維克多小心跪在米契身旁，重新考慮著先前把雪德妮一個人留在旅館的決定。

「他……」杜明尼訝然說著，看見維克多伸出手指去摸米契外套上的槍洞，手指再拿開時是乾的。他吁一口氣，拍拍米契的下巴。米契呻吟一聲。

「他X的……臭X……」

「看來你見到艾里了，」維克多說道。「他向來有一點喜歡扣扳機。」

米契咕噥著坐起身摸摸頭，乾血下面已經腫了一個大包。他的視線轉到杜明尼身上。「看來你還活著。聰明的選擇。」

他試著站起來，但只是單膝跪起就停下來喘息。

「你要幫一下忙嗎？」他痛得擠眼說道。維克多的嘴唇扭動一下，空氣裡一時輕輕嗡嗡震動一下，把米契的疼痛帶走了。米契搖搖晃晃地站起來，用一隻染血的手撐著牆，然後走到洗手台前清理乾淨。

「所以他是，刀槍不入嗎？」杜明尼問道，米契笑起來，將外套拉開，露出裡面的防彈背心。

「夠接近了，」他說道。「不過我不是『EO』，如果你是問這個的話。」

米契把臉洗乾淨，維克多則把一堆紙巾弄濕，盡可能將地板與牆上的血擦乾淨。

「現在幾點？」維克多問道，一面把髒紙巾扔進垃圾桶。

杜明尼看看錶。「十一點。怎樣？」

米契關上水龍頭。「相當接近了，維克。」

但維克多只是一笑。「杜明尼，」他說道。「我們讓米契看看你的能耐。」

29

午夜前六十分鐘

紳士旅館

賽蕊娜把頭髮擦乾，舉起髮絲對著浴室的燈光看看上面還有沒有薩克瑞．福林奇的血跡。她得沖過三次澡，才感覺皮膚上的腦漿與血跡都已經洗乾淨，而現在，即使都已經搓得發痛，頭髮經過一再沖洗大概受損不少，她仍然不覺得乾淨了。

在殺人的時候，乾淨顯然不是「膚淺」之事。

這只是她第二次參與行刑。第一次是雪德妮。想到那次，賽蕊娜就心頭一縮。或許這就是為什麼她想去，要把幾乎殺死妹妹的記憶抹去，代之以新的驚懼記憶，彷彿一幕景象能夠像油漆那樣把舊的覆蓋過去。

也或許她要求一起去是因為她知道艾里不喜歡——她知道「移除」對艾里有多重要，多麼像是專屬於他的事——知道他心裡抗拒。有時候他想反抗，她可以看見挑戰的火花，只有那種時候讓她感覺自己活著。她討厭活在這麼一個軟弱的世界，每個茫然的眼睛與簡單的點頭，都提醒她什麼都不重要。她有時會開始放手，艾里就會反抗，逼她再度抓緊控制力。她興奮地猜想著，說不定有一天他真的會掙脫。

確定沒有血跡，她終於滿意了，把頭髮擦乾，披上浴袍，走進客廳，把待機的電腦打開，登入警方資料庫，把搜尋表「中間名字」的空格填上「艾里」，以為不會有什麼結果，因為艾里現在應該已經解決杜明尼了，但搜尋出來的結果有兩個檔案，第一個是杜明尼的。

第二個是維克多的。

她咬著嘴唇把檔案看了三遍，然後回房間裡找電話，她先前把它扔到床上了。她在一堆衣服與毛巾底下找到手機，把艾里的號碼撥了一半又停下來。

離午夜不到一小時。

這是陷阱。艾里當然也知道，但他還是會去。他為什麼不該去呢？不管艾里的敵人在計畫什麼，今天晚上都只有一種結果，就是維克多．韋勒放在裝屍袋裡面。而雪德妮呢？賽蕊娜的心頭一緊。她的決心第一次曾經動搖，如今不知道自己是否有力量看艾里再試一次。即使那並不真的是她妹妹，只是一個偎在她身邊十二年的小女孩，一個冒充她妹妹身形的人。即使當時就已如此。

她的手指懸在螢幕上。她可以把檔案扔進垃圾桶，艾里不會發現。但那只是暫停執行。維克多想找到艾里，艾里也想找到維克多，無論如何他們都會成功。她最後再看一次維克多的檔案，想見著這個一度是艾里朋友的人的相貌，他曾把艾里救活，使他變成這樣，也救了她的妹妹……她把艾里的號碼撥完，一時間幾乎希望他有反擊機會。

30

午夜前五十分鐘
三鴉酒館

艾里衝出三鴉酒館的前門，打電話給史泰爾警探，要他派一名警察來處理一件意外。

「是一個『EO』，對吧？」史泰爾問道，語氣隱含著懷疑，使艾里深感不安，但他沒有時間應付這位警探的抗拒態度，現在不行，分秒必爭的時候不行。

「當然，」他厲聲說道，然後掛斷電話。

艾里立在酒館遮篷的金屬雕刻烏鴉底下，手指插過髮際，眼睛掃視街頭搜尋杜明尼．魯許或維克多．韋勒的蹤跡，但是只看到醉鬼與流浪漢，駛過的車子也速度太快，看不清裡面的駕駛或乘客。他咒罵一聲，狠狠踢一下旁邊的垃圾桶，享受著很快消失的疼痛感覺，身體迅速修復受損的部分，骨頭、肌肉組織與皮膚完好歸位。

他不應該殺死米契．透納。

他知道，但倒不是說那傢伙是無辜的，並不盡然。艾里看過警方的紀錄，透納犯過罪，而與怪物同夥的人也只比怪物好一點點。然而，下手之後，他沒有感到安靜，沒有平和，艾里的胸口發緊，因為他沒有得到平靜，沒有肯定自己未曾偏離正道。

艾里低頭畫一個十字。他的神經剛開始安定下來時，電話響了。

「什麼事？」他對著手機斥喝道，一面朝對街停車場自己的車子走去。

「維克多在資料庫上貼文，」賽蕊娜說道。「在獵鷹大樓，一樓。」他聽見陽台的玻璃門滑開。「就在這裡，旅館對面。你解決了杜明尼．魯許嗎？」

「沒有，」他怒道。「但米契爾．透納死了。期限仍然是午夜嗎？」行走的時候，他怒氣漸消，像修復皮膚一般修復著自己的心緒。事情依照時間表進行。不是他的時間表，但仍是一個時間表。

「還是午夜，」賽蕊娜說道。「警方怎麼樣？我要打電話給史泰爾嗎？要他派人去大樓那裡？」

艾里用手指敲著車子，想到史泰爾的問題，他的語氣。「不要。不要在午夜之前。透納死了，維克多是我的。叫他們在十二點去那裡，不要提早，要他們待在外面，等我們完事再說。告訴他們說那裡不安全。」他上了車，呼出來的氣使車窗起霧。「我要上路了。要我接妳嗎？」她沒有回答。「賽蕊娜？」

許久之後，她才終於說道：「不要，我還沒有穿好衣服。我跟你在那裡見。」

✦

賽蕊娜掛上電話。

她靠在陽台上，根本沒注意到手肘下冰冷的鐵欄杆，因為她正忙著看一縷煙。下面兩層樓過去幾個房間內，有一縷煙從開啟的雙扇門之間飄出來，往上升到她這裡。聞起來像在燒紙，賽蕊娜知道，因為高中的時候她與朋友常在暑假的第一個晚上燃起篝火，把論文與考卷丟進去燒，讓舊的一學年化為灰燼。

她仍在猜想著煙的起因時，一隻大黑狗晃到陽台上，隔著鐵欄杆往外看，一會兒之後有一個女孩的聲音在喚牠進去。

「度兒，」女孩喊道。「度兒！進來。」

賽蕊娜全身竄起一陣顫慄。她認得那個聲音。

然後一個嬌小的金髮女孩出現，許多人曾誤認她是賽蕊娜的雙胞胎妹妹，她跑到陽台上，揪著狗的脖子。

「來，」雪德妮哄道。「我們進去。」

那隻狗轉身乖乖地跟她回到房間裡。

旅館的哪個房間？賽蕊娜心裡開始數，下面兩層樓。過去三個房間。

她轉身走進房間去。

31

午夜前四十分鐘

三鴉酒館

杜明尼抓住維克多與米契，帶他們走在無聲的暗影中，離開洗手間，穿過酒館，來到旁邊的巷子裡。

維克多點點頭，杜明尼鬆開手，周遭的世界又恢復生氣，動了起來。相較於剛才行走間的寂靜，就連這條無人小巷都顯得充滿雜音。維克多活動一下肩膀，然後看看手錶。

「那可真……詭異，」米契說道，中了一槍之後，他的情緒似乎變得相當鬱悶。

「非常完美，」維克多說道。「我們走吧。」

「所以我合格了？」杜明尼問道，他仍在伸展著雙手。維克多看出他眼中的懼意，看出他迫切希望就此遠離疼痛。他很慶幸杜明尼的渴望心理這麼透明，這讓事情容易許多。

「今天晚上還沒有過完，」他說道。「但你到目前為止做得不錯。」

他們走向巷口，離開人行道，米契一直抱怨著外套上的洞。維克多知道那是他們出獄後米契買的第一個東西，一件手工精美的外套，裡面襯著染黑的鵝絨，如今有一小團露了出來。

「要往光明面想，」維克多說道。「你還活著。」

「夜色還早，」他們過街的時候米契低聲說道。

他還說了什麼，或者打算說什麼，但是被突來的尖銳警笛聲打斷。轉角出現一輛警車，沿街朝他們駛過來，紅色、藍色與白色的燈光閃爍，發出一陣陣噪音。米契轉過身，維克多的身體頓時緊張起來，時間似乎變慢，然後停了下來。維克多感到一隻手碰到他的手臂，夜裡的各種聲音與色彩隨即消失。警車凍結住，懸在杜明尼造成的暗影之間。杜明尼的另一隻手搭在米契的手腕上，他們三人站在他的無間世界暗影中，彷彿也凍結了，困在時間之內。維克多本來想承認——如果他能夠承認，如果他的話能夠成形出聲——杜明尼．魯許原來這麼有用，但是由於他不能，就只是朝停車場的方向點點頭，三個人就穿行過濃濁的空氣到馬路對面去。

維克多知道他們有一個困境。

杜明尼雖然增進不少，卻不可能拖著他們穿過全市。他們需要車子，卻得走出暗影才能用車，而他們一現身，現實世界就會恢復，警車會繼續駛近三鴉酒館。維克多帶路走向偷來的那輛車，另外兩人成直排跟在後面。到了之後，他示意他們跪在這輛與另一輛車之間，那裡本來是一輛敞篷車，現在變成一輛大得多的貨車。他最後吸一口氣，無聲地咒罵一句，這就相當接近維克多的禱詞，然後對杜明尼點點頭，杜明尼的手鬆開他的肩膀，解除凍結狀態，他的世界又混亂起來。

警車開到酒館的門口猛然停下，警笛還在響。維克多屏住氣，身體貼著金屬車身，從前保險槓與貨車之間的縫隙望出去。警笛嘎然關掉，他的耳際仍嗡嗡迴響。

兩名警察下了車，在門口會合。

一名警察走進去，但另一名留在人行道上，用無線電回話證實他們已經抵達現場，說什麼一具屍體的事。他們是為米契的屍體而來。這可有問題了，因為並沒有屍體，他們很快就會得知這個事實。

進去，他心裡對那另一名警察請求著。

那個警察沒有動。維克多掏出槍調整方向，對準警察的頭部。沒有障礙，他可以射中。他吸一口氣，握著槍。維克多不像一般人，不會覺得愧疚，也不害怕，甚至也不在乎後果。多年來，所有感覺都死了——或者至少被貶抑到無用的程度。可是他的腦子已經訓練得能夠盡可能憑記憶重建這些感覺，組合成一種密碼。不如艾里的那套規矩那麼複雜，只是一個簡單的希望，可能的話就避免殺死旁觀者。這感覺起來沒有什麼不對。他把槍微微放低，知道犧牲一槍致命的機會，也就是犧牲他們逃脫的確定性。

無線電吱吱響起，他憋的氣吐出來。即使聽不見訊息，維克多仍可聽見那個警察的回覆——「什麼樣的問題？」一會兒之後又說，「你是指什麼？根據艾偉與史泰爾……算了。等一下。」

就這樣，那第二名警察轉身走向門口。維克多放下武器，抬眼看天，濃密的灰雲使得夜色沒有那麼黑。他從來不信上帝，從來沒有艾里那種熱忱，從來不需要什麼徵兆，但是如果真有這種事，真有命運，或者某種更高的力量，那麼或許它對艾里的做法有意見。第二個警察跟著第一個進酒館後，門還沒關好，維克多、米契與杜明尼已經站起身上了車。

擋風玻璃上有一張黃單子，夾在雨刷底下，維克多探身出去把它取下，捏成一團扔到地上，立即有一陣風吹過來，紙團彈呀彈地滾走了。

「亂丟垃圾，」米契在維克多發動車子的時候說道。

「希望那不是我今天晚上所犯的最嚴重罪名，」維克多說道。他們駛出停車場，離開三鴉酒館與警車，回到市中心，時間一分一秒接近午夜。「打電話給雪德妮。確定她那邊沒有問題。」

一輛救護車呼嘯而過，朝酒館駛過去。無此必要。

「要不是我認識你，」米契撥電話時說道，「我會以為你關心。」

32

午夜前三十分鐘

紳士旅館

燒紙所需要的時間比雪德妮預期的久，燒到第七、八頁的時候，破壞東西的新鮮感已經消退，代之以執行義務似的厭煩感覺。她站在水槽前，墊著維克多的書讓自己變高一點，一次將一張紙扔進藍色小打火機燃起的火焰中，等到每張紙變成水槽裡的一層灰，再開始燒下一張，心裡強烈懷疑維克多給她這個任務只是想要她保持忙碌。她並不太介意，這總比呆坐在那裡，瞪著鐘猜想他們什麼時候回來好。

如果他們回來的話。

度兒站在她身邊，高得幾乎能把鼻子擱在檯面上剩下的紙張旁，每次她將打火機的火焰湊近一張紙的時候，它就微微呻吟一聲。她盡可能大膽等久一點才把燒著的紙丟進水槽——一次比一次久——然後看著被打叉的艾里受害者臉孔變黑捲起，看著火焰吞掉他們的名字、相關日期與生活。

雪德妮打一個顫。

陽台門開著，房間裡變得好冷，被火弄得不安的度兒已經溜出去過一次，但她必須讓門開著，因為煙的緣故。燒焦的紙灰冒出煙飄到外面，雪德妮得等很久時間，以防引發火警警報。她強忍住想把剩下的資料夾一次燒掉了事的衝動，因為擔心火警而使她保持低調，按部就班行事。一張紙產生的煙量還少，不足以引發火警裝置，但是一次把整個資料夾燒掉，就一定會引發什麼事情。

度兒沒多久就失去了興趣，再次晃到陽台上。雪德妮不喜歡牠跑出去，要喊牠回來，卻忘記放開正在燒的紙頁而差一點燒到手指。

雪德妮口袋裡的電話響起。

這是維克多買給她的，或者該說，是維克多買的，然後看到她能做什麼事之後就給了她。在雪德妮眼中，這支電話是代表邀請她留下來。她與米契和維克多的手機都是同一型式，不知怎麼竟使雪德妮很高興，這就像屬於一個社團。她在學校就想參加社團，但是她對運動從來不在行，也不關心學生自治會（反正那在中學裡根本就是笑話），而上次把科學課堂裡的倉鼠救活後，她就有一點害羞，不敢參加課後的自然社團。她給自己的理由是，反正高中的社團會比較有趣。

如果她能活到那時候的話。

電話再度響起，雪德妮放下打火機，掏出口袋裡的手機。

「哈囉？」她答道。

「嘿，雪德。」是米契。「妳那裡一切都好吧？」

「我快把資料燒完了，」她說道，一面拿起打火機要燒下一張紙。是那個藍色頭髮的女孩，跟打火機的顏色差不多。雪德妮看著那個女孩的臉捲起燒掉。「你還想到什麼方法讓我忙碌嗎？」

米契笑了，但聽起來不是很快樂。

「妳是小孩子，看看電視就好。我們待會兒就回去。」

「嘿，米契，」雪德妮說道，聲音柔和了一點。「你……你會回來吧？」

「我會盡快，雪德。我保證。」

「最好快一點。」她又點燃一張紙。「不然我就把你的巧克力牛奶都喝光。」

「妳不敢，」米契說道，他掛斷電話前，她幾乎聽見他語帶笑意。

雪德妮放下電話，開始燒最後一張紙。是她的。她用打火機碰紙的一角，然後將紙舉高，讓火先沿一邊燒再吞噬照片，燒掉薄紙版的金色短髮、水藍眼睛女孩。火焰將她燒透，然後就什麼都沒有了。她讓火碰到手指，才讓紙灰落到水槽裡，然後露出笑容。

那個女孩死了。

有人在敲旅館房門，雪德妮的打火機差一點掉下去。

敲門聲再度響起。

她屏住呼吸。度兒站起身，發出像是咆哮的聲音，然後擋在她與旅館房門之間。

敲門聲第三度響起，然後有人說話了。

「雪德妮？」

即使踮著腳尖，雪德妮仍搆不到窺視孔，但是她也不需要。她認得那個聲音，比自己的還熟悉。她抬手摀住嘴，壓下驚訝感、回話與呼吸聲，彷彿無法信任自己嘴巴做的任何事情。

「雪德妮，拜託，」賽蕊娜的聲音傳入門內，聽起來輕滑又低柔。

一時間，雪德妮幾乎忘了——旅館、槍擊以及破裂的湖面——彷彿她們在家玩捉迷藏，雪德妮躲得太好，賽蕊娜放棄了或者覺得無聊了，央求妹妹也放棄，出來現身。如果是在家，賽蕊娜會說她有餅乾或者檸檬汁，或者說她們何不去看雪德妮一直想看的那部電影，她們可以做爆米花。當然，那都不是真的，即使是從前那時候，賽蕊娜也會信口開河地誘騙妹妹出來，而雪德妮也不會真的在意，因為她贏了。

但是她們不在家。

她們離家遠得很。

而且這場遊戲有詐，因為她姊姊根本不必說謊、賄賂或者欺騙，只要說話就可。

「雪德妮，開門。」

她放下打火機，跨下腳底墊的維克多的書，穿過房間，手按著木門片刻，然後背叛自己心意的手指移到門把上轉一下。賽蕊娜站在門口，穿著青豆色的外套與長至黑靴內的緊身褲，雙手撐著門框兩邊，一隻手是空的，另一隻手拿著一把槍。她持槍的手順著門框往下滑，發出刺耳的金屬聲然後垂到身側。雪德妮縮身避開槍。

「哈囉，雪德妮，」她說道，一面心不在焉地用槍拍著緊身褲管。

「哈囉，賽蕊娜，」她妹妹說道。

「別跑，」賽蕊娜說道。雪德妮沒想要跑，不過，她分不出是自己本來有這個念頭卻被姊姊的話趕走了，還是她勇敢得根本沒想跑，或者聰明得知道自己不可能兩次都跑得比子彈快，尤其這次沒有樹林，也沒有搶先起步。

不管原因為何，雪德妮都靜靜站著，一動也不動。

賽蕊娜走進房間，度兒咆哮著，但是她叫牠坐下時，牠就坐下了，後腿不甚情願地縮起來。賽蕊娜從妹妹旁邊晃過去，打量著水槽裡的灰，以及吧檯桌上的巧克力牛奶盒（雪德妮還是決定要喝——至少喝一點——如果米契沒有盡快回來的話），然後轉身看雪德妮。

「妳有電話嗎？」她問道。

雪德妮點點頭，一隻手不由自主地伸到口袋裡掏出維克多給她的手機，跟他與米契同款的手機，讓她與他們成為團隊的手機。賽蕊娜伸出手，雪德妮的手也伸出來，將電話放到姊姊的手掌上。然後賽蕊娜走到仍開著門讓煙飄出去的陽台上，將手機扔到欄杆外的黑暗中。

雪德妮的心隨著掉落的手機往下沉。她真的很喜歡那支手機。

賽蕊娜關上陽台門，坐在沙發背上看著妹妹，槍擱在膝蓋上。她的坐姿像雪德妮一樣，或者該說，雪德妮一向那樣坐，只放下半個身體的重量，彷彿隨時都可能要猛然站起來。但雪德妮的坐姿像縮著身子，賽蕊娜卻像輕鬆自在，甚至很慵懶的樣子，儘管還帶著武器。

「生日快樂，」她說道。

「還沒到半夜，」雪德妮靜靜說道。妳可以來住到妳生日那天，賽蕊娜曾經這麼承諾。現在她只是淒然一笑。

「妳從前都會一直要等時間到才睡，儘管媽媽叫妳去睡，因為她知道妳第二天會很累。妳會坐在那裡看書，等到十二點的鐘響，妳就把塞在床底下的蠟燭點起來，然後許一個願。」沙發背上搭著一件紅外套，是維克多叫雪德妮留下時她扔在那裡的，此刻賽蕊娜摸弄著外套釦子。「像一個祕密的生日派對，」她繼續輕聲說道。「在別人來幫妳慶生之前，只為妳一個人舉行。」

「妳怎麼知道？」雪德妮問道。

「我是妳的姊姊，」賽蕊娜說道。「我知道是應該的。」

「那就告訴我，」雪德妮說道。「妳為什麼恨我？」

賽蕊娜定定看著她。「我不恨。」

「可是妳要我死。妳認為我是錯誤的，殘破的。」

「我想我們都是殘破的，」賽蕊娜說道，然後把紅外套扔給她。「把這穿上。」

「我不覺得自己殘缺，」雪德妮靜靜說道，一面套上太大的外套袖子。「而且即使我是殘缺的，我還能修補別人。」

賽蕊娜打量著妹妹。「妳不能修補死人。『EO』就是證明。再說，妳也沒有資格那麼做。」

「妳沒有資格掌控別人的生命，」雪德妮反駁道。

雪德妮揚起一邊眉毛，露出笑意。「是誰教妳這麼說的？我知道的小雪德妮根本連吱吱叫都不會。」

「我已經不是那個雪德妮了。」

賽蕊娜的臉色一沉，抓緊手槍。

「我們要去走走，」她說道。

雪德妮環視一下室內，儘管雙腳已經跟著賽蕊娜走向門口，就像剛才那樣乖乖地交出電話。背叛自己的四肢。她想留一張紙條，一個線索之類的，但賽蕊娜不耐地抓住她的衣袖，把她朝外面通道上推過去。度兒坐在房間中央，她們經過時牠發出哀鳴。

「我可以帶著牠嗎？」

賽蕊娜停下來，打開槍膛看看有幾顆子彈。

「好吧，」她說道，又把槍膛歸位。「牠的鍊子在哪裡？」

「牠不用鍊子。」

賽蕊娜撐著門，嘆一口氣。

「跟著雪德妮，」她對度兒說道，那隻狗就跳起身走過來，貼在女孩的身側。

賽蕊娜帶著雪德妮與度兒從電梯旁邊的水泥樓梯走下去，一直來到底層的停車場。這片圍著紳士旅館主柱的開放空間四面是牆壁，充滿汽油味，光線黯淡，空氣冰涼，一陣陣強風斜吹進來。

「我們要開車去哪裡嗎？」雪德妮問道，一面把外套裹緊。

「不是，」賽蕊娜說道。她轉身面對妹妹，舉槍對準雪德妮的額頭，槍口貼著皮膚，抵著兩顆水汪汪的藍眼睛之間。度兒吼起來，雪德妮伸手按著牠的背，要牠安靜，但眼睛緊盯著賽蕊娜，儘管隔著槍管使她不容易讓視線對焦。

「我們本來眼睛一樣，」賽蕊娜說道。「現在妳的顏色比較淡了。」

「我喜歡我們終於不像了，」雪德妮說道，同時忍住一陣顫慄。「我不想跟妳一樣。」

兩姊妹沉默下來，沉默之間充滿不斷變換的心緒。

「我不需要妳跟我一樣，」賽蕊娜終於說道。「但我需要妳勇敢。我要妳堅強。」

雪德妮閉緊眼睛。「我不怕。」

✦

賽蕊娜站在車庫內，手指頂著板機，槍口抵在雪德妮的兩眼之間，整個人僵住。槍口對準的這個女孩，既是也不是她的妹妹。說不定艾里錯了，並不是所有的「EO」都已經殘缺。也說不定艾里是對的，她所知的雪德妮已經不在了，但是話說回來，這個新的雪德妮並不空洞，並不陰暗，不是真的死了。這個雪德妮活的樣子跟其他人不同，她的皮膚透出光采。

賽蕊娜握槍的手指放鬆，把槍從妹妹的臉上移開。雪德妮仍閉緊眼睛，槍口在她的額頭留下一個印子，槍口抵住的地方有一個小小的凹痕，賽蕊娜伸手用拇指撫平。這時候雪德妮才緩緩睜開眼睛，眼中的毅力在動搖。

「為什麼——」她說著。

「現在我要妳聽好，」賽蕊娜平穩的語氣打斷她的話，這種語氣誰都——就連艾里也一樣——不知道如何拒絕，裡面具有絕對的力量。「我要妳照我說的做。」她把槍塞到雪德妮的手上，然後捏緊她的肩膀。

「走，」她說道。

「去哪裡？」雪德妮問道。

「安全的地方。」

賽蕊娜鬆手，輕輕把妹妹往後推開，這個動作本來像很正常的玩笑，但她的眼神與雪德妮手上的槍以及周遭變強的寒意在在提醒她，現在沒有什麼是正常的。雪德妮把槍放進外套口袋，但眼睛始終盯著姊姊，身體也沒有移動。

「走，」賽蕊娜斥道。

這次，雪德妮聽話了，轉過身揪著度兒的脖子，一起快速穿行於車輛之間。賽蕊娜看著妹妹的身影變成一個小紅點，然後看不見了。至少她還有一個機會。

賽蕊娜外套口袋裡的電話響起來。她揉揉眼睛，接起電話。

「我到了，」艾里說道。「妳在哪裡？」

賽蕊娜挺直身子。「我在路上。」

33

午夜前二十分鐘
獵鷹大樓工地

雪德妮跑著。

她穿過紳士旅館的停車場，來到從旅館後面延伸到前面的一條小街，在離大門幾碼之處停住。一名警察站在幾步之外，背對著她，一面喝咖啡一面講手機。雪德妮感覺到口袋裡沉甸甸的槍——彷彿跟一個穿紅外套的失蹤女孩牽著一隻大黑狗相較，藏起來的槍更引人注意——但那個警察並未轉身。已經很晚了，大街上的人車稀少，雪德妮與度兒在無人注意的情況下跑到街對面。

她很清楚自己要去哪裡。

賽蕊娜沒有叫雪德妮回家，沒有叫她跑開，只叫她去安全的地方。而經過這一個星期之後，安全對雪德妮而言不再是指一個地方，而是一個人。

明確地說，安全已經變成了維克多。

這就是為什麼雪德妮跑向她唯一所知維克多會在的地方（至少，根據他今天晚上要她上傳到警方資料庫的檔案裡所說，她在等候的時候看了十幾遍，然後才好不容易鼓起勇氣按下傳送鍵）。

獵鷹大樓工地。

在這條街上，這處工地是市區的一塊暗點，像街燈之間的一個陰影。薄薄的木板形成兩層樓高的牆，圍著廢棄的大樓，很多人最愛破壞這種地方，因為它是臨時性的，能見度又高。木板上貼滿街頭藝術海報與符號，遮在底下的是幾張施工許可以及建設公司的標識。

理論上進入工地只有一個方法，就是穿過前門——也是用薄木板做的——這幾個月還加上鐵鍊封起來。

但是今天稍早，米契帶她來把丹恩警員救活的時候，告訴她還有別的方法進去，不是穿過鐵鍊圍起的前門，而是繞到大樓後面，有一個部分的兩片木板微微重疊。他把兩片木板之間的空隙拉大，讓兩個人鑽過去，然後木板又合在一起。雪德妮知道，她根本不必碰到木板牆就可以鑽進工地，因為即使兩片木板合起來，下方還有一個三角形的小洞。她鬆開度兒的脖子，擔心這隻狗會衝出去，但是沒有，牠只是站在那裡看雪德妮鑽過洞口。雪德妮的決定讓度兒顯得很苦惱，但牠決定要跟過去。等她鑽到另一邊，站起身拍著褲子上的灰，這隻狗也趴下去，扭身擠過木板下的缺口。

「乖狗狗，」牠站起來擺動身子時她細聲說道。

木板牆內像一個大院子，一大片泥土地上散置著金屬片、合板與混凝土袋。院子裡很黑，暗影幢幢，使走進大樓內的這段路顯得很危險。大樓本身極高，還未完工，鋼筋水泥骨架外面披覆著塑膠布，像是裹著紗布。

但是在一樓穿過幾層塑膠布之後，雪德妮可以看到一點光。

那個光影頗淡，若非院子裡太黑，她就可能不會注意到。但是她看到了。度兒貼在身側，雪德妮站在院子裡，不確定要怎麼辦。維克多已經在這裡了嗎？還沒有到午夜，是吧？她沒有手機，而即使她可以憑月亮知道時間，她也看不到月亮，因為上面沒有月亮，只有一層薄薄的雲，反映著淡淡的城市燈火。

至於大樓內的燈影，平穩而持續，不像手電筒，而像是一盞燈，在某方面而言讓雪德妮心感安慰。有人把燈放在那裡，有所準備，有所計畫。維克多都會有所計畫。但是她正要走向大樓時，度兒擋住她的去路。她想繞過去，牠就咬住她的前臂，而且咬住不放。她扭一下但無法掙脫，即使狗兒很小心不用力，卻咬得挺牢的。

「放開我，」她用氣音說道。狗兒不為所動。

這時候，在大樓另一頭的薄木板牆外，一輛車的門用力關上。度兒應聲轉頭，鬆開雪德妮的手臂。那個聲音帶著刺耳的金屬感，使雪德妮想起槍擊，脈搏頓時加速，耳際的血流聲似乎在說安全、安全、安全。她朝大樓跑去，想在塑膠帷幕與鋼筋之間尋求掩護，而她被一根亂扔的鐵條絆一下才跑到大樓的空殼前。度兒跟過去，一起鑽進獵鷹大樓工地，而在另一側的某處，有人正要把前門拉開。

✦

米契用力關上車門，看著維克多與杜明尼把車開走。他原本打算繞到大樓後面，撬開鬆木板進去，但是接近前門時他看見無此必要，鐵鍊斷了，如蛇一般落在他的腳邊。已經有人在裡面。

「好極了，」米契低聲說道，一面掏出維克多給他的槍。

順便一提，米契向來討厭槍，今晚的事件更不會使他喜歡。他推開大門，釘在木板上的鉸鏈發出呻吟似的金屬吱吱聲，使他驚縮一下。院子裡很暗，就他所見並無人跡。他拉開槍膛檢查裡面再收回去，緊張地用槍管拍拍手心，一面朝院子中央走去，在木板牆與大樓鋼架之間的那塊泥土空地幾乎毫無遮掩。

大樓內的淡淡燈光並未照亮他，但是他的身形龐大，不似一般人，所以很不幸米契深信會有人注意到自己，而且很快。幾步之外有一堆木梁，上面覆蓋著防雨油布，米契靠在上面，再檢查一次槍，然後在那裡等著。

✦

電話又響起來，賽蕊娜正在過街，走向獵鷹大樓的廢棄工地。

「賽蕊娜，」打電話的人說道。不是艾里的聲音。

「史泰爾警探，」她答道，聽見車門打開又關上。

「我們要過去了，」他說道。通話狀況有片刻變模糊，有人在蓋住話筒對別人發出命令。

「記住，」她說道，「你們要待在圍籬外面——」

「我知道命令，」他說道。「我打電話不是為這個。」

賽蕊娜看到廢棄大樓的招牌，腳步放慢。「那是為什麼？」

「艾偉先生要我派警察去一家酒館處理一個事件，那裡應該有一具屍體。」

「對，是米契爾．透納的，」她說道。

「只不過我剛接到警察的電話，說那裡沒有屍體，也沒有跡象顯示曾有屍體。」賽蕊娜的腳步慢下來，然後停住。「我不知道是怎麼一回事，」史泰爾說道，「但這是第二次事實狀況不一致——」

「而你沒有打電話給艾里，」她輕聲打斷他的話。

「很抱歉如果這樣不對……」

「為什麼你改打給我？」

「我信任妳，」他答道，語氣毫不猶豫。

「艾里呢？」

「我信任妳，」他又說一遍，賽蕊娜的心微微一跳，因為這名警探的言詞略帶迴避，也在抗拒她對他的控制。她繼續走起來。

「你做得很好，」她說道，這時她來到工地的木板牆邊，隔著開啟的大門，她看見米契的龐大身影。「我會處理，」她低聲說道，「相信我。」

「我相信，」史泰爾警探說道。

賽蕊娜掛斷電話，把金屬大門推開。

34

午夜前十分鐘

獵鷹大樓工地

米契以為好像聽到背後的大樓內有聲音，但是仔細聽時，那傳到院子裡的聲音斷續又微弱，可能是風吹動塑膠帷幕或者鬆脫的管線。他本來可以去看看，但維克多的指示很明確，即使他覺得可以不聽命，但在這時候大樓前門吱吱往裡打開，一個女孩走進院子裡。

她看起來很像雪德妮，米契想著，如果雪德妮再高一英尺，年紀大幾歲的話。同樣的金色髮髮垂在眼前，而那雙藍眼睛即使在黑暗中仍然明亮。一定是賽蕊娜。

看見米契，她雙臂交抱胸前。

「透納先生，」她往前走著說道，黑色靴子輕鬆地踩過工地院子裡的碎片殘礫。「你死亡的恢復力驚人。是雪德妮的傑作嗎？」

「就說我是貓吧，」米契說道，一面從木材堆旁站起來。「我有九條命可用。而且只是告訴妳一聲，」他舉槍繼續說著，「我喜歡認為地獄裡有一個地方專門留給拿妹妹餵狼吃的女孩。」

賽蕊娜臉色一沉。「你應該小心用槍，」她說道。「你遲早會挨槍。」

米契歪一下槍管。「那種新鮮感已經沒了，妳的男朋友已經拿我的胸口當槍靶練習過。」

「然而你還在這裡，」賽蕊娜說道，聲音慢吞吞的，帶著近乎慵懶的甜意。「顯然他的訊息影響力不夠。」

米契握緊槍朝她舉著。

賽蕊娜只是微微一笑。「把它朝一個比較安全的方向瞄準吧，」她說道。「把槍對準你的太陽穴。」

米契努力讓自己的手不要動，但那隻手似乎不再屬於他。他的手肘變軟，手指改變姿勢轉彎，直到槍口貼上自己的頭側。

他緊張地乾嚥一下喉頭。

「有更糟的死法，」賽蕊娜說道。「也有比死更糟的事情。我保證會讓你死得很快。」

米契看著她，這個女孩那麼像雪德妮，卻又那麼不像。他無法看她的眼睛——比她妹妹明亮，卻帶著邪氣，死亡之氣——因此看著她的嘴唇移動，說出這句話。

「扣扳機。」

然後他扣了下去。

✦

雪德妮與度兒朝大樓一樓的亮點走到半路時，突然聽見腳步聲——不是她的，也不是狗的，而是比較重的——頓時僵立在那裡。她跟維克多與米契相處才幾天，但已經夠久，對他們兩人的聲音變得很熟悉。不只是他們的講話聲，還有沒講話時發出的聲音，呼吸、笑與動作，站在一個空間裡以及在其間移動的聲響。

米契的塊頭大，腳步卻很小心，彷彿知道自己的體型大而不希望不小心碰壞東西。維克多則幾乎非常沉默，腳步像身邊其他東西一樣俐落又安靜。

此刻，雪德妮聽到的腳步聲隔著幾層塑膠布仍然很大，像是很驕傲地穿著一雙好鞋。艾里穿的是好鞋，儘管當時天氣寒冷而且他在與一個大學女生交往，儘管他看起來也像大學生，她見到他的時候，他的牛仔褲管底下卻穿著一雙皮鞋，走起路來發出尖銳的聲音。

雪德妮屏住氣，掏出外套口袋裡賽蕊娜給的槍，拉開保險扣。賽蕊娜從前教過她怎麼用槍，但這支槍對她的手嫌大也太重，前端的滅音器使它變得更重。她回頭看一眼，不知道能否退回塑膠帷幕迷宮，回到院子裡，以免艾里……

她的種種念頭退去，發覺腳步聲已經停止了。

她看看每一邊的塑膠帷幕有沒有人影在動，但是沒有，於是就躡手躡腳地往前行，再穿過一層塑膠布，這裡比較亮一點，離光源只隔著幾道帷幕。維克多現在應該已經到了，她聽不到他的聲音，但她告訴自己，那是因為他太安靜。他向來很安靜。很安全。

雪德妮，看著我，他曾這麼說。沒有人會傷害妳。妳知道為什麼嗎？因為我會先傷害他們。

安全。安全。安全。

她拉開最後一層帷幕。她一定要找到維克多，他會讓她安全。

艾里坐在房間中央的椅子上，一張木板架在煤渣磚上當桌子，上面擺著像一套廚房用的刀具，在燈光下閃閃發亮。那盞燈沒有燈罩，燈泡照亮全室，照亮旁邊的帷幕以及中間的艾里。一把槍在他的手上晃蕩，他的眼睛失焦似地瞪著遠方。

直到他看見雪德妮。

「這是什麼？」他站起來問道。「一個小怪物。」

雪德妮沒有等。她舉起賽蕊娜的槍就朝艾里的臉開一槍。槍太重，她也沒有瞄準，但即使後座力把槍從她的手上震出去，子彈仍然射中艾里的下巴，他捧著臉翻倒，指縫間可以看到血與骨頭。她轉身想跑，但他的手一把伸過來抓她的衣袖，雖然沒有一直抓住，但突然轉向仍使她趴跪在水泥地上。

度兒衝過來，雪德妮翻身躺著，艾里站直身子，下巴咯咯作響開始癒合，皮膚上只見一點血跡。他舉起槍，扣動扳機。

喀。

✦

米契扣動扳機之後響起一個小聲音，是內部彈簧驅動撞針，繞過子彈，敲到組鐵的聲音。因為裡面沒有子彈。

槍裡面是空的。

米契應該知道，他檢查過三次以確定這一點。

此刻，他看著賽蕊娜的臉上綻開驚訝之色，看著它變成困惑，然後又變成某種比較強硬的神色，但是並沒有進展到那一步，因為這時候賽蕊娜背後的暗影晃動著分開，兩個人從裡面憑空出現。杜明尼拿著一個紅色瓦斯罐站在那裡，維克多一步跨上前，舉刀在她的喉間俐落地劃過去。

一片血色綻放開來，她的嘴唇張開，但是他割得很深，沒有聲音出來。

「優里西斯塞住耳朵，不聽海妖的歌聲，」維克多說道，一面把耳塞取下來，賽蕊娜癱倒在泥土地上，「因為那是死亡的聲音。」

「老天，」杜明尼轉開目光說道。「她只是一個女孩子。」

維克多低頭看她的屍體，賽蕊娜的臉龐底下一攤血，反映著暗光。「別侮辱人了，」他說道。「她是全市最有影響力的女人。當然，除了雪德妮之外。」

「關於雪德妮……」米契低頭看著死去的女孩。從這個角度看她似乎比較小，臉那樣轉過去，頭髮被外套領子遮住，相像之處讓他不安。「我們要怎麼處理這個？」

杜明尼把瓦斯罐放在屍體旁邊的地上。

「把屍體燒了，」維克多收起刀子說道。「我不希望雪德妮看到，當然也不希望她碰她。我們最不需要的就是賽蕊娜復活。」

米契剛拿起瓦斯罐，大樓內一聲槍響，一陣閃光燈似的光影照亮大樓的骨架。

「搞什麼鬼？」維克多吼道。

「看來艾里先到了，」米契說道。

「可是如果我在外面這裡，」維克多說道，「那艾里在開槍射誰呢？」他抓住杜明尼的肩膀。「帶我去裡面。快。」

✦

艾里的槍聲在水泥地上迴響，度兒的身體彎起，雖然看起來不像覺得痛，但牠側倒在地上喘氣，胸部起伏再起伏，然後……不動了。艾里看見女孩伸手要摸狗，但他又舉槍對準她。

「再見，雪德妮，」他說道。

這時候一團暗影圍住她，一雙手憑空伸出來，把她拉進空無之中。艾里扣動扳機，子彈射到女孩本來所在的塑膠布上。

他發出氣惱的聲音，又朝雪德妮本來所在之處射了兩槍。但是她不見了。

35

午夜
獵鷹大樓工地

雪德妮感到有人抓住她，把她拉進黑暗中。

前一刻她還在瞪著艾里的槍管，下一刻她就站在那裡，手牽著她給維克多的資料上的那個男人。她環視周遭，但是沒有鬆手。他們仍在塑膠帷幕圍起的房間內，然而又不在裡面，彷彿站在生命之外，困在一個靜止的世界裡，她嚇得不敢承認。她可以看見艾里，槍口射出的子彈懸在她本來所在之處，而沒有氣息的度兒躺在地上。

還有維克多。

他一秒鐘前還不在，現在卻站在艾里的背後幾步，沒有讓艾里看到，一隻手微微往前伸出，彷彿要搭住艾里的肩膀。

雪德妮想告訴牽她手的這個人，說她得去找度兒，但她的嘴唇吐不出聲音，他也根本不在看她，只是拖著她穿過這個凝重的世界，回到重重塑膠帷幕之後，來到大樓外面的泥土空地上。空地對面有一個亮光照著大樓的鋼筋骨架，但這個人把她往另一個方向拉，領她走向工地後方的一個黑暗角落。他們踏入現實世界，周遭又充滿生活中的各種噪音。相較於剛才的黑暗寂靜，就連呼吸聲與時間流逝的聲音都震耳欲聾。

「你得回去，」雪德妮跪倒在地急急說著。

「不行。維克多的命令。」

「可是你一定要去找度兒。」

「雪德妮……妳叫雪德妮，是吧？」這個人跪在她面前。

「我看見那隻狗了，好嗎？很遺憾，已經太遲了。」

她直盯著他的眼睛，就像賽蕊娜盯著她那樣。平靜又冰冷，而且一眨都不眨。她知道自己沒有姊姊的能力，那種控制力，但即使從前，賽蕊娜也都會讓人言聽計從，而她是賽蕊娜的妹妹，所以需要讓他明白這一點。

「回去，」她斷然說道。「去，快去。度兒。」

這回一定生效了，因為杜明尼乾嚥一下喉頭，點點頭，然後就憑空消失。

✦

艾里對空把槍裡所有子彈射完，但他們完全不見蹤影。他咆哮著把空彈匣彈出來，彈匣匡噹落到地上，他又往外套裡面摸出一個新的。

「我看著你，好像在看兩個人。」

他聞聲猛然轉過身，發現維克多背靠在一根水泥柱上。

「維克——」

維克多毫未遲疑，朝著艾里的胸口連發三槍，意在模仿自己身體上的疤痕。他十年來一直都在想像這麼做。

感覺好痛快。他本來還擔心，等了這麼久又這麼渴望做，實際開槍射艾里可能不如夢想所預期，但是不然。他們周圍的空氣嗡嗡震動，艾里的痛苦加倍，撐著椅子呻吟出來。

「這就是為什麼我讓你留下來住，」維克多說道。「為什麼我喜歡你。外表那麼迷人，裡面卻邪惡無比。早在你死之前，內心就有一個怪物。」

「我不是怪物，」艾里吼道，一面把肩膀上的一顆子彈挖出來，把那顆血淋淋的金屬丟到地上。「我是上帝的——」但維克多已經欺身過來，將一把彈簧刀刺入艾里的胸部。他憑吸氣聲可以知道自己刺穿了一邊的肺。維克多的嘴角翹起，面露耐心，但握刀的指節發白。

「夠了，」維克多說道。在他的眼底，彷彿看見旋鈕刻度調高。艾里尖叫著。「你不是什麼復仇天使，艾里，」他說道。「你沒有受到上天賜福，不是神聖的，也沒有賦予責任。你是一個科學實驗。」

維克多把刀子拔出來。艾里單膝跪倒在地。

「你不懂，」艾里喘著說道。「沒有人懂。」

「沒有人懂的時候，通常就是顯示你錯了的好跡象。」

艾里掙扎著站起來，伸手摸向臨時搭起來的桌子，身上的皮膚開始癒合。

維克多的視線轉過去，看到那一排刀子。就像那天一樣。「你真戀舊。」他抬腳把桌子踢翻，那些刀子散落到水泥地上。他注意到，那隻狗的屍體不見了。

「你殺不死我，維克多，」艾里說道。「你知道的。」

維克多的笑容變大，把刀插在艾里的肋骨之間。

「我知道，」他大聲說道。他得大聲說，才能蓋過尖叫聲。「但是你得讓我享受一下。我等了好久要這麼做了。」

✦

瞬息之後，杜明尼再度現身，半拖半拉著一隻很大很大的死狗。他氣喘吁吁地跌坐在泥土院子裡的狗屍體旁邊，雪德妮匆忙跑過去，先謝過他，然後請他讓開，不要凝著她。杜明尼往後坐倒，看著她用一隻手平撫狗的身側，輕輕摸過傷口，手再舉起來時上面沾著暗紅色的血，她皺起眉頭。

「我告訴過妳了，」他說道。「很遺憾。」

「噓，」她說道，然後攤開雙手貼在狗的胸口，一股寒意傳上她的手臂，她顫巍巍地吸一口氣。

「加油，」她細聲說道。「加油，度兒。」

但是什麼事情都沒有發生。她的心一沉。雪德妮曾得到第二次機會，但這隻狗已經得到過，她已經救過牠一次，不知道能否再救一次。她比較用力按下去，感到那股寒意似乎吸走她體內的什麼東西。

死狗仍躺在地上，與工地的木板一樣僵硬。

她打一個顫，知道不應該這麼困難。她雙手伸出去，想摸到別的東西，彷彿希望能找到牠體內一絲熱力火花讓她掌握住。她深入探索著，透過毛皮與僵硬的身體，雙手開始發痛，肺部發緊，但仍繼續摸索下去。

然後，她感覺到了，於是把它抓住，就在轉瞬之間，狗的身體變軟，鬆弛下來，四肢抽動，胸部抬起一次，停一下，落下去，一會兒之後又抬起來，然後狗狗舒展一下身體，坐了起來。

杜明尼踉蹌爬起來。「我的天。」他用西班牙語低聲說道，並在胸前畫一個十字。

雪德妮喘著氣坐直身子，然後把頭靠在度兒的口鼻上。「乖狗狗。」

✦

維克多微笑著。他好享受殺艾里的此刻。每次以為這位朋友已經放棄了，他就開始恢復癒合，於是又給維克多再試一次的機會。他希望能夠持續久一點，但至少他相當確定，艾里痛得彎腰的時候，他已經讓艾里全心注意到他。艾里喘著氣搖搖晃晃站起身，踩在血上差一點滑倒。

地上都是黏滑滑的血，大部分是艾里的，維克多知道。但並非全部。

血順著維克多的一隻手臂往下流，腹部也有血，兩處都是很淺的傷口，是剛才維克多最後一次開槍時，艾里設法從地板上撿起一把樣子很可怕的廚刀造成的。現在，兩個人的槍彈都已經用完，兩人面對面站著，都在流血，也各持武器——艾里拿的是一把鋸齒刀，維克多是彈簧刀。

「你這是白費力氣，」艾里說道，一面調整握刀的姿勢。「你贏不了的。」

維克多深吸一口氣，神情微微痛縮一下。他已經把自己的疼痛閾值調低，因為他承擔不起失血，還不行，而且當然不能不注意到。他聽見遠處的警車聲。他們快沒有時間了。他撲向艾里，結果只碰到他的襯衫，艾里則又出手，把刀子刺入維克多的腿。他口中嘶嘶出聲，膝蓋一軟。

「你有什麼計畫？」艾里怒斥道，他伸出手，不是要抓維克多，而是要拿椅子上維克多先前沒有注意到的一團東西，艾里把它握在手中。「你聽見警車來了嗎？他們跟我都是同一邊的。沒有人來救你。」

「正是這個主意，」維克多咳出這句話，眼睛盯著艾里手上的東西。是鐵絲，利如刀刃。

「你有你的主意，」艾里由齒縫嘶嘶說著。「好吧，我也在計畫。」

維克多試著站起來，但是動作太慢，艾里把鐵絲在空中揮一圈，落下來繞住維克多持刀的那隻手腕，然後用力一抽。鐵絲劃破皮膚，血流出來，逼得維克多鬆開刀，匡噹落到水泥地上。艾里一把抓住他的另一隻手，也用鐵絲纏住。維克多往後退縮，但皮膚上的鐵絲只是陷得更深。

他這才注意到，鐵絲本來是繞在椅子上，艾里一定是用來固定椅子用的，因為椅子在他們打鬥時一直沒有移動過，而現在艾里把自己那一頭鐵絲抽緊，將使維克多的手拉向椅背的橫條上。他手腕上的鮮血流下，流得太快。他的頭開始暈眩。他可以聽見警笛聲越來越響、越來越清晰，甚至以為自己可以隔著塑膠帷幕看見紅色與藍色的警車燈光。他的眼前有各種色彩晃動著。

他陰鬱一笑，把最後一絲疼痛感覺封起來。

「你永遠都殺不死我，艾里，」維克多故意激他。

「你就是錯在這裡，維克多。這次，」他說道，手上握緊鐵絲，「我要看著你的生命從眼睛裡流得乾乾淨淨。」

✦

米契看著賽蕊娜的屍體燒起來，同時盡量不去聽大樓內響起的槍聲。他必須信任維克多。維克多總會有一套計畫。但是他在哪裡呢？而杜明尼又在哪裡呢？

他再把注意力放在屍體與手頭的工作上，直到木板牆外開始閃爍紅藍燈光，把色彩投射在黑暗的建築上。這可不妙。警察還沒進入院子內，但他們湧進來只是幾分鐘的問題。米契不能冒險走已經破壞的前門出去，於是繞過大樓走向後面的木板牆縫隙，卻發現雪德妮趴在半死的度兒身上，杜明尼站在旁邊默禱。

「雪德妮．克拉克，」他斥喝道。「妳見鬼的跑到這裡來做什麼？」

「她叫我到一個安全的地方，」雪德妮拍著度兒細聲說道。

她，米契想著。他猜是同一個她，在大樓另一側焚燒著。「所以妳就來這裡？」

「這隻狗死了，」杜明尼低聲說著。「我看到了……牠已經徹底死了……而現在……」

米契拉起杜明尼的衣袖。「把我們弄出這裡。快。」

杜明尼的眼睛看看女孩又看看狗，然後似乎才看清楚木板牆與大樓上反映的閃爍燈光。還有車門關上的聲音，靴子踩在人行道上的聲音。「糟糕。」

「對，完全沒錯。」

「維克多怎麼辦？」雪德妮問道。

「我們得去別的地方等他，不能在這裡，雪德。我們根本不應該在這裡等。」

「可是萬一他需要幫忙呢？」她抗議著。

米契擠出笑容。「他是維克多，」他說道。「沒有什麼事是他應付不了的。」

但就在雪德妮牽著度兒，杜明尼牽著雪德妮，米契牽著杜明尼，一起消失在暗影中的時候，米契有一種可怕的感覺，覺得自己錯了，他所受的詛咒已經一路跟到這裡來。

✦

艾里聽到腳步聲，聽到有人在發號施令，他們在衝過來，穿過一重重的塑膠帷幕。維克多倒在地板上，椅子旁邊都是他的血。他的眼睛睜著，但已經茫然失焦。艾里希望殺死他的工作專屬於自己，不是梅瑞特警局，當然也不是賽蕊娜的。

他的。

他看到維克多的刀就在幾步之外的地上，於是把它撿起來，然後蹲在他身前。

「好一個英雄，」他聽見維克多吃力地細聲說出最後一句話。艾里把刀子小心頂著維克多的肋骨下方。

「再見，維克多，」他說道。

然後他把刀刺進去。

✦

杜明尼彎下腰。

他趴跪在地上，這裡距離大樓四條街，與大批警察、焚燒的女孩以及槍聲都隔著一段安全距離。他喊出聲，而在此同時，雪德妮也抓住臂膀，米契揉著瘀傷的胸部。他們三人一陣痛楚同時襲上身，有如電流，有如呼吸，本來按捺下去的又回來了。這時候，他們一個接一個，先後明白了這是指什麼。

「不要！」雪德妮喊道，轉身就要跑回大樓那裡。

米契抱住她的腰，被她踢得痛縮一下，她尖叫著要他把她放下。

「已經結束了，」他對著拚命掙扎的她細聲說道。「結束了，結束了。抱歉。已經結束了。」

✦

艾里看著維克多的眼睛睜大然後變空，額頭往前癱靠在椅子的金屬條上。死了。奇怪的是，在所有人之中，本來竟是艾里以為維克多刀槍不入，而他錯了。艾里將刀子從維克多的胸口拔出來，站在遍地是血的房間裡，等著象徵死亡的靜謐，等著平和的片刻出現。他閉上眼睛，偏起頭，等著，史泰爾警探帶著警察衝進來時，他仍然在等著。

「離開屍體旁邊，」史泰爾舉槍命令道。

「沒事的，」艾里說道。他睜開眼睛，視線轉回他們身上。「結束了。」

「把你的手放在頭上！」一名警察喊道。

「把刀放下！」另一個命令道。

「沒事了，」艾里又說道。「他現在沒有危險了。」

「手舉起來！」史泰爾命令道。

「我解決他了。他死了。」艾里揮手比著染血的房間，以及被鐵絲綁在椅子旁的死人，心裡感覺越來越憤慨。「你們不明白嗎？我是英雄。」

所有警察都舉起槍喊著，看著艾里的眼神彷彿當他是怪物。然後他突然恍然。他們的眼睛裡沒有呆滯神情。沒有迷咒。

「賽蕊娜在哪裡？」他問道，但這個問題被警笛聲以及警察的喊叫聲淹沒了。「她在哪裡？她會告訴你們！」

「把武器放下，」史泰爾大聲命令著以蓋過吵鬧聲。

「她會告訴你們，我是一個英雄！」他回喊道，一面把刀子扔到旁邊。「我救了你們大家！」

但刀子剛落地，警察就衝上前把他按倒在地。他可以看見死去的維克多面孔似乎在對他笑。

「艾里・艾偉，你因為謀殺維克多・韋勒而被捕……」

「等一下！」他們把他銬起來時他喊道。「那個屍體。」

史泰爾對他講誦著應有的權利，兩名警察扭著他的身體，把他拉起來。另一名警察快步走到史泰爾旁邊，說著什麼外面院子裡有東西在燒的事情。

被他們抓住的艾里掙扎著。「你們必須把屍體燒掉！」

史泰爾給一個訊號，警察就拖著艾里往塑膠帷幕外面走。

「史泰爾！」艾里又喊道。「你必須燒掉韋勒的屍體！」

他的話在水泥室內迴響，然後警探、染血的房間與維克多的屍體，他都看不見了。

36

兩晚之後
梅瑞特公墓

雪德妮調整一下肩膀上扛的鏟子位置。

夜裡空氣很冷，但天氣晴朗，月亮當頭照亮草叢裡的破墓碑與蠟燭。她在墓園中穿行，度兒走在旁邊。第二次把牠救活時比較難，但此刻牠緊跟在側，彷彿那條狗命真的與她緊緊相連。

米契走在後面，扛著兩把鏟子。他本來提議也要扛著她，但雪德妮覺得靠自己比較重要。杜明尼在他們後面幾碼外拖著腳步走，止痛藥與威士忌使他茫茫然，每走幾步就絆到雜草堆或者散落的石頭。她不喜歡他這樣——酒精讓他像廢人一樣，疼痛又使他變凶——但她盡量不去想這個。她也盡量不去想自己的疼痛，雖然肌肉與皮膚在慢慢癒合，手臂上的槍傷仍然形成一個燒痛的洞。她希望那裡會留下一個疤痕讓自己看見，提醒自己所有事情改變的那一刻。

這並不是說雪德妮認為自己會忘記。

她又調整一下肩膀上鏟子的位置，猜想著艾里是否會永遠活下去，猜想著一個人能夠合理地記得多久，尤其是沒有痕印留下的話。

順帶一提，有很多艾里的新聞。

她與米契看到新聞報導。在「獵鷹大樓」殺死兩個人的那個瘋子，一直聲稱自己是殺死怪物的人，是一個英雄。新聞上說，他在工地殺害一個年輕女子，再焚燒她的屍體，然後又在一樓折磨一名前科犯，再將之殺死。那名女子的身分沒有公開——他們得憑牙醫紀錄辨認——但雪德妮知道是賽蕊娜，即使在她逼米契駭取驗屍報告之前就知道了。她可以感覺到姊姊不在了，不在本來內心連結之處。她不知道的是艾里為什麼要那麼做，但她決心要查出來。

媒體對賽蕊娜根本不如對艾里的興趣大。

明顯的事實是，艾里站在維克多的屍體前，身上都是血，手上還拿著刀，喊著說他是英雄，說他救了大家。沒有人相信英雄的說法，他又試著聲稱曾有打鬥，但由於他的對手體無完膚，他身上則連一點刮痕都沒有，這個說法也不太行得通。再加上在艾里的旅館房間裡找到一個背包，裡面有一些文件資料——他顯然沒有維克多的先見之明，沒有把任何足以當證據的東西燒掉——還有電腦上也有檔案，艾里的受害者數目很快就變成兩位數。媒體從來沒提梅瑞特警局與最近的許多殺人事件有多大的關係，但總之，艾里此刻正在等候審判與心理評估。

當然，他們也沒提到他是「EO」，但是話說回來，為什麼要呢？對艾里而言，那只表示如果在牢裡有人傷害他，他接下來還會碰到那種事。如果運氣好，他們會讓他隔離監禁，像維克多一樣。雪德妮希望他們不會讓他隔離，或許會發現他能自癒，然後傷害他就變成牢裡最受歡迎的遊戲。

雪德妮心裡暗暗記住，不管他下場如何，她都要把這個情報洩漏出去。

墓園裡太安靜，黑暗中有什麼腳步聲都被草叢消音了，所以雪德妮試著哼歌，就像上次挖掘巴瑞時維克多所做的那樣。但從她嘴巴哼出來，聽起來就是不對勁，很詭異，也很悲傷，於是她閉上嘴，專心按照用馬克筆在手背上畫的地圖找路。她是在白天畫的，但梅瑞特公墓就像其他大多數東西一樣，在晚上看起來都不一樣了。

終於，她瞥見一座新墳，連忙加快腳步。墳上沒有標識，只有維克多的書，今天早上，雪德妮在一個天使石像陰影下，等著挖墓者完工離開，然後把它放在土堆上。那名警探史泰爾也在場待了相當久，看著他們把簡單的木棺垂放到墓穴裡蓋上土。

米契趕上來，兩人低頭對墳墓看了一會兒，然後雪德妮把鏟子插到土裡，準備開始工作。度兒在附近晃蕩，但始終在看得到雪德妮的範圍內，杜明尼也終於晃過來，坐在一塊墓碑上，在他們兩人挖掘時，幫忙留意周遭。

嚓。

嚓。

嚓。

空氣似乎開始變暖，夜色漸淡，他們用鏟子挖著土，遠處與梅瑞特市建築相接的天際出現光亮。在黎明前的某一刻，雪德妮的鏟子碰到木頭，他們把棺材上的最後一點土撥開，將棺蓋掀起來。

雪德妮低頭看著維克多的屍體，然後坐在棺材邊緣，雙手按在他的胸口，盡可能深入探索。一會兒之後，寒意竄上她的手臂，她屏住氣，手底下的心臟怦怦跳起來，維克多・韋勒睜開眼睛，露出笑容。

國家圖書館出版品預行編目(CIP)資料

超能生死鬥/V.E.舒瓦作；全映玉譯. -- 初版. -- 臺北市：春天出版國際文化有限公司, 2024.06
面；公分. -- (D小說；38)
譯自：Vicious
ISBN 978-957-741-873-9(平裝)

874.57　113006737

D小說 38

超能生死鬥 Vicious

作　　者　V. E.舒瓦
譯　　者　全映玉
總 編 輯　莊宜勳
主　　編　鍾靈
出 版 者　春天出版國際文化有限公司
地　　址　台北市大安區忠孝東路四段303號4樓之1
電　　話　02-7733-4070
傳　　眞　02-7733-4069
E－mail　frank.spring@msa.hinet.net
網　　址　http://www.bookspring.com.tw
部 落 格　http://blog.pixnet.net/bookspring
郵政帳號　19705538
戶　　名　春天出版國際文化有限公司
出版日期　二〇二四年六月初版
定　　價　460元

總 經 銷　楨德圖書事業有限公司
地　　址　新北市新店區中興路二段196號8樓
電　　話　02-8919-3186
傳　　眞　02-8914-5524
香港總代理　一代匯集
地　　址　九龍旺角塘尾道64號 龍駒企業大廈10 B&D室
電　　話　852-2783-8102
傳　　眞　852-2396-0050

ISBN 978-957-741-873-9　Printed in Taiwan